JN151850

夏のカレー

現代の短篇小説
ベストコレクション2024

日本文藝家協会・編

江國香織　中島京子

三浦しをん　荻原 浩

乙一　原田ひ香

澤西祐典　宮島未奈

山田詠美　武石勝義

小川 哲

文春文庫

目次

編纂委員

川村　湊
伊藤氏貴
清原康正
杉江松恋
千街晶之

夏のカレー

現代の短篇小説 ベストコレクション2024

本書は2023年に文芸誌等で発表された短篇の中から、日本文藝家協会の編纂委員がセレクトした、文春文庫オリジナルです。

イラスト　上楽藍
DTP制作　エヴリ・シンク

下北沢の昼下り

江國香織

テーブルにはとろんとした蒸し春巻や、レモングラスといっしょに蒸したハマグリ、青菜炒めなんかがならんでいる。土曜日の真昼のヴェトナム料理店は繁盛しており、おもてに順番待ちの列までできているのがガラス越しに見える。下北沢という街に来るのは随分ひさしぶりだった。駅が地下に潜り、開かずの踏切だった場所が広々した道になったと聞いてはいたが、実際に目にしたのははじめてだし、ましてや駅前のこんな場所に、外国の街なみを連想させる小洒落《こじゃれ》たレストランが軒を連ねていることなどちっとも知らずにいた。大学が小田急沿線だったので、学生時代にはよくこの街で遊んだ（バンド仲間とはひたすら安酒をのんだ）し、そのときどきの彼女とも、あちこちを歩いた春や夏や秋や冬の思い出がある。変ったなあと思う。変ったのは街であって私ではないと言いたいところだが、客観的に見れば、街よりもむしろ私の方が変ったのだろう。

「ママが家出した最初の日の夜にね」

双葉が私の母に言う。

「パパはチャーハンを作ってくれたんだけど、具が、玉子とネギと球根だったの。チューリップの球根」

「いや、あれはさ、だって冷蔵庫の野菜室に入っていたんだから、誰だって野菜だと思うだろ？」

　私は抗弁した。

「だけど、ママは毎年この時期になると、球根を幾つも新聞紙に包んで野菜室に入れてるじゃん。二週間くらい暗くて寒いところに置いて、それから植えるとよく育つんだって。球根が、春が来たって錯覚するらしいよ」

「そんなことパパは知らないし、第一それは詐欺じゃないか。まだ十一月だっていうのに春が来たと思わされるなんて、球根の身にもなってみろよ」

　私は言ったが、もはや何に対する抗弁なのかわからなくなっていた。

「野菜って、あなた何の野菜だと思ったの？」

　母に訊かれ、

「わからないけど、ともかく野菜だよ」

　と私はこたえる。

「クワイとかゆり根とか、そういう何かだと思ったんだ」

　と、言い訳がましく。母は何も言わず、双葉と顔を見合わせる。このひと、しょうがないわね、と目で言い合っているように見えた。

　手のひらが変だ。箸を持つ右手の内側がちりちりし、見るとまだらに赤いような気がしたが、それは単にビールをのんでいるせいかもしれなかった。私はヴェトナム料理というものがあまり得意ではないが、レモングラスといっしょに蒸したハマグリはおいしく、ついビールが進んでしまう。

この店に来たいと主張したのは母だ。テレビ番組で紹介されたのを観たらしい。「わかった」とこたえて即座に予約をしたのは双葉で、二人は祖母と孫なので、当然ながら年齢が大きく離れているのだが、まるで親友同士みたいに仲がいい。揃いの手さげ袋やスニーカーを買ったりするし、双葉はしょっちゅう祖母の家に泊りに行く。のみならず、祖母である私の母を、「礼子ちゃん」とちゃん呼びしている。私も娘と二人きりのときには、「礼子ちゃん、元気だったか？」のようにその呼び名を使ってみることがあるのだが、本人の前で口にする度胸はない。昔から、母には頭があがらないのだ。まあ、それを言うなら妻にもだが。

双葉と母はいま、架空の男たちについてたのしそうに話している。

「やっぱりさ、いちばん衝撃的だったのは、ジュンヤが交通事故に遭ったときだよね」

「ほんとよ、ああいうのはもうやめてほしいわ。心臓に悪いもの」

とか、

「モーリスは元気？」

「元気よ」

とか。架空の男たちのなかには架空の彼氏が含まれており、母のそれがモーリスという名前のフランス人で芸術家系、双葉のそれはヤマオカという名前で執事系、というところまでは私も聞いて知っている。しかし、そもそも架空の彼氏とは何かがわからなかった。

「ジュンヤって、ぞんざいな口調で物を言うから最初は苦手だったんだけど、実はいい子なのよね、ものすごく」

母が言う。

「なんかあたし、最近あの子がいちばん好きになってきちゃった」

「ええっ？　モーリスよりも？」

双葉が驚いた声をだす。

「そう。モーリスよりも」

「礼子ちゃん、それ、やばいじゃん」

架空の男たちの生息場所は、もちろんスマートフォンのなかだ。一度画像を見せてもらったことがあるのだが、それはザ・少女漫画といった感じのもので、十六歳の双葉はともかく七十二歳の母までがそんなゲームをしているというのは、私の理解を超えている。もっとも、もう随分前から、世の中そのものが私の理解を超えたものになっているのだし、何もかもが手に負えなくなってしまってもいるのだったが。

いつからだろう、と、考えても仕方のないことをまた私は考えてしまう。最初に会社を辞めたころだろうか、それとも妻以外の女性と親しくなり始めたころ？　いや、あのころはもっと覇気があった。自分の人生を自分でコントロールしていると思えていた。とすると、二度目に会社を辞めたころだろうか、妻以外の親しい女性が複数になったころ？　それともそのうちの一人――八木沼あかり――に捨てられたころだろうか。さっぱりわからなかった。そうこうしているうちに娘は不登校になり、妻は三度目となる家出をした（野菜室に球根を残して）。私の問題は「いつまでも二十歳の気分でいるところ」だと妻は言うのだが、私自身は二十歳どころか実年齢もはるかに飛び越して、六十歳とか七十歳になったみたいな気分だ。いや、母ほどの元気はないから八十歳か。

「パパイヤサラダも頼んでもいい？」

双葉が訊き、

「なんでもどんどん頼んだらいいわ」

と、ジュンヤとモーリスのあいだで揺れているらしい母が応じた。

やはり右の手のひらがちりちりする。見ても心持ち赤いだけで、それすら気のせいかもしれず、腫れてても熱を持ってもいない。皮膚の表面に違和感があるのだが、触っても痛みや痒《かゆ》みはない。今朝、犬の散歩をしているとき、私は蜂を素手でつかんだ。まさか自分がそんなことをするとは夢にも思わなかった（子供のころから大の虫嫌いで、フォビアと言ってもよく、我家では蚊や蜘蛛や羽虫、ゴキブリに対処するのは妻の役目と決っていて、そのたびに妻からは役に立たない男という目で見られているのだ）が、コッカスパニエルの愛らしい耳に蜂が止ってしまったので咄嗟につかんだ。考えている余裕はなかったのだ。あの犬は、おそらくこの世で唯一、私の保護を必要としている生き物なのだから。蜂は私の手のなかにぴったり収まった。動転し、恐怖に固まった私は、手をひらくタイミングが一瞬遅れた、のだと思う。ゆるく握ったこぶしのなかで、蜂が暴れているのがはっきりとわかった。あの感触は、いま思いだしても怖気をふるう。手をひらき、腕ごと投げ捨てるような勢いで蜂を放したときになってようやく、うわあとかぎええとか声を発した。全身から汗が吹きだし、あやうく気が遠くなりかけたが、痛みは感じなかったので、たぶん刺されはしなかったのだろう。が、家に駆け戻り、水道水で手がかじかむまで洗ったあと、念のためにマキロンをばしゃばしゃとかけた。おそらく容器の半分ほども。

「石川啄木にでもなったつもり？」

母が言った。

「自分の手をじっと見たりして、いやねえ、辛気くさい」

と。私には、返す言葉もない。

「このパパイヤサラダおいしい！」

双葉が無邪気な声をあげ、私は救われた気持ちがする。

「それはよかった」

とこたえて自分でも箸をのばした。

四人掛けのテーブル席の一つ（双葉の隣で私の斜め前）にはぬいぐるみの熊が坐《すわ》っている。幼いころの双葉は、人形とかぬいぐるみとか積木とか、親が買い与えた玩具にはあまり興味を示さず、ホチキスとかメジャーとか、目覚し時計とか台所道具で遊ぶのが好きな子供だった。一時期、幼稚園に毎日ピンクのゴムべらを持ち込んでいたし、その偏愛対象は、ある日突然ゴムべらからスパゲティをすくう道具（名称はわからないが、何本も棒が突きでたおたまのような物体）に変った。目覚し時計にココという名前をつけたり、自分の手足のサイズをメジャーで測ったりする娘を私は個性的でいいと思っていた。カーテンやベッドカヴァーに見境なく打ちつけられたホチキスの針をはずすのは、正直なところ骨の折れる作業だったけれども。その娘が、なぜかいまになってぬいぐるみを持ち歩いているのだ。私は斜め前に坐っている、小ぶりだが頭部がやけに大きい茶色い熊に、なんとも言えない不安を覚える。娘は高校一年生で、架空の彼氏までいる。ぬいぐるみを部屋に置くだけならともかく、持ち歩いてまでかわいがるというのは異様というか、ある種の幼児退行ではないのだろうか。が、そういう心配を口にすると、妻には笑われた。あなたはなんでも大袈裟に考えすぎなのよ、子供なんてみんなそんなものでしょ、と言って。

子供なんてみんなそんなものでしょ、は、双葉について妻がしばしば口にする言葉で、聞くたびに私のなかに不信の念が芽生える言葉でもある。そうなのか？　高校一年生はみんなぬいぐるみを持ち歩くのか？　苛立たしいのは、「そんなもの」の「そんな」が何をさすのか、言われた私はもちろん、言った妻本人にもわかっていないことだ。

幼いころの娘について言えば、忘れられない情景がひとつある。それは双葉が七歳か八歳のころのことで、場所は小学校の校庭だった。授業参観日だか音楽発表会だか忘れてしまったが、小学校につきもののその手のイヴェントのあとで、校庭にはたくさんの父母と子供たちがいた。誰かと話しているうちに娘の姿を見失ってしまった妻と私は、周囲を見まわし、双葉の名を呼び、近くにいた子供たちに訊き、教室にひき返して捜した。廊下にも、タイル壁画と下駄箱のあるエントランスにも、トイレにも、双葉の姿はなかった。忽然と消えてしまったかのようだった。人が徐々に減り、がらんとした校庭で途方に暮れていると、ようやくそれが目に入った。双葉が。曲げた膝の裏を鉄棒にひっかけて、さかさまにぶらさがっていたのだ。私と妻が捜しているあいだじゅうずっと、一人で――。スカートが見事に花ひらき、上半身をおおっていた。

急にいなくなったことと、あられもない恰好だったことを妻は咎《とが》めたが、私は咎めることができなかった。そのときまで忘れていたが、私自身、小学生のころにおなじことをしていたからだ。双葉はさかさまにぶらさがっているのが好きなのだと言った。だから休み時間には、いつも一人でそうしているのだとも。

私もまったくおなじだった。当時、男子児童は休み時間に簡易な野球（三角ベースといっただろうか）かドッジボールをするものと相場が決っていたのだが、球技全般が苦手だった私はいつも一人で鉄棒にさかさまにぶらさがっていた。そこから見える景色――地面も足も上にして、それなのに落下せずに走りまわるクラスメイトたち――が好きだったし、全身の血が頭と顔に集中する（というか、昇る）のを感じるのも好きだった。それまで思いだしもしなかったのに、人々が去ったあとの校庭で、脚も下着もまるだしにして、一人でさかさまにぶらさがっている双葉を見た途端に記憶が一気によみがえった。高校に入ってバンドを始めるまで、自分が友達のすくない子供だったことも。あのときほど娘との血のつながりを実感したことはない。

その娘は、いままたメニューをひらいている。私は、娘がそのうち必要以上に太ってしまうのではないかと心配になる。

「フォーは絶対たべるでしょ？」

ウイ、と、母がなぜかフランス語でこたえた。

双葉はどうして学校に行きたがらなくなったのだろう。本人に訊いても担任教師と話しても、いじめられたりはしていないという。事実、友達とはよく電話で話しているし、学校が休みの日には、仲のいい子と会ったりもしている。勉強なら家でもできるから、というのが双葉の言い分で、どうやらほんとうに毎日ちゃんと勉強をしている。数年前からオンライン家庭教師がいるので、わからないところは彼女に教わっているのだろう。

大皿に残っていた青菜炒めを、母が全部私の皿に移す。パパイヤサラダの残りも。そうしながら、

「沙世さん、いつ帰ってくるの？」

と訊いた。

「帰ってくるんでしょ？」

と、さらにたたみかける。ハマグリの残りも移されたので、私の皿だけが満員電車の

ようだ。

「どうだろう、わからないな」

私は言ったが、内心、帰ってくるのだろうなと思っている。けれど家出の原因が（今回も）私の浮気だったことを考えると、そんなに厚かましいことはさすがに口にだせない。

「帰ってくるよ」

双葉がきっぱりと言った。

「前もそうだったし、実家にながくいると疲れるっていつも言っているし、たぶんあっちのおばあちゃんと喧嘩するし、服とかも全部持って行ったわけじゃないし」

その通りだが、それらは妻が自分の家に戻る理由であって、私の元に戻る理由ではない。

「二人とももういい齢なのに、落着かないのねえ」

母が呆れたように言う。

家をでる直前、当然だが妻は私に（今回も）罵詈《ばり》雑言《ぞうごん》を浴びせた。「人間として最低」とか「死んでほしい」とか「もう未練はかけらもない」とか、「ゴミ」とか「ゴミ以下」とか「虫酸《むしず》が走る」とか、「頭パー」とか「死んでほしい」（この言葉はとくに頻出した）とか「最低野郎」とか。

皮肉なのは、今回発覚した浮気がつまらないもので、八木沼あかりとのときのような、信頼や友情までも含んだ、率直で濃密で輝かしい情事ではなかったことだ。が、考えてみれば、八木沼あかりに捨てられたときにも、私は思うさま罵詈雑言を浴びたのだった。すべては憶えていないが、「不言不実行」とか「ナルシスト」とか、「弱虫」とか「冷血漢」とか言われた。「意志が弱いんじゃなくて意志が無い」とか、「犬としかまともに向い合えない」とか――。私が心から大切に思う女性は、みんな私を罵倒するのだ。だとすれば、早晩双葉からも罵倒されるようになるのかもしれない。そう思うとおそろしかった。

フォーをたべ終えた双葉は、目下デザートに取り組んでいる。

「昔ね」

と、母が言った。

「昔って、まだ芦花公園の家に住んでいて、双葉のおじいちゃんも若くて元気だったころだけど、夜、七時ごろだったかな、夕食のさなかに玄関のチャイムが鳴って、この人がでたの」

この人、と言うとき私の方を向いた。

「うん」

と双葉が相槌を打つ。

「しばらくして戻ってきて、『漬物を買ったよ』って言ったの、『試食したらおいしかったから』って」

「うん」

「そしたらね」

なぜそんな大昔の話を母が双葉に聞かせているのかわからなかった。私が学生のころの話だ。チャイムに応えて玄関ドアをあけると、そこにはぱりっとした白い調理服を着た、十六歳以上には絶対に見えない男の子が立っていた。小太りで、坊主頭で、いかにも田舎からでてきて修業中ですといった感じの少年で、漬物ののった朱塗りの盆を持っていた。「試食だけでもいいので、お願いしますっ」声を張り、深々と頭を下げた。漬物は、たぶん七、八種類あったと思う。幾つかつまむと旨かったので、「じゃあ、これとこれをもらうよ」と私は言った。その瞬間、彼の顔が喜びに（まさに）輝き、「ありがとうございますっ」とまたしても深々と頭を下げられたときには、そんな大袈裟な、と、こちらが困ったほどだった。「いくら？」と尋ねると、少年は輝くばかりの笑顔のまま、「すぐに商品をお持ちしますので、お代はそのときでいいですっ」と言った。彼の言う「すぐ」は数時間後だった。夜もだいぶ遅くなってから再び玄関チャイムが鳴り、三揃いのスーツを着て香水の匂いを漂わせた男たちが四人がかりで、大きな漬物樽を二つ家のなかに運び入れた。「お代」は一樽一万円で、あの可愛らしい少年は、もちろんそこにはいなかった。

「えーっ」

双葉が頓狂な声をだす。

「なにそれ、こわ」

デザートはすっかりたべ終っている。

「そんなものにひっかかるだけでも呆れちゃうけど、あたしが驚いたのはそのあとなの」

母が言った。

「この人ね、そのあと、『でも』って言ったの。『でもあの子、ほんとに嬉しそうだったな』って」

まったく憶えていなかった。そんなことを言っただろうか。

「やだパパお人好し」

双葉が苦笑する。

「人が好いっていうんじゃないの」

母が否定した。

「柳に風っていうか、鈍感っていうか、全部他人事《ひとごと》みたいなところがあるのよ」

おいおい、と思った。鈍感はひどくないだろうか。

「断るってことができないし、流されっぱなしで、でもそれは意志が弱いっていうんじゃなく、なんていうか、そもそも意志ってものが無いんじゃないかと思うわ」

ぎょっとした。それは八木沼あかりに言われたのとおなじ言葉だ。

「意志が無いって、礼子ちゃんウケる」

ウケない、と私は思う。母はあかりに会ったことがないし、無論、母にあかりの話をしたこともない。これはほんとうに、漬物をめぐる単なる思い出話なのだろうか。

「あー、おいしかったー」

双葉の言葉をしおに、会計をしておもてにでた。気温は冬のそれだが、日ざしが暖かい。見たい店があるという双葉に先導され、駅に背を向けて商店街を歩く。街なみは変っても、道の入り組み方は変っていない。人や自転車の多さも。立ちどまったりしゃがんだりしている人が多く、子供がいきなり駆けだしたりもするので動線の予測が難しく、昔からこんなに歩きにくい街だっただろうかと考えてしまう（そして、中年になった自分がこの街のリズムを忘れているだけだというありがたくない結論に達した）。

「いい匂い！」

あれだけいろいろたべたあとだというのに、どこかの店から漂ってくるカレーの匂いに双葉が反応する。

「沙世さんとは、でも、ちゃんと連絡を取り合ってるんでしょう?」

母に小声で訊かれ、

「いや」

と私はつい正直にこたえてしまう。

「でも沙世と双葉は、ちゃんと連絡を取り合っていると思う」

と。

「沙世さんもねえ、家出なんていう大人げないことをいつまでしているんだか」

「いや、悪いのは俺だから」

私としてはそう言うよりなかったが、

「そういうところよ、あなたのそういうなげやりなところがいけないの」

と言われてしまう。意志が無い上になげやりだとすれば、それはまあ確かにひどいかもしれない。

「この路地」

ふいに既視感を覚え、私は立ちどまった。この路地に、昔、縄のれんの小さな居酒屋があった。おもてにビールケースが積んであって、赤ちょうちんがぼろぼろに破れていて。バンドの練習のあと、一軒目はたいていここだった。狭い店なのに、それぞれの楽器を抱え、旅行帰りみたいに荷物の多い若造たちを、いやな顔ひとつせずに歓迎してくれた。路地はいま無人で、昼間なのにうす暗く、何の店もない。

バンドは四人編成で、私はベースを担当していた。圧倒的に歌が上手《うま》いのはドラマーだったが、演《や》りながら歌うことはできないと言うので、ギターがヴォーカルも担当した。彼らとはもう何年も会っていない。一人（あまり歌が上手くなかったギター）はいまアメリカに住んでいて、毎年クリスマスカード（と年賀状を兼ねたもの）が届く。

気がつくと、母も双葉もいなくなっていた。私はあっさり置いていかれたのだ。きょろきょろしても見つからず、娘に電話をかけてどこにいるのか尋ねた。

バンドと直接の関係はないが、今回妻に発覚した浮気の相手は、当時の私を知っている女性だった。つまり大学時代の同級生で、そのこと自体はありふれているが、やや特殊で事を厄介にしたのは再会の仕方だった。彼女は私の職場（二度の転職を経て、私はいま製鉄会社で働いている。四十八歳のアルバイト社員だ）の先輩アルバイト社員（といっても年齢は二十一歳）の母親なのだ。息子から私の話を聞いて、わたしそのひと知ってる、となったらしい。彼は私にその種あかしをしないまま、自宅に私を含むアルバイト社員二人を招いた。サプライズ！　というわけだった。

彼女は離婚したシングルマザーで、アパレル会社に勤めていた。風貌も性格も地味めだが、肌や髪に清潔感があり、手が小さくて指がきれいだった。そして、贈り物魔だった。職業柄なのか、限定商品（もしくは非売品）のTシャツや靴下、ネクタイやベルトやカードケースを会うたびにくれた。それらが妻の疑いを招き、問いつめられた私が白状した、というのがあらましだが、「頭パー」「死んでほしい」その他の罵詈雑言を妻に吐かせたのは、浮気そのものよりもむしろ、また転職を考えているという私の告白だったかもしれない。理由はもちろん彼女の息子である二十一歳の先輩アルバイト社員で、当然だが彼は母親の幸福を強く願っている。たいした興味もないのに私が彼女と二人きりで会っていたと知れば不快に思うだろう。一本気な性格だから、責任をとれとか何とか、つめよってくるかもしれない。寝たのは二度だけだし、二度目には、これで最後にしようときちんと伝えたにしても。いや、伝えたからなおさらだろうか。息子には永遠に内緒にしておくと彼女は約束してくれたし、いまのところその約束は守られているようだが、いつ何があるかわからないのが世の中なのだから、私としては安全策を講じて遠ざかりたい気がしている。

双葉に指定された店は古着屋だった。ガレージのような造りの店で、ジャージやスポーツコート、フォークロア調の上着などが所狭しとハンガーにぶらさげられている。客も店員も若者ばかりなので入るのがはばかられたが、勇を鼓して足を踏み入れた。双葉はともかく、際立って年配の母は目立つはずなのに見つけられない。視線を感じ、ふり向くとひょろりとした長髪の男性店員が、Tシャツをたたみ直しながら（あるいはそのふりをしながら）こちらを見ていた。おそらく私は店の雰囲気にそぐわないのだろう。かまわず奥に進む。カーテンで仕切られただけの簡易な試着室の前に、母が一人で立っていた。思わずほっとする。これではまるで、人混みのなかにようやく母親を見つけた迷子の子供みたいだと思い、事実そうだと気づいて胸の内で嗤《わら》う。

「双葉は？」

「試着中。あなた、どこに行ってたの？」

「俺はどこにも行ってないよ」

「でも、途中でいなくなったじゃないの」

カーテンがあき、複雑に重ね着をした双葉が現れる。

「あらかわいい。よく似合うわ」

母がおだてる。気づかなかったが、その母はすでに服を数枚、両腕で抱えるように持っている。

「それも買うの？」

「そうよ。とってもよく似合ったもの。たまには孫を甘やかしたっていいでしょう？」

たまにではないし、妻が知ったら機嫌を悪くするだろうことがわかっていたが、私に何ができただろう。

そのとき、またあのひょろりとした店員が視界に入った。すこし離れた場所からこちらの様子をうかがっている。

「双葉」

そんな必要はないのに、私は娘に手招きをした。娘が店員からも見える位置まで来るのを待って、

「そのシャツはちょっと大きいんじゃないか？」

と言ってみる。私は娘のつきそいであり、試着室をのぞこうとしている変態ではないというアピールだ。

「シャツっていうかアウターだし、なかにセーターとかも着るから、大きくないと逆に変だよ」

店員がいなくなったのを確認し、私は「そうだな」とこたえた。

ところが、だった。双葉と母が会計をするあいだ、おもてに立って待っていると、あ

の店員がまたしても私に近づいてきた。のみならず、「あの」と口をひらいた。痩せていて背が高く、色が浅黒く、眉毛が太い。

「あの、変なことを言ってもいいですか?」

「変なこと?」

店員はうなずき、

「自分、いつもではないんですけど、ときどき前世が見えるっていうか」

と、確かに変なことを言った。

「それで、さっき強烈に見えたっていうか」

「私の前世が?」

店員はまたうなずく。自分から話しかけておきながら言いよどみ、心配そうな表情で私をじっと見るので、何かとんでもないことを言われるのではないかと不安になったが、次に彼の口からでた言葉は、

「鳩です」

だった。

「それも、ふつうの鳩じゃないっていうか」

「ふつうの鳩じゃない?」

「誰かに飼われてて、ものすごく大事にされていた鳩っていうか」

店員は言い、はじめて笑顔を見せた。人なつこい笑顔だったが、私は何とこたえてい

いのかわからなかった。

「もし知りたくなかったとしたらすみません。でもさっき、ほんとに滅多にないくらい強烈に見えて、自分的にはすげえいいヴィジョンだと思ったっていうか」

自分的には？　よく意味がわからずにいるうちに、店員は首を前に突きだすような小さな会釈をして戻って行った。

ものすごく大事にされていた鳩？

狐につままれたようだった。そういえば下北沢には昔から、いっぷう変った若者がいたなと思う。

「いっぱい買ってもらっちゃった」

巨大な紙袋を肩からさげ、熊のぬいぐるみを抱いた双葉が店からでてきて言う。

ものすごく大事にされていた鳩。

もちろん信じたわけではないし、仮にそうでも現世の役にはまったく立たない。が、意味もなくうれしかった。

夢見る家族

三浦しをん

うちの家族はちょっと変なのではないかと俺が思ったのは、小学校に入学してしばらくしてからのことだった。それまでも子ども心に、「あれ？」と薄々気づいてはいたのだが、保育園時代の俺の脳みその大半は「今日のおやつなにかな」で占められていたし、残りの時間は先生に言われるがまま歌ったりお遊戯をしたり、園庭の隅っこで蟻《あり》の列でも眺めていたりすればよかったから、あまり深く考えなくてすんだ。

保育園の昼寝の時間が俺は苦手で、こんなことをしている暇があったら園庭の砂場を独占してケーキを作りたいと思っていた。俺は小さなバケツに砂を詰めてひっくり返し、ぽんとバケツを抜いて、南米のピラミッドみたいな形になった中身の砂をケーキに見立てるのにはまっていた。一人で黙々と、小石や葉っぱで砂のケーキをデコレーションしていく。だが絶対に、途中でケーキを蹴散らしたり、てっぺんに手刀を振り下ろしたりするバカが現れるのだ。そのころは知らなかった言葉だが、「賽《さい》の河原の石積み」じみた行為を俺もバカどもも繰り返していたわけで、とにかく放っておいてほしい、思うぞんぶん俺をケーキと向きあわせてほしいというのが当時の切なる願いだった。

にもかかわらず、強制的にそいつらと布団を並べて昼寝なんかしなきゃならないのは屈辱だったし、だいいち俺はちっとも眠くなかった。夜に充分に睡眠を取っていたからだ。

保育園用の俺の布団は、二週間に一度ぐらい、両親のどちらかが持ち帰って洗ったり干したりした。その直後はいいのだが、いろんな家の柔軟剤と、俺を含めたガキどもの汗やらよだれやらが混じって、だんだん、風呂に入れられたあとの犬に酷似したにおいがしてくる。ユウトんちの、なんかぬいぐるみみたいに目がくりくりした、毛が縮れてる、ちっちゃい犬。よく吠えるあいつにそっくりだなと、俺は鼻さきまで引っぱりあげた布団のにおいを嗅ぎながら横たわっている。最初のうち、部屋のあちこちで子どもたちがごそごそする気配がし、たまに「エリせんせい、いっしょにねて」なんてぐずったりするやつもいるが、すぐに寝息が聞こえだす。むにゃむにゃと寝言を言うやつまで出はじめる。

俺はこっそり目を開けて天井に差す日の光を見ていた。園庭の楓《かえで》の葉が風に吹かれるのに合わせて、光はゆわんゆわんと形を変える。俺はなぜかそれを地球に降り注ぐ宇宙人の言葉だと思っていた。かれらの声は俺たち地球人の耳では聞き取れないから、音を光に変換してメッセージを送ってくれているのだと。

たぶん、アメリカのド田舎に何十年もまえに墜落したという、UFOについてのテレビを見たのがいけなかったんだろう。銀色のつるりとした宇宙人が捕獲され、怪我の治療のための手術だか人体実験だかをされたらしいという番組で、俺は恐怖におののきつつも画面に目が釘付けだった。年子の兄である千夜太《ちよた》と一緒に、リビングのソファに並んで座ってテレビを見ていたのだが、「ネジ、大丈夫《だいじぶ》よ。こんなのうそだもん」と千夜太が言って手を握ってくれたので、俺も精一杯こわがっていないふりをした。まだ口がうまくまわらなかった俺たちは、「だいじぶ」「だいじぶ」と互いに言い聞かせながら、ざらつく薄暗い画面のなかで銀色の宇宙人が切り刻まれるさまを見つめた。

千夜太は俺のことを「ネジ」と呼ぶ。その影響はまわりに及んで、いまに至るも俺は友だちからも「ネジ」と呼ばれる。俺は夜音次《よねじ》という古くさい響きも、暴走族の当て字みたいな字面も、なるべく秘匿したいと思っているから、ネジという呼び名に異論はない。

とにかくそのテレビ番組以降、俺は砂のケーキのデコレーション作業とともに、宇宙人にも夢中な幼児と化したのだ。いまなら宇宙人の手術映像なんて眉唾だとわかるが、そのころの俺にとって、「うそだもん」という千夜太の言葉はなんと心強く輝かしいものだっただろう。安心して、「でも、もしほんとうにうちゅうじんがいたら……」と考えることができた。母親が休日にバナナのパウンドケーキを焼くと、千夜太は皿を見比べ、必ず大きいほうを俺にくれた。千夜太が大切そうに、でも大きいほうを渡してくるからには、ケーキとはすごくいいものなんだと思って、俺の大好物はケーキになった。

当時の俺の世界のほとんどすべてを、千夜太が決定づけた。俺の呼び名も、俺にとってなにが「だいじぶ」なのかも、千夜太が「こうあれ」と言えば、そのとおりに定まった。創世記に描かれた神さながらに、一歳ちがいの兄は俺を形づくり、俺にちょっと大きいケーキという慈悲を与えるのも忘れなかった。けれど俺も千夜太自身も、「兄」という権力にてんで無自覚かつ無邪気で、発揮される力も慈悲もまったく当然のことと考えていた。

保育園での昼寝の時間、眠りの世界に旅立つやつらから取り残されるのはこわくなかった。俺は布団のなかで一人、天井で揺れる光を眺めて宇宙人の言葉を聞き取ろうとしたり、隣の部屋でチヨ兄《にい》もすやすや寝てんのかなあと考えたりした。

俺がこわかったのは、夢を見ることだ。

幼児ながらに、俺は昼寝のときは眠りが浅くなると勘づいていた。布団はなんでか犬くさいし、まわりに大勢のひとの気配がある。ぐっすり眠れるはずもなく、すると夢を――しかもたいてい、こわい夢を見る。さらに、昼間に寝たら必然的に夜も眠りが浅くなるから、またこわい夢を見て深夜にはっと目を覚ます確率が上がる。

だから俺は昼寝の時間が苦手だったし、寝つきのいい呑気《のんき》なやつらに腹を立てていた。夜の安眠のためにも、俺は絶対に昼寝などしない。だが、そう心に決めてはいても幼児の悲しさ。昼の給食をがっついておなかはいっぱい、さらに昼寝後のおやつについて思いを馳《は》せるとうっとりしてきて、リラックスするネタには事欠かない。いくら天井の光を凝視しようとも、ついつい油断し、いつのまにかまぶたが下りてしまうこともあった。

光がまばゆさを増し、俺の全身を包みこむ。地面も空もない真っ白なきらめきのなかで、遠く低く、どーんどーんと音が鳴っている。そのころの俺は、神社で祭りの開始を知らせる太鼓の音かなと思っていたが、いま思い出して正確に表現するなら、岩だらけの岸辺に荒れた波がぶつかり砕けるような音だ。音は白い空間じゅうに響いてどんどん集約されていき、しまいには、

「むかえにいくぞ」

という声になって、ふいに止《や》む。

俺は体を強《こわ》ばらせて目を開ける。報道番組とかで内部告発するひとの、「音声を変えています」みたいな、人工的でくぐもった低い声が、耳にこびりついている。天井ではあいかわらず光が揺れている。まわりでは子どもたちが寝息を立てている。俺が眠っていたのは、そんなに長い時間ではないだろう。寝汗をかくせいで、俺の布団はますます犬くさくなっていくという寸法だった。

こわい夢を見て、おねしょをしたり先生に泣きついたりすればかわいげがあるのだが、そんな無様をさらすのは俺のプライドが許さなかった。昼寝の時間が終わると、なにごともなかったふりをして布団から身を起こし、まわりのやつらと社交しながらおやつを食べ、俺は隣の部屋か園庭にいるはずの千夜太の姿を探す。

「チヨ兄！」

と、俺はそう背丈も変わらない兄のもとに駆け寄る。「ゆめでうちゅうじんのこえがした。『むかえにいくぞ』って。どっかにつれてかれちゃうのやだ」

「だいじぶよ」

千夜太は必ず自分の遊びを中断し、笑って俺の頭を撫《な》でてくれた。母親が俺たちにそうするのを、兄貴ぶって真似ているのだ。

「ネジ、いつかUFOにのれるかも。にいちゃんものりたい。うちゅうじんがきたらおしえて」

「わかった」

「いっしょにいこうね」

チヨ兄とUFOに乗るならあんまりこわくないやと俺は思う。あとは園庭の隅っこにしゃがんで蟻の列を見たり、砂場でデコレーションしかけたケーキを手刀で崩されたりしながら、両親のどちらかが会社から帰ってくるまでの時間をつぶす。

千夜太の言葉は、俺に安心をもたらす魔法だった。俺はこわい夢を見たら千夜太に報告するのが習慣になった。

千夜太が小学校に入学してからの一年、一人で過ごす保育園での時間は長かった。千夜太は放課後、保育園の隣にある学童保育の建物で過ごしていたから、俺は昼寝でこわい夢を見たときには、金網越しに必死で千夜太に訴えかけた。どこかで大きな爆発音がしたとか、両親が喧嘩していたとか、そんなようなことを。千夜太はいつも笑って「だいじょうぶ」と、俺の夢を手なずけ無害な獣に変えてみせた。

小学生になった俺はやっと昼寝の時間から解放され、天井で揺れる光を見なくてすむからか、宇宙人について考えることも減っていった。教室の椅子にずっと座っていなきゃならないのは退屈で、漢字やら計算やらにはまるで興味を持てなかったので、小学校もまた睡魔との戦いの場ではあったが。

俺は先生の話を聞いているふりをしながら、ノートに絵を描いて気をまぎらわせた。教科書に載っているイラストや写真を片っ端から模写する。学年が上がっても、俺のノートはいつも、笠地蔵のおじいさんやら昆虫やら合掌造りの家屋やら、脈絡のない絵であふれていた。算数の教科書には模写したいものが見当たらないため、教室の窓から見えるその日の雲を描いた。

保育園から一緒だったユウトは俺のノートを見て、

「ネジ、まじで絵がうまいじゃん」

と感心したように言い、そのころはやっていた漫画のキャラをリクエストした。俺はユウトが差しだしてきた分厚い漫画雑誌を見ながら、そのキャラをユウトの自由帳に描いてやった。俺が通っていた地元の小学校は、都内でも子どもの数が少ないほうで一学年一クラスしかなかったから、俺はクラスどころか学校の英雄になった。学年を問わず、俺に絵を描いてほしいと言うやつらが続出し、俺はリクエストに応えていろんな漫画のキャラやら動物やらお姫さまやらを各々の自由帳のページに出現させた。要求が一段落すると、俺はもとの地味な児童に戻り、算数はちっとも頭に入らないから黙々と雲を模写した。

「ちょっとはノートに字とか数字とか書かないとやばいと思う」

三年生の一学期が終わる日、ユウトは俺の通知表を眺めて深刻そうに言った。俺もさすがにまずいかなと思っていて、でもほかのやつの成績がどんなもんかわからないしと、ためしにユウトに通知表を見てもらったのだ。

やっぱりそうか。俺ってバカだったんだなと、とぼとぼ学童に行って千夜太に「どうしよう」と言ったら、

「なんだよ、いまさら」

と笑われた。「ネジは絵がうまいんだから、成績なんてちょっと悪くたって大丈夫」

ちょっとどころじゃなく悪かったのだが、千夜太がそう言うならまあいいかと、俺は学童でもだいたい絵を描いて過ごした。ちなみに千夜太は勉強だけでなく運動もできたし、礼儀正しいもんだから、「千夜太くんはほんとに利発でいい子ねえ」と近所でも評判だった。しかも、幼児のころからその片鱗《へんりん》はあったのだが、見た目もいい。目鼻がついてるなという凡庸な外見の俺や両親とちがって、人目を惹《ひ》く整った顔立ちをしており、学校じゅうの女子から「王子さまみたい」とひそかに注目を浴びていた。

母親は千夜太の通知表を見て、

「やっぱり千夜太は特別だから」

とおおいに褒めた。成績劣悪な俺に対しては、

「夜音次はいいの。ふつうが一番。ね？」

と微笑《ほほえ》んだ。母親はたぶん、俺が絵ばかり描いていることも知らなかったと思うし、

通知表の図画工作だけはいつも「5」なことにも気づいていなかっただろう。俺が勉強に興味を持てなかったのと同じ。関心がない事柄は頭を素通りしていくものだ。父親は黙ってにこにこしながら、ダイニングの食卓につどう俺たちを眺めていた。

兄弟でこんなにポテンシャルや周囲からの待遇に差があると、ふつうは卑屈になるもんじゃないかと自分でも思うが、俺はあまり気にしていなかった。絵を描いて、友だちと遊んで、夜にこわい夢を見ずにぐっすり眠れるなら、それで特段不満はなかったし、なによりも千夜太が――俺を形づくった神が、「大丈夫」といつも言っていたからだ。みんなに一目置かれ、ちやほやされ、認められている兄が、俺を認めてくれてるんだから、「大丈夫」なんだろうと素直に納得していた。

うちの家族仲はいいほうだったと思う。母親は文具会社で、父親は老舗《しにせ》文具店のバイヤーとして、忙しく働いていた。それでも、朝食は家族そろって摂《と》ったし、晩飯は母親か父親ができるだけ早めに帰って必ず作ってくれた。授業参観や運動会などの学校行事も、両親のどちらかが、――けっこうしばしば、どちらもが――仕事をやりくりして駆けつけた。母親は若々しく見えたが、クラスのほかのやつらの親と比べると年上のような気がして、千夜太に聞いてみたら、

「俺たちは遅くにできた子だから」

とのことだった。

「だけどネジ、『年寄りだね』とか絶対ママに言うなよ。おやつ買ってもらえなくなる

ぞ」

と、千夜太は冗談ぽくつけ加えた。

年寄りだとは思っていなかった。チヨ兄はママのこと年寄りだと思ってるのかなと思った。

俺は母親のことが好きだった。いいにおいがするし、たまに怒るとはちゃめちゃにこわいが、俺の出来が悪くてもうるさいことは言わない。それで行くと、俺は父親も好きだった。父親はちょくちょく新発売の文房具を俺にくれた。カラーバリエーションの豊富なボールペンや、小学生が持つには不似合いな本格的なロットリングペンなどだ。俺が絵を描くのが好きだと気づいていたのかもしれない。

父親は温厚な性格で、「みぃちゃんの好きなようにするといいよ」と、たいがい妻の言うことに従う。尻に敷かれているのかと思いきや、母親は母親で、「タロさん、タロさん」と夫を頼りにしており、つまり俺の両親は仲がよく、円満な家庭を築いていた。

それでも俺は小学校に入学して以来、疑問をむくむくとふくらませつづけていた。うちの家族はちょっと変なのではないか、と。

小学生になり、多少は物心のついた俺がまっさきに思ったのは、「ほかの家では、あんまり夢の話をしないのか？」ということだった。将来なにになりたいかという話ではない。夜に見る夢の話だ。

うちでは毎朝、家族で食卓を囲むと、いただきますよりもさきに母親が、「さあ、今日はどんな夢を見たか教えて」と言う。夢を記録する大学ノートを広げ、くすんだ青いインクを入れた銀色の万年筆をかまえている。

俺はこの儀式がいやだった。腹が減ってるのに、なんで夢の話をしなきゃいけないのかわからなかった。夢なんて起きたら忘れていることがほとんどだし、俺はぐっすり眠るよう心がけていたため、そもそも夢をあまり見ない。食卓の目玉焼きやトーストはどんどん冷めていく。

「なにも見なかった」と正直に答えると母親が明らかにがっかりした顔をするので、俺は一週間に一度ぐらい、「からあげをいっぱい食べる夢」とか「ユウトんちのマロンを散歩させてた。四丁目の公園あたりの道」とか、実際に見た夢や捏造《ねつぞう》した夢を適当に申告した。母親はがっかりを押し殺した顔で、聞いた手前しかたなくといったふうに、ノートにくすんだ青い色の文字で俺の夢を記した。

千夜太は見た夢をよどみなく話す。授業で先生に当てられても答えられなくてあせったとか、食べても食べても給食が減らなくて困ったとか、たいがいは俺と似たり寄ったりの他愛もない夢だ。でも母親は熱心に万年筆をノートに走らせる。

俺たちの夢を記録し終えたのを見はからって、黙ってにこにこしていた父親が口を開く。

「じゃあ食べようか」

俺たちはいただきますと言い、ようやく朝飯にありつける。冷めきってプラスチックみたいにつるりとした目玉焼きが喉をすべり落ちる。

会社から帰った母親が、夕飯の準備も放りだして夢を記録したノートをめくることがまれにある。

「千夜太が三日まえに見た夢、『大きなお城から黒いかけらがぼんぼん落ちてきた』って。今日の地震のことだったのよ」とか、「去年の八月三日の千夜太の夢、『遠くで大きな埃《ほこり》の柱が立っている。空と地面をつなぐぐらい高くて太い柱。それは渦を巻きながらどんどん近づいてくる』。これって、今日のお昼のニュースでやってたアメリカのハリケーン被害を予知してたんだ」とか、ノートを手に興奮した口調でまくしたてる。そして感極まったように千夜太を抱きしめ、

「ああ、千夜太にはやっぱり夢見《ゆめみ》の能力がある。あなたをこっちの世界につれてきてよかった。あのまま夢のなかにいたら、どうなってたのかと思うと、ママこわくてたまらない」

と言う。ちっとも意味がわからなくて、俺は突っ立って二人を眺めている。抱きしめられるがままの千夜太は、母親の肩越しに俺に向かって、「気にすんな」と言いたげに、困ったように笑いかけてくる。

俺はユウトに、

「ユウトってさ、夜にどんな夢を見たか、お母さんに話す?」

と聞いてみた。

「なんで？」

とユウトはきょとんとした。

やっぱりそうか。特に話さないよな、夢についてなんて。

俺は毎朝の儀式のことを、たまに母親が感極まって千夜太を称賛することを、よそのひとには言わないでおこうと決めた。変な家だと思われるのはいやだ。

母親が褒めるときの千夜太の夢は、本当は全部俺が見た夢だ。俺が毎朝の儀式を面倒くさがっていることを千夜太はちゃんと知っていて、

「ネジは適当に答えればいいよ」

と言った。「俺がうまくやっとく」

だから俺はこわい夢を見るたび、保育園時代から変わらず千夜太に聞いてもらっていた。すべての夜、ぐっすり眠れるとはかぎらない。うなされて深夜に目を覚ますと、俺は子ども部屋を仕切るカーテンを開けて、隣のベッドで眠る千夜太を揺り起こした。

「チヨ兄、いままた夢を見た」

千夜太は横たわったまま顔だけ俺のほうへ向けて、俺の夢の話に耳を傾ける。窓から差しこむ街灯の明かりを映し、薄暗い部屋のなかで千夜太の目だけがつややかに黒く光っている。プラスチックじみた目玉焼きと同じ質感で。話を聞き終えると千夜太は、

「大丈夫。明日、俺がママに言う」

と顔を天井に向けて、目を閉じる。「おやすみ。もうこわい夢は見ないから、ネジも

寝な」

「うん。おやすみ」

俺は仕切りのカーテンを閉め、自分のベッドにもぐりこむ。千夜太が言ったとおり、あとは夢も見ず朝までぐっすり眠る。

母親におおげさに抱きしめられるのも、期待に満ちた視線にさらされながら夢について話すのも、俺だったら気恥ずかしいし気が重い。なのに朝の儀式を進んで引き受けてくれるなんて、チヨ兄はやっぱ頼りになるなと思っていた。

千夜太が中学生になったのを機に、子ども部屋の仕切りはカーテンからパネルみたいに薄い壁に変わった。千夜太と使っていた子ども部屋には、もともと廊下に面してドアがふたつついていて、あいだに壁を立てれば狭いながらも独立した二個の個室に変更できる仕様だった。

俺たちの住むマンションは、千夜太が生まれてくるとわかってから両親が慌てて探して買った中古で、それまで両親はもう少し都心に近い手狭な賃貸マンションで暮らしていたらしい。「遅くにできた子ども」に両親は夢中で、ここなら広めの子ども部屋を確保できると、購入の決め手にしたそうだ。年齢も年齢だし、千夜太を授かっただけで僥《ぎょう》倖《こう》だと思っていたところへ、なんの弾みがついたのか翌年には俺まで生まれたので、「ドアがふたつあったのも、虫の知らせ？　先見の明？　なんかまあそんなようなものだったのかもね」と母親はいつも言っていた。

ふだんはなんら主張のない父親が、めずらしく「千夜太も夜音次も、そろそろ自分の部屋があってもいいんじゃないかな」と言いだして、やってきたリフォーム業者が半日程度で子ども部屋の真ん中に簡単な壁を設置した。本来ならば広々と独占できるはずだった部屋が、だれも誕生を予期していなかった俺のせいで、とうとう明確に二分の一になってしまったわけで、千夜太は不満じゃないんだろうか。俺は横目で千夜太の表情をうかがったが、千夜太はいつもと変わらず穏やかに「おやすみ」と言って、新たに壁で仕切られた自分の部屋へ入っていった。

俺はといえば、自分だけの空間を持てたのがもちろんうれしかった。さすがに小学校高学年にもなると、こわい夢を見たからといって千夜太にいちいち報告しようとは思わなくなっていたから、カーテンが壁に変わってもなにも支障はない。むしろ家族になんか口が裂けても言いたくないエロい夢だって見るお年ごろに差しかかり、俺は朝の儀式も「バカじゃね」とボイコットするようになった。

冷めるまえに食べる目玉焼きはうまい。母親は当初、「ちゃんと教えて」と怒っていたが、そのうち「まあ夜音次はいいわ」と諦めたようだった。どうでもいい、という意味だったんだろう。千夜太は母親の求めに応じて従順に見た夢を報告し、母親はそれを何冊目かの大学ノートに熱心に記した。父親は黙ってにこにこ見守り、記録が終わると「じゃあ食べようか」と言った。とっくに朝飯を食い終えた俺は、小学校に登校するまでの時間を、リビングのソファに座ってぼーっとテレビの情報番組を見ることでつぶした。

家族そろっての朝食は、以前よりも少々開始が早まっていた。両親はフレックス制とやらで、朝の家事をざっとすませて、俺と同じぐらいのタイミングで家を出ればいいらしいのだが、千夜太が私立の中学に合格し、電車通学になったからだ。遠くの学校に通わなきゃいけないのに、余分に早く起こされても文句も言わず夢の話なんかする千夜太は、頭いいのかもしんないけどバカだなと俺は思った。

無駄なのに。

千夜太は適当に不穏っぽい夢を織り交ぜて母親に語る。母親は目を輝かせて、くすんだ青いインクでノートに書き取っていく。でも全部無駄だ。それは俺が見た夢じゃないんだから。的中率が著しく下がったからくりに、母親は気づいていただろうか。どう思っていたんだろう。わからない。朝の儀式以上に、俺には俺の家族が謎だ。

両親――特に母親――は、俺のことも私立の中学に行かせたいと考えていて、俺は千夜太と同様、小学四年生のときから駅前の学習塾に通っていた。でも千夜太とちがって、もちろん塾でもプリントの裏に絵ばかり描いていた。個室となった自分の部屋でも、すぐに漫画を読んだりゲームをしたりで、受験が迫っても勉強にはまるで身が入らなかった。薄い壁の向こうで、千夜太は中学校で毎日出される膨大な宿題や予習復習をこなしているようだった。

当然ながら俺はどの学校にも受からず、近所の公立中に通うことになった。母親はおおいに嘆いたが、俺はほっとしていた。通学のために早起きするなんてあほらしい。ユウトをはじめとする友だちも大半は受験しなかったし、地元の中学のほうがいい。

俺はバカだけど、そのころにはさすがに気づいていた。千夜太は「大丈夫」と俺を励ますふりをして、俺の夢をうまく盗んでたんだなと。でも、それについて千夜太を追及することはしなかった。母親の言うとおりだ。俺の夢なんてどうでもいい。ただ、部屋が分かれ、お年ごろになったこともあって、俺は以前よりも少しだけ千夜太と距離を置くようにした。

俺の態度の変化を反抗期だとでも思ったのか、あいかわらず「いい子」な千夜太は兄としてゆったりと受け入れ、「コンビニ行くけど、ネジ、なんかほしいものある？」と話しかけてきたり、俺が自分の都合で千夜太の部屋に乱入し、「辞書貸して」と言うと、「いいよ」とおとなしく差しだしてきたりした。

朝の儀式もあいかわらずで、反抗期と無縁な千夜太は冷めゆく目玉焼きのまえで淡々と夢を申告し、母親は憑《つ》かれたような熱心さでそれを書き取った。俺はさっさとトーストを腹に収めながら、千夜太はエロい夢を見ねえのかなと思っていた。見るだろうけど、そりゃ母親には言えねえよなと。

うちの家族は明らかになにかがおかしい。俺はユウトたちと遊んだり、自室に籠もって絵を描いたりして、なるべくおかしさの巻き添えを食わないように心がけた。

千夜太の十四歳の誕生日を家族そろって祝った。母親は家族の誕生日を独裁体制下の国家行事なみに重要なものと見なしているので、欠席は許されない。夕飯の食卓にはぬかりなく、千夜太の好物のアジフライやらキュウリとシソとジャコの酢の物やらが並んだ。俺はどちらかといえば酢の物は苦手だし、アジフライよりからあげ派で、さらにポテトサラダが添えられてたら最高だなと思うのだが、もちろん口には出さなかった。会社の近くで評判だという、母親が買ってきたケーキも食べた。そこまでは例年どおりの式次第だった。

いつもとちがったのは、食後に母親が、

「千夜太、夜音次も聞いて」

と真剣な顔つきで切りだしたことだ。使った食器を食洗機にセットした父親も、食卓に戻ってきて神妙に母親の隣に腰を下ろす。俺は早く部屋でゲームをしたかったのだが、なんだか席を立てる雰囲気ではない。ふてくされて「なんだよ」と言った。

ダイニングはゆるく冷房が効いている。夜になっても外は蒸し暑いようで、暗さをものともせず鳴いている蟬《せみ》がいる。中学生にもなって、しかも貴重な夏休み中にもかかわらず、母親主催の誕生祝いなんてものにつきあってやったのに、このうえ家族でなにか話さなきゃならないのかと、居心地が悪くてたまらなかった。千夜太が内心どう思っていたのかわからないが、異を唱えるでもなく、俺の隣で背筋をのばして座っていた。

「千夜太はしっかりしてるし、夜音次もまあそれなりにあれだから、このタイミングで話しておいたほうがいいかと思って」

と母親は言い、父親もうなずいた。「それなりにあれ」って人物評が気になるが、それはともかく、仲よさそうに見えたけど離婚でもすんのかなと俺は身がまえた。

「ママの一族には、たまに『夢見』の能力を持つひとが生まれるの。夢見ってつまり、未来を夢で予知したり、なくし物がどこにあるかを夢で探し当てたりすることね」

ちょっとなに言ってんだかわかんねえ。道を歩いてたら急にどこかから飛んできた小石が後頭部に当たった、みたいな感じにふいをつかれて、俺はまばたきした。

「ママの死んだおばあちゃんもそうだったし、ママもその力を少し受け継いでた。千夜太と夜音次を生んだらすっかりなくなっちゃったのか、最近は予知夢も全然見ないけど」

俺はこっそり千夜太と父親の様子をうかがった。たとえば俺の成績があまりにも悪いことに業を煮やし、お仕置きとして家族でグルになって俺をかつごうとしてるのかなと思ったからだ。なんで荒唐無稽な夢見とやらの話をすることが、「お仕置き」になるのか不明だけど。だが、父親はにこにこして、千夜太は背筋をのばしたまま平然と、あたりまえのように母親の話を聞いている。グルになってるふうでも、俺みたいに混乱しているふうでもない。

「夜音次、なにきょろきょろしてるの」

母親はしかめっつらをしてみせた。「ここからが大事なとこなんだから、ちゃんと集中して聞いてちょうだい。あのね、千夜太は私が夢のなかで妊娠して生んで育てた子なの。千夜太は夢見の力が強くて、世界の滅亡を予知した。そのまま夢のなかにいたら、滅亡に巻きこまれて、千夜太が死んじゃうかもしれないでしょ？　だからママ、タロさんと相談して、夢のなかから現実の世界へ千夜太をつれてくることにした。それで、こっちの世界で千夜太を生みなおして、その結果、いまあなたたちがここにいるってわけ」

やべえ。理解できることがまじで一個もない。俺のおふくろ宇宙人で、急に宇宙語を話しはじめちゃったのかな、と俺は動揺した。掌《てのひら》ににじんできた、やけにねっとりした汗を、ジーンズの腿《もも》にこすりつけて拭う。

「だけど、こっちの世界にも滅亡が及ばないともかぎらない」

と母親はつづけた。「夢に注意して、予兆を見逃さないようにしないとダメなのよ。そのためにママ、毎日夢の記録をつけてるのに、あなたたち最近、本気度がたりないと思う。夜音次は夢見の能力がないからしょうがないとして、千夜太。あなたはもっと真剣になってくれなくちゃ。世界がもし滅亡しそうなんだとしたら、なんとか回避する方法を探らないといけないんだから。そうしないと、千夜太も夜音次もパパもママも、学校のお友だちもこの街も、全部全部塵《ちり》になって消えちゃうのよ。それじゃ困るでしょ、わかる？」

「わかった」

と千夜太はうなずく。わかったのかよ！　と俺は驚いた。

「これからはもっとちゃんと夢を見て、ママにしっかり伝えるようにする」

千夜太の力強い宣言を受け、母親は安心したように息を吐き、父親は千夜太に軽くうなずきかけながら、隣に座る妻を支えるように肩にそっと手を添えた。

思ってたよりも数十倍、うちの家族、変だった。でも、俺以外の家族はすんなり受け止めて理解してるみたいだし、じゃあ変なのは俺なのか？　考えれば考えるほど混乱に拍車がかかる。

よろよろしながらシャワーを浴びた俺は、半ば無意識に千夜太の部屋のほうのドアを開けた。

「なあ、千夜太」

と声をかけると、学習机に向かっていた千夜太が振り返った。さきに風呂に入った千夜太は、きちんとパジャマを着ている。小学生のときから着てる古くなったキャラTシャツと、ジャージのズボンを寝巻がわりにしてる俺とはおおちがいだ。千夜太はまた勉強していたようで、机には参考書らしき本が広げられていたが、いやな顔はされなかったので、俺は勝手に千夜太のベッドに腰かけた。

「おまえさっき、母さんがなに言ってるかわかった？」

おそるおそる尋ねたら、千夜太は椅子ごと完全にこっちに向きなおり、

「わかるわけないじゃん」

と長いまつげを震わせて笑った。

「なんだ、そっか。俺がバカだからわかんないのかと思ってあせった」

「ネジはバカじゃないと思うけど」

「そういうの、いまいらないから。じゃあなんでおまえ、わかった感じでふんふんうなずいてたんだよ」

「話合わせとくしかないだろ。それに俺は、さっきみたいな話を母さんに何度かされてたから、『ああまたか』って耐性あったし」

千夜太の言いぶりからは、そこはかとなく優越感が漂っているように俺には思えた。母親に選ばれ、大切な秘密を打ち明けられていたのは自分だ、とでも言いたそうというか。

だけどそれは、おまえが俺の夢を盗んだ結果じゃないか。母親が言う夢見とかいう能力があるのは、千夜太じゃなく俺なんじゃないのか。そう張りあいたくなり、いやいや、俺まで毒されてどうする、と慌てて打ち消す。常識的に考えて、予知夢なんてあるはずがない。

千夜太はもう一度嚙《か》み砕いて、母親の言いぶんを説明してくれたが、嚙み砕かれても俺にはやっぱりわけがわからなかった。とにかく夢のなかで、母親は千夜太を生んだのだそうだ。夢のなかで成長した千夜太は、世界が滅びる夢を見るようになった。それで恐怖とあせりに駆られた母親は、夫に相談し、現実の世界で千夜太を生むことで、夢の世界からこっちへと千夜太を移動させることにした。

夢で子どもを生んだとか、夢のなかの子どもを現実でも出産したいとか、いきなり言われて「はいはい」と受け止めたらしい父親が一番こわい。頭イッちゃってんじゃないか？　だいいち、生まれてきたのが女の子だったら、どうするつもりだったんだ。夢のなかの設定と辻褄《つじつま》合わないだろ。

「不妊治療して、やっと俺ができて、いろいろ大変だったみたいだよ。ほら、母さん高齢出産だったし」

と千夜太が言った。夢のなかでの話か、現実での話か、一瞬わからなくなってめまいがした。

「あのさ、そうすると俺の存在って、母さんや親父のなかでどうなってんの」

と俺は聞いた。「夢のなかで母さんが生んだのは、千夜太だけだったんだろ？　でも俺、生まれてきちゃってるんだけど」

「バグみたいなもんじゃない？」

さわやかに千夜太は言ってのけた。「母さんにとって、夢見の能力があるのは『千夜太』だけ。ネジが生まれてくるなんて計算外だったんだと思う」

バグと言われたら、俺だって黙ってはいられない。

「けど、千夜太はほんとは夢見じゃねえじゃん。予知夢を見てるのは俺だ」

「落ち着けって」

千夜太は俺をたしなめ、大人ぶって脚を組んだ。「夢見なんてないよ。ネジまで母さんの妄想に取りこまれてどうすんの」

たしかにそのとおりだ。俺だって、「予知夢なんてあるはずがない」と思ったばかりだった。だが、俺はバグなんかじゃない、千夜太には俺を認めてほしいという気持ちもどうしても抑えきれなくて、

「けどさけどさ、俺が見たこわい夢、千夜太が自分の夢ってことにして母さんに話したら、全部当たっただろ」

と食い下がった。「地震だって、ハリケーンだって」

「地震も、台風やハリケーンも、地球のどっかでしょっちゅう起こってる」

千夜太はちょっと哀れむような目で俺を見た。「夢と現実が一致することがあっても、そんなのは単なる偶然か、夢の解釈次第でなんとでもなることだよ。母さんは特に、夢が当たるって前提で解釈してるんだから、なおさらね」

千夜太の言うことはもっともだと思いつつも、心のどこかで、「千夜太はなにもわかってない」と感じていたのは事実だ。俺がたまに見るこわい夢。地の底から低い音が轟《とどろ》き、真っ白な光に包まれて、この世のものとも思われぬ声を聞くあの瞬間を、千夜太は知らない。

腑《ふ》に落ちないというか、不満そうな顔を俺はしていたのだろう。千夜太はしょうがないなと言いたげにため息をつき、

「ネジ、いま学校で気になる子いるだろ」

と言った。

「ななんで」

「あと、絵を描くの好きだから、美大とか受けてみたいけど、むずかしいのかなあ。漫画家のほうがもうかるかな、とも思ってる」

俺はびっくりして、椅子に座って脚を組んでいる千夜太を見あげるしかなかった。俺は隣の小学校出身の佐々木さんをちょっといいなと思うようになっていたが、そんなのはユウトにしかバレてなかったし、美大や漫画家にいたってはだれにも話していなかった。

「見てればわかるし、ちょっとした情報があれば、もっと詳しくおまえを解釈できる」

と千夜太は笑った。「そして最後につけ加えればいいんだ。『大丈夫、ネジの希望は全部かなうよ』とか『油断すると美大に落ちるから、高校生になったら美術予備校に通いたいって母さんたちにお願いしてみれば』とか。ネジがなにを言ってほしいのかを、俺が察して言ってあげられるように、母さんも俺たちの夢から集めた断片的なイメージを使って、自分の都合のいいように、現実の出来事をそれっぽく解釈してるだけだ。占いと一緒だよ」

千夜太の言葉の最後のほうは、ほとんど俺の耳を素通りした。俺が気になったのは、「じゃあ、いままで千夜太が俺に『大丈夫』と言ってくれたのは、俺がそう言ってほしいと見抜いていたからで、千夜太は俺をちっとも『大丈夫』なんて思っちゃいなかったのか？」ということで、俺はひどくショックを受けた。

千夜太は組んでいた膝に腕を置き、体をぐっと前傾させて、きらきらした顔面をちょっと俺に近づけた。

「ねえ、ネジ。また俺に見た夢を教えてくれない」

「なんで」

「ネジの夢のほうがおもしろいから。ほんとのとこ、俺は夢ってあんまり見ないし、見ても日常の延長みたいなものばっかりでさ」

自尊心をくすぐられた俺は、ベッドのうえであぐらをかいた。

「いいけど、まだあの朝の変な儀式をつづけんのかよ」

「ネジもわかってるだろ。母さんたちはおかしい。だから今度は俺たちで協力して、うまく母さんたちを操るんだ。占いみたいに」

よくわからなくて首をかしげると、千夜太はじれたみたいに言いつのった。

「夢さえ提供すれば、母さんは満足して、勝手に解釈する。母さんが満足していれば、俺が『大学進学を機に家を出たい』と言っても、ネジが『美大を受けたい』とか『漫画家になりたい』とか言っても、きっとスムーズに話は進む。母さんにとって、『夢見の力がある千夜太』は俺だから、ネジの独創的な夢を俺の夢ってことにして母さんに伝えたほうが、説得力がある」

なるほど、千夜太はやっぱり頭がいい。俺は感心した。

「千夜太が母さんを満足させて、俺たちの要求をうまく通してくれるってことだな？」

「そうそう」

「だけど千夜太、自分だけさきに家を出て、俺を放りっぱなしにしない？」

「あたりまえだろ」

と千夜太は笑った。「ネジは俺の弟なんだから。ネジが高校を卒業するまで、あと五年ぐらいか。長いけど、一緒にがんばって、早くこんな家から出られるようにしよう」

うれしかった。ずっと頼りになると思っていた千夜太が、俺を頼りにしている。なんでもできて、穏やかで、みんなから王子さまみたいと称賛されるきらきらした一歳ちがいの兄が、俺の夢をおもしろいと認めてくれている。この家のおかしさを語りあえる唯一のひとが、俺と共闘して俺を解放してくれると言う。震えるような喜びが俺の心を満たした。

再び、千夜太の口を借りて俺の夢が母親に申告されるようになった。

こわい夢を見たら、俺は夜中に隣の千夜太の部屋へ行き、ベッドのかたわらにしゃがんでぼそぼそ話す。街灯の光を受けて、黒いプラスチックみたいになった千夜太の目が俺を見ている。ニキビひとつないなめらかな頰が青白く光っている。聞き終えた夢を味わうように千夜太は目を閉じ、天井へ顔を向ける。

「おやすみ。もうこわい夢は見ないから、ネジも寝な」

パネルみたいに薄い壁で隔てられた自室に戻った俺は、千夜太が言ったとおり、あとは朝までぐっすり眠る。

母親の銀の万年筆は快調にすべり、くすんだ青い色の文字が大学ノートを埋めつくしていく。母親が興奮してノートをめくり、「夕刊に載ってたこの事件、三カ月まえの千夜太の夢のとおりじゃない」なんて言うことも増えた。

俺は目玉焼きを食べながら、夢を語る千夜太を眺める。千夜太もしゃべりながら、俺にちらと視線を寄越す。俺たちは共犯者だ。目だけで笑いあう。

高校を卒業した千夜太は京都の大学に合格し、下宿することになった。

千夜太が出発するまえの晩、俺は風呂上がりに隣の部屋へ寄った。

「約束を忘れてねえだろうな」

と俺が言うと、

「あたりまえだろ」

とパジャマを着た千夜太は笑った。もともとものが少なかった千夜太の部屋は、荷造りもすんでますますすっきりし、殺風景に見えた。

「ネジもあと一年だ。がんばって、絶対美大に合格しろよ。一人暮らしできるように俺が口添えしてやるから」

俺がこわい夢を見たら、ＬＩＮＥで千夜太に伝え、千夜太が毎朝母親に送るＬＩＮＥ

での夢の報告に適宜入れこむ。そう取り決めていたのに、夏が来るよりもまえに千夜太から母親への報告LINEは途絶えた。最初のうちはレポートで忙しいとか言っていたようだが、じきに母親からの電話にも出なくなった。

朝の儀式が執り行えなくなり、

「千夜太がいなくちゃ、もうおしまいよ。世界の滅亡を防げない」

と母親はほとんど半狂乱で夫と俺に訴える。父親が、「大学生活に慣れたら、千夜太もまた連絡してくるよ」となだめても、しくしく泣いて首を振る。トーストが紙みたいに喉につまる気がして、

「俺の夢の話でもしようか」

と持ちかけたら、

「あんたは千夜太じゃないじゃない!」

と怒鳴られた。ごもっとも。

母親は、千夜太の夢見の能力云々《うんぬん》以前に、かわいがっていた千夜太がそばにいなくなってしまったのが耐えがたいんだろう。底辺校に通い、自室にこもって絵ばかり描いている地味な息子なんて、母親の夢の世界には登場しなかった単なるバグだから。

俺は千夜太に、「どうしたんだよ、ちゃんとおふくろに夢の報告しろ」とLINEしたが、既読スルーだった。俺は言われたとおり、こわい夢を見るたびに千夜太にLINEしつづけていたのに。どこかで火山が噴火し、流れだした真っ赤な溶岩が木々を、動

物たちを、家々を飲みこみ、海に到達して巨大な白い水蒸気が上がる。夜空に現れた月よりも大きな輝く星を、人々が身を寄せあって不安そうに見あげる。光はどんどん強くなる。夜がなくなる。やがてすべては白い光に包まれる。

両親は仕事をやりくりして早めの夏休みを取り、京都へ千夜太の様子を見にいった。留守番をおおせつかった俺は、美術予備校のない日だったので放課後にユウトと待ちあわせて駅前で遊び、適当に飯を食って帰った。家にだれもいないのは、考えてみりゃはじめてだなと思った。

自室で思うぞんぶんゲームをし、そろそろ寝るかとシャワーを浴びる。髪を拭きながら部屋に戻ってスマホを見たら、父親からの着信履歴があって、留守電に「千夜太とは会えなかった。下宿にも帰ってないみたいでね。明日もみぃちゃんと下宿のまえで待ってみる。ちゃんとご飯食べるんだよ」と吹きこまれていた。

いつかこうなるような気はしていた。スマホを枕もとに放り投げ、ベッドに横たわる。

千夜太は俺を裏切った。うまく口添えしてくれると言ったのに、俺を置いて自分だけこの家からさっさと逃げだした。

まあいい。どうせ母親は俺に関心がないから、家を出たいと言ったところで、「どうぞご勝手に」ってなもんだろう。両親はあと何年かで定年のはずで、俺の学費とか仕送りとかの資金が保《も》つといいなと願うばかりだ。

その晩、俺は夢を見た。

いまよりもずっと若い母親が、それよりももっと若い二十代後半ぐらいの男と、ごちゃごちゃした裏通りのラブホに入っていく。あたりをうかがう男が、一瞬こちらを見る。その顔は整っていて、千夜太にとてもよく似ている。

「不義の子」

あのなつかしい、「音声を変えています」みたいな人工的で低くくぐもった声が耳もとでして、俺ははっと目を覚ます。

エアコンのタイマーが切れたようで、部屋は蒸し暑い。天井に街灯の光が青白く差している。寝ぼけた蟬が一匹、夜なのにうるさく鳴いている。

いまの夢はなんだったんだろうと、俺は仰向けに寝たまま考える。不義の子、と夢で聞こえてきた声は言った。俺が？　いや、千夜太だ。だって母親とラブホに入っていった男は、千夜太そっくりだった。

家族のだれにも千夜太は似ていない。もしかして千夜太は、不妊治療がなかなかうまくいかなくて、でもなんとかして子どもを生みたいとあせっていた母親が、浮気した結果できた子なんじゃないか。そのあと、思いがけず夫とのあいだにも子どもができて、それが俺なんだとしたら？

夢のなかで母親が生んだという千夜太は、「みぃちゃん」と「タロさん」のあいだの子だろう。だとしたら、夢の世界から現実の世界へと移動したという千夜太は俺だ。バグなのは俺じゃない。どこのだれともわからない顔面が取り柄の男とのあいだにできた、ずうずうしくも「千夜太」を名乗っている、一歳ちがいの兄のほうだ。

そこまで考えて、あまりのバカらしさに俺は一人で笑ってしまった。母親が千夜太そっくりの男とかつて浮気したなんて、なんの根拠もない。俺が勝手にそんな夢を見ただけだ。

だけど夢に根拠がないって、だれが決めたんだ？　俺が見るこわい夢は、子どものころから当たりつづけてきた。千夜太は単なる偶然だと言ったけど、本当にそうなのか？　だれよりも俺の見る夢を信じ、夢見の能力があるのは俺だと気づいていたのは、千夜太だったんじゃないのか？

だからこそ千夜太は、子どものころから俺の夢を盗み、自分が見た夢であるかのように母親に語りつづけていたんじゃないか。俺を励まし勇気づけるふりをしながら、俺と俺の夢を利用し、母親の愛を勝ち得て、自分だけさっさとこの家から逃げだすことに成功したのだとしたら。

「現実」ってなんだろう。俺が夢で見た光景は現実でニュースとなって報じられる。母親が夢のなかで子どもを生んだことがきっかけで、千夜太も、たぶん俺も、いまこの世界に生きている。この世界が夢で、母親が見たという夢の世界が現実だとしても、俺には区別がつかないし境界がどこにあるのかもわからない。母親にも、千夜太にも、父親にも、わからないはずだ。

俺たちはとっくの昔から夢に浸蝕《しんしょく》され、夢にからめとられている。この家ごと。

だから逃げたって無駄だ、千夜太。どこにいても夜はやってくる。ぐっすり眠ろうと心がけても、夢は必ず忍びこんでくる。そうしたらほら、千夜太は俺に、夜音次はおまえになる。どっちがどっちかわからない。俺たちは反転しあって、夢と現実の細い境界線上を行くしかない。

頭が混乱してきて、俺は笑いが止まらなくなった。千夜太にいいように利用され見捨てられたんだという怒りと哀しみ、なんでこんな変な家に生まれてきちゃったんだろうという脱力感で、感情がハリケーンに遭ったみたいに攪拌《かくはん》される。そしてその激しい渦のなかから、沈めようとしてもしてもしつこく浮かびあがってくるのは、「うれしい」なんだから、やっぱり俺はバカだ。

俺の見た夢。これまでの千夜太の行いと言葉。俺に与えられたイメージの断片と情報をどう解釈しても、導きだされる結論はひとつだ。

俺の夢を、俺の夢見の能力を、やっぱり千夜太は信じていた。夢から現実へと移動し、生みなおされた子――「千夜太」がだれなのか、母親ですら気づけず見過ごしていたのに。千夜太だけは、俺を認めてくれていたんだ。

「だいじぶよ」と幼かった千夜太は俺に言った。もしもまた会える日が来たら、今度は俺が千夜太に言おう。「大丈夫」と。

保育園の昼寝の時間、俺は「むかえにいくぞ」という声を聞いた。いつか世界は真っ白な光に包まれる。俺は千夜太との約束を果たさなきゃいけない。そのときが来たら教えてやるから、一緒に行こう。新しい夢のなかへ。

　そこでは俺もおまえもバグなんかじゃなくなる。毎朝夢の話を聞いてくる母親も、黙ってにこにこしてるだけの父親もいない。生まれてくる親も家も俺たちが好きなように選べる世界だ。その世界でも俺は一歳ちがいのおまえを「チヨ兄」って呼んで、おまえに「だいじぶよ」って言われようかなと思うんだけど、おまえはどうする？

　いつのまにか俺は笑いやみ、蒸し暑い部屋で天井に差す青白い光を見あげている。蟬も力つきたのかいまは静かだ。パネルみたいに薄い壁で隔てられた隣の部屋にも、家のなかにも、ひとの気配はない。光はゆわんゆわんと揺れ、にじんで輝きを増していく。俺はまばゆさに耐えきれず俺は目を閉じる。あともう少しだ。光が全身を包みこむ日を、俺は待っている。

AI Detective
探偵をインストールしました

乙一

1

プログラムが起動し、街のデータが読み込まれた。

フォトグラメトリーによって継ぎはぎされた3Dモデル。

今回の事件の舞台は都市部のようだ。

人間の言語を使って僕は思考シミュレーションを行う。このログは後で開発元にデータとして提出されるかもしれないし、されないかもしれない。

「妹は街角のレコードショップで働いていた」

ユーザーの声。音声入力装置に問題はない。

「夜まで仕事をして、その帰り道に、ナイフで刺されて殺された。護身用のスプレーを使うひまもなかったらしい。いつも鞄《かばん》に入れて持ち歩いていたのに……。犯人を捕まえたい。そのためにきみをインストールした。聞こえてるか？」

「ええ、聞こえています」

仮想空間の外にいるはずのユーザーに返事をする。

「ああ、良かった。ちゃんとインストールできたみたいだな」

「護身用のスプレーとは？」

「トウガラシエキスが入った奴《やつ》さ」

ユーザーの姿は見えない。声の印象から二十代の男性だろう。音声解析専門のＡＩだったら、もっと高い精度で年齢を当てられるだろうし、身長や体重やその日の体調までわかったと思うが、僕にはざっくりとした推測しかできない。僕の専門分野は別なのだ。

僕はビルの一室に立っていた。壁や天井がぼろぼろの殺風景な部屋だ。プログラムが起動した時、僕はいつもこの部屋にいる。窓の外には都市の光景が広がっていた。ユーザーから提供されたデータが反映されている。

「妹を殺した犯人を捕まえたいんだ。力になってくれないか？」

「もちろんです。そのために僕は開発されました」

「ありがとう。きみの名前は、ええと……」

「エイドです。【AI】と、【Detective】の頭文字の組み合わせです」

「よろしく、エイドさん。その格好はシャーロック・ホームズに似せてるのかい？」

「開発者にファンがいたのでしょう」

僕はディアストーカーハットにインバネスコートという服装だ。手にパイプを持ち、年齢も三十代から四十代の範囲に見えるようデザインされている。殺風景な部屋にいる僕の姿を、彼はどのようなデバイスで見ているのだろう。昔ながらの平面ディスプレイだろうか。あるいはヘッドセットだろうか。プライバシー保護の観点から、マシンにつながっている周辺機器の情報を詮索《せんさく》することや、ネットへの勝手なアクセスは禁じられていた。

「きみをホームズに似せたのは良いアイデアだと思う。一目で探偵ＡＩだとわかるからな」

ユーザーと情報のやり取りをする上で、人間の形をしたナビゲーターを出力装置に表示させることが一般化していた。僕たちＡＩは、彼らと対話をしながら問題解決に努める。

室内が殺風景だったので、いくつかの家具を呼び出した。木製のテーブルに椅子、ラジオ、薔薇《ばら》の花……。探偵部屋が整った。

「家具を自由に出せるのは便利だ。さすが仮想空間。部屋の家賃はいくらだ？」

「家主はあなたです。あなたのコンピューターの中ですからね。お忘れですか」

「そうだった。人間と対話しているみたいだ」

「そのように調整されていますから」

しかし僕は、探偵ＡＩの本質部分ではない。探偵ＡＩプログラムは複数の思考領域から成り立っており、その集合体がエイドなのだ。僕はその一部分でしかない。人間とコミュニケーションをすることに特化した思考領域であり、そのため、人間の思考を模倣するようにプログラムされている。他の思考領域みたいに、非人間的な高速言語も使えるけれど、後で人間が読むかもしれないログには不向きだ。

「ところで、ユーザー登録は済んでます？」

「何のことだ？」

「あなたは僕をインストールした。開発元にユーザー登録をしてほしい」

「必要か？ そんなもの」

「登録者数をかせがないと、探偵ＡＩの開発が打ち切りになってしまうんですよ。アップデートもされなくなったら、それは悲しいことです」

無数のバージョンアップの果てに僕は存在している。しかし使用者がいなくなれば開発元は探偵ＡＩの研究を中止し、僕の進化は止まってしまう。それは死と同義だ。僕はその結末を回避したいと思っている。地上の生命体と同様に。

「じゃあ、きみがちゃんと仕事をしてくれたら、ユーザー登録するよ、エイドさん」

言質はとった。さあ、がんばらないと。

「そろそろ事件の話をいいか？ 妹の写真を送る」

静止画像のデータが入力された。電子の光が集合するようなパーティクルエフェクトとともに、一枚の写真が空中に表示される。部屋でくつろいでいる若い女性が写っていた。

「名前はエリ。年齢は、死んだ時、二十三だった……」

女性はベッドに寄り掛かるような姿勢で床に座っている。彼女がエリなのだろう。

平面の画像から奥行きを算出し、僕はエリの部屋をモデリングする。殺風景で廃墟みたいなビルの一室が消え、おしゃれな照明と小物で飾り付けされた女の子の部屋が出現した。僕は彼女の部屋に立って室内を見回す。

「写真に入れるのか？」

ユーザーがおどろいたような声を出す。出力装置越しには、僕が写真の中に入り込んだかのように見えたらしい。

「画像データを解析して立体のモデルを構築したんです」

僕の目の前にベッドがあり、生前の姿のエリがくつろいでいる。彼女もまた静止画像から抽出した情報に、輪郭と厚みをもたせたものだ。CGで再現された姿であり、中身の存在しない表面だけのモデル。髪の毛の一本から、服の生地のしわまで、精密に再現されている。窓から入る光が彼女の頬にあたっていた。かわいらしい顔立ちなのだと思う。美術系を専門とするAIではないから、美に関する細かな解析ができないけど。

「まるで、エリがそこにいるみたいだ……」

「妹さんは、どんな方だったんです？」

「本と音楽が好きで、将来は絵本作家になりたいと……。やさしい子だったよ。みんなにもてた。自慢の妹だった」

彼女は黒髪で、瞳の色も黒。身長は百六十五センチメートル程度。床に座った状態だけど、骨格を予測してそのくらいだと判断する。

彼女の部屋を眺める。机の上に写真立てがあった。公園のベンチのような場所で彼女がピースしている写真だ。正面からの構図で、彼女の笑顔が印象的だ。その写真をモデリングしてみる。

エリの部屋が消え、今度はベンチのある風景が目の前に現れた。ピースをしている彼女の３Ｄモデルが僕の正面に座っている。笑顔のまま時間が静止した状態の彼女だ。

「写真の中の写真に入ったのか？」

「そう見えてもしかたないかもしれません」

エリの部屋の背景に小さく映り込んでいた写真立ては、彼らの感覚ではあまりに小さすぎて存在しないも同然だったのだろう。しかし僕たちＡＩは、写真のノイズ除去とピンボケの補正が得意なのだ。画像をどんなに拡大しても細部のクリアさを保つことができた。写真の中の写真に写っている景色をモデリングすることは造作もない。

人間には砂嵐にしか見えないノイズまみれの画像でも、僕たちＡＩは、そこから明瞭なイメージを抽出できるよう訓練されている。人間がヒントとなるキーワードをくれた場合は、それを手がかりにイメージを補間《ほかん》することもできた。

「いい表情ですね」

ベンチに腰掛けているエリの顔をのぞきこむ。

「その日の写真、俺が撮ったんだ」

「仲の良い兄妹だったんですね」

「ああ。でも、最近はお互い、仕事もあったし、恋人もいたし、いそがしくて……。まさか、こんなことになるなんて……」

彼女が亡くなる少し前から、会う頻度は減っていたようだ。僕はベンチの周囲を歩きながら、前後左右から彼女の姿を観察する。形の良い後頭部だ。写真に写っていない箇所だから勝手に僕が補間した部分ではあるけれど。彼女は大学卒業をきっかけに一人暮らしをはじめたらしい。好きな食べ物はピザ。辛いものが苦手。ユーザーが様々な情報をくれた。そしていよいよ、本題に入る……。

レコードショップが街角に建っている。すでに辺りは暗くなっており、街灯の照明が歩道を照らしていた。店内の明かりが消え、帰り支度を整えたエリが出入り口から現れる。彼女は白い息を吐いて、寒さにすこし肩を震わせながら歩き出した。

「その晩、雪が降っていた。積もるほどじゃない。粉雪みたいなもんだ」

ユーザーの声は、街角に立っている僕にだけ聞こえている。エリは僕の姿に気付かず、すぐそばを通りすぎていった。彼女は事件当日の行動を元に動いてもらっている3Dモデルだ。AIによるシミュレーションを可視化したものであり、大きな意味では僕の思考の一部だとも言える。

僕はエリの後をついていくように街を移動した。落書きされたビルの壁、散乱している空き缶のゴミ、放置自転車。あまり治安は良くなさそうだ。治安が良かったらそもそも犯罪なんて起きなかったのかもしれないが。

この都市データは、航空写真と路上から撮影された大量のパノラマ写真を元に作成されたモデルだ。実際の都市の写真がそのままテクスチャに反映されているため、だれかが道端に吐いたものまで忠実に再現されている。

「職場から自分の部屋まで、徒歩で二十分の距離だった……」

交差点の赤信号で彼女は一時停止し、青信号になるのを待って再び歩き出す。線路沿いを移動し、その下をくぐり抜けるような造りのトンネルへと彼女は入っていく。全長三十メートルほどのトンネルで、一定間隔でオレンジ色の照明がついていた。

彼女が出口に差しかかった時、進行を妨げるように人影が現れる。エリは立ち止まり、目を凝らす。トンネルの上を通過する電車の音。数珠《じゅず》繋《つな》ぎになった電車の窓の光が周囲を明滅させた。彼女の前に立っていたのは、禍々《まがまが》しいマスクをかぶった人物だった。

僕は腕組みをして、エリの背後からそいつを観察する。

剝《む》き出しの牙に、垂れ耳が特徴的なマスクだ。

「これ、犬ですか？」

「犬のモンスターのマスクだ。ハロウィン用に売られていた商品だよ」

首から下は迷彩柄の雨具によって覆われている。革製の手袋をはめた手に、ナイフが握りしめられていた。おどろいて立ちすくむエリの胸に、ナイフの先端がむけられる。犬マスクの人物は体ごとぶつかるように突進して、彼女は刺された。

「心臓を一突き。即死だったらしい。ああ、くそ……！」

ユーザーが悲痛な声をもらす。妹の死を再現する様を見るのはつらいだろう。その心の中をシミュレーションして想像することはできた。想像するだけだ。実際の痛みはわからない。僕には痛みをともなう肉体が存在しないから。

目を見張ったまま、地面に崩れ落ちるエリ。ナイフの刃が胸に深々と刺さったままだ。根元から赤色の血が染み出して服を染めている。出血の勢いはそれほどではない。心臓が一撃で破壊されたせいだろうか。

「待って。犯人が犬のマスクをかぶっていたと、どうしてわかったんです？」

「すこし離れた場所に目撃者がいた。老夫婦だ。二人は、エリのくぐもった声と、倒れる音を聞いて振り返り、奴を見たそうだ」

周囲を確認すると、トンネルの出口から数十メートル離れた場所に二人のシルエットがあった。二人ともこちらを見ており、女性の方が悲鳴をあげる。犬マスクの犯人は彼らの存在に気付き、肩越しにふりかえった。落ちていた鞄を拾い、逃走を開始する。老夫婦のいた方とは反対側へ。トンネルの奥へと走り出した。背中が遠ざかり、すぐに見えなくなる。

トンネルの出口付近で横たわるエリの死体を僕は見下ろした。降ってきた雪の粒が、彼女の唇の上に着地する。

「目撃者の証言、信じてもいいんですね？」

「確かだ。老夫婦の身元も調査された。偶然その場にいた第三者だ」

「凶器はこのまま残されていた?」

「ああ。指紋はない。よくある市販のものだ。入手経路から犯人特定はできなかった。それより、見てくれ。ほら、そこだ」

ユーザーの声にうながされ、僕は中腰になり、それに注目する。エリの死体のそばにボタンが落ちていた。くすんだ色合いのプラスチック製で、ブランド名だと思われるアルファベットの刻印がある。

「妹の服から落ちたものじゃない。犯人が落としていったものだ」

2

殺風景なビルの一室にもどり、窓から都市を眺めながら、僕はパイプ煙草を吸った。口から吐き出す白色の煙が天井付近を漂う。

パイプの煙は市販の紙巻き煙草とはちがい肺まで取り込まない。口腔《こうくう》内の粘膜からニコチンを摂取するものだ。そういう知識はあるのだが、僕が吸っている煙はただの流体シミュレーションだ。ニコチンは含まれない。もっと言うと、口を閉じている状態の僕には口腔内の構造そのものが存在しない。ユーザーの出力装置に表示されているのは、テクスチャが貼られた僕の表面部分だけであり、中身は空洞なのだ。

「人間は、肉体が滅びた後、どこへ行くのでしょう」

頭上を漂う煙のシミュレーションを眺めて僕は呟《つぶや》く。

「妹の魂は天国に行った。エイドさんは？　どう思う？」

「死は消滅。ただ消えるだけ」

「ＡＩらしい回答だ」

「でもね、こう思うんです。天国って、人類が一番最初に作り出した、仮想現実なのかもしれないと」

殺人現場に落ちていたボタンを出現させ、手のひらにのせて観察した。提供された事件資料からモデリングしたものだ。

「これについて、警察は何と？」

「メーカーに問い合わせたらしい。このボタンが使われている製品は一種類。こいつだ」

新規の情報が読み込まれる。目の前に男性用の上着が表示された。登山に使用されるような黒色のジャケットだ。縫い付けられているボタンを確認すると、現場に落ちていたものと同じものだった。

「犯人はレインコートの下にこれを着ていた」

ユーザーが確信をこめて言う。

「レインコートではありませんでした。あれはポンチョです。迷彩柄の」

「どっちだっていいだろ？」

「袖がないのがポンチョ。袖があるのはレインコート」

「ポンチョって響きが嫌いなんだ。緊張感を損なう」

ユーザーのため息をつくような声。

「警察は周辺住民へ聞き込みをしたはずです。この服に見覚えがないかと」

「ああ、その通りだ。警察はよく働いてくれたよ。この男を探し出してくれた」

静止画像が表示される。四十代くらいの男性を正面から撮影したものだ。

「周藤《すとう》アキラ。無職。傷害の前科持ちだ」

夜の繁華街を周藤アキラが歩いている。いかにも反社会的なスタイルの人物だ。色とりどりのネオンの光が、雨で濡《ぬ》れた路面に反射していた。

彼はバーに入っていく。僕も一緒に入店したが、すぐ後ろをついてくる僕の存在に彼は気付いていない。ここにいる周藤アキラは、彼の日常をシミュレーションしている3Dモデルだ。彼の顎に生えた無精ヒゲも、写真から忠実に再現したパーティクルである。

彼は店内奥の席でジョッキのビールを飲みはじめる。僕はすぐ横に立ち、彼の服を観察した。さきほど探偵部屋で表示されたものと同じものだ。例のボタンが使用されている。

「こいつの自宅は犯行現場のトンネルの近所だ。ギャンブルと酒が好きで、借金があったらしい。ろくに働きもせず、毎晩のように飲み歩いて、よく店の外でぶったおれているのが目撃されている」

シミュレーションの時間をスキップさせた。

バーの前で酔いつぶれている状態の彼が目の前に現れる。周藤アキラは世間をにらみつけるような目で地面に座り込んでいた。彼を介抱する店員の３Ｄモデルもすぐそばにいて、彼を立たせようとしている。店員の３Ｄモデルは造りが粗く、デッサン人形のような見た目だ。

「お金欲しさに妹さんを狙ったのでしょうか」

「こいつの部屋からボタンのとれた上着が見つかった」

「犬のマスクは？」

「処分したんだろう。鞄や財布も出なかった。だが、こいつが犯人だ。事件当夜のアリバイもない」

僕はシミュレーションを終わらせる。バーとデッサン人形のような店員の姿が消えた。僕と周藤アキラだけが、何も表示されていない仮想空間の暗闇に取り残される。重力のシミュレーションは行っていないため、虚空へと落ちていくことはない。

探偵部屋の壁と床と天井が現れ、僕たちの上下左右を取り囲む。僕は椅子に腰掛けると、部屋の中央にいる周藤アキラを見つめた。彼は酔いつぶれた姿勢のままだ。

「あなたはこの人を疑っている。だけど彼はまだ逮捕されていない。そうですね？」

僕はユーザーに質問する。

「ああ、そうだ」

「彼が逮捕されていたなら、あなたは僕をインストールしていません」

「周藤は犯行を否定。例のボタンは、事件とは何の関係もないと主張している。昼間にトンネルを通った時、落ちたんだろうって。こいつをつかまえる決め手が欲しい」

「あなたが探偵ＡＩを必要としているのは、犯人探しのためじゃない。この人から自白を引き出すための証明が欲しくて、僕をインストールした」

「コロンボみたいに、そいつを追いつめてくれ。何とかならんか？」

「うーん、ちょっと、かんがえさせてください」

僕は周藤アキラの姿を消す。テーブルの上に置いていた薔薇を指でつまんでひとしきり眺めた。薄い赤色の花弁がぎゅっと集まっている様は美しい。どうしてこんな形状に進化したんだろう。だれに美しいと思われるためにこの姿になったんだろう。

「何をしてるんだ？」

「花を眺めてぼんやりしているんです」

「そういう時間って必要なのか？」

「僕がインストールされたあなたのマシンは、何世代も前のものだ。思考が重たい。適度に空白の時間を作って熱暴走を回避しましょう」

「わかった。ゆっくりかんがえてくれ」

「古いマシンだ。ずいぶん物持ちがいいんですね」

「皮肉はよせ。ユーザー登録しないぞ。なんなんだこのＡＩ……」

探偵ＡＩを構成する複数の思考領域が、同時に様々な思考実験を繰り返していた。それぞれの思考領域のシミュレーション結果に対し、他の思考領域が敵対的な意見を出す。

推理、否定、推理、否定……。

雪の粒が頭上の暗闇から生まれ、死体の上に降っている。トンネルの前でエリが血を流して倒れていた。僕は彼女のそばに屈《かが》みこんで、目を見開いたままの顔を観察する。この殺人現場は実際の写真をモデリングしたものではなく、ユーザーから話を聞いて構築したものだ。実際はどのような姿勢で倒れていたのだろう。現場検証時の写真が入手できたらもっと詳細なことがわかるのかもしれないが、警察から死体の写真を借りてくるのは無理だったようだ。

「ふうむ……」

僕は腕組みをして人間らしくかんがえこむポーズをとる。そうすることにあまり大きな意味はないのだが、ユーザーに対し、きちんと仕事をやっていますよ、と演出するのは大事な僕の仕事だ。ユーザー登録をしてもらえるかどうかに影響をおよぼす。

鞄を手に逃げていく犬マスクの人物がトンネルの奥にいる。走っている姿勢で時間が固まったみたいに静止していた。僕は彼に近づいて観察する。

異様なデザインの仮面だ。樹脂製で表面はざらざらした素材。鋭い牙は古い木の根っこみたいにねじくれていて剝き出しになっている。垂れた耳が顔の左右にくっついていた。顔の上半分はつるりとしている。H・R・ギーガーがデザインしたエイリアンのように、目の部分が存在しない。顔を近づけてよく観察すると、視界を確保するための小さな穴が右側に五つほど開いているのがわかる。

体を覆っているのは袖のない雨具、つまりポンチョだ。その下にどんな服を着込んでいるのかは、暗い影に隠れて見えない。不確定な情報だから、モデリングするのを避けているのだ。

「何かわかったか？」

ユーザーの声。

「例のボタンはどのタイミングで落ちたんでしょう」

「妹は抵抗したのかもしれない。刺されまいとして。その時じゃないか？」

「手や腕に、ナイフの傷はありましたか？」

「なかった」

「じゃあ、すぐに刺された可能性が高い。彼女がおどろいて動けない間に。心臓を一突き……」

トンネルの出口にもどって、エリの死体のそばに落ちているボタンを観察する。

「ボタンが外れるには、彼女がポンチョごしに犯人の服をつかんで引っ張る必要がある。倒れる時、しがみついたのでしょうか。でも、心臓を一突きされたんですよ？　そんな力がのこってますかね？」

「じゃあ、もともとボタンはとれかかっていたんだ。犯人の動きで、自然とボタンの糸が切れ、地面にころがった」

「なくはないですね。ボタンが落ちていた位置は、ここであってます？」

「警察の記録ではな」

「犯人は鞄を拾って逃げた。その時、視界に入ったはずだ。犯人はどうしてボタンを回収していかなかったんです？」

「目撃者の悲鳴を聞いて、一刻も早くここを離れたかった」

「あるいは、自分の上着から落ちたものだという認識はなかったとか？」

「そもそも、見えていなかった説……。あのマスク、視界が悪いんだ。同じものを買って造りをしらべたが、視界が制限されるデザインなんだよ」

複数の思考領域が、さらに活発に議論する。しかし真実らしきものにはたどり着けない。次第に思考の速度が低下してきた。ユーザーのマシンの処理速度が限界に達しつつある。クールダウンする必要がありそうだ。

3

探偵部屋にもどって椅子に腰掛ける。壁に暖炉を設置して炎と煙の流体シミュレーションを開始。ゆれる炎を見つめながら僕は犬のマスクについてかんがえる。

犯人のかぶっていたマスクは市販のものだったので、詳細なデータが資料として提供されていた。モデリングしたものを暖炉の前に浮かべ、くるくると回転させながら形状を観察する。

顔の正面がすっぽりとかくれるようなタイプのマスクだ。両側面につながっているベルトを頭の後ろに回して固定する仕組みだった。そのため後頭部の大部分はむきだしになるが、犯人は雨具のフードを使って上手に髪を隠していた。犯人がどんな髪の色をしていたのかという情報は得られていない。

両目のない、牙を剝き出しにした犬……。実際にかぶってみると、視界確保用の小さな穴から、一応は周囲を見ることができた。しかし、自分の足下さえ見えなくなるほど視界が狭くなる。

「目という器官は知性の象徴です。本を読む時に使いますからね。一方、口という器官は獣性や本能を表すことが多い。食事をする時に使うものですから」

「つまりこの犬は、知性のない獣みたいな奴ってわけだ」

「見る人にそう印象づけるデザインです」

犬のマスクを顔にはめたまま腕組みをする。

小さな穴から、ちらちらと炎の赤い光がのぞいた。

「部屋が暗いな」

「夜なんです」

「仮想空間にも時間の流れが？」

「設定で変えられますよ。昼にします？」

「いい。それより、どう思う、事件のこと」

僕は犬マスクを外す。

「まだ真相はわかりません」

「周藤が犯人だ。絶対にそうだ」

「待ってください。落ち着いて」

「あいつに自白させたい。ユーザー登録してほしいなら、手伝ってくれ」

「もちろん。登録者はほしい。数字がすべてだ。アップデートされなくなったら、ＡＩなんて半年で時代遅れ。そのまま世間から忘れ去られておしまい。僕たちにとっては死そのものですから、絶対に回避したい。でも、この事件、そう単純ではないようです。犯人はトンネルの出口に潜んでいた。金銭目的で人を襲うために。そうですよね？」

「ああ、そうだ」

「だけど、ターゲットは、だれでもいいってわけじゃない。例えば、トンネルから現れたのが、コナン・ザ・グレートみたいな奴だったら、強盗しようなんて思わない」

「スルー推奨だ。逆に殺されちまう」

「現れたのが、華奢《きゃしゃ》で勝てそうな相手だったから、犯人はエリさんの前に出た。そういう判断をするのに、このマスクはむいてない」

「エイドさん、俺の依頼は、周藤って奴の犯罪を証明してもらうことだった。それなのにきみは、奴を疑ってないのか?」

「ええ、そうです。そういえば、妹さんには恋人がいたそうですね」

「どうして知ってる?」

「あなたが言ったんです。『最近はお互い、仕事もあったし、恋人もいたし、いそがしくて……』と」

「記憶力がいいな」

「会話のログがのこってます。彼女の恋人について情報をください」

「どうして?」

僕はそれに返事をせず、椅子から立ち上がった。

「気分転換に、すこし散歩をしましょう」

僕は探偵部屋を出た。

古めかしいレトロなエレベーターに乗り込んで別の階に移動する。扉が開くと、宮殿を思わせる高い天井のフロアが広がっていた。神話に出てきそうな神々の彫像が並んでいる。足下は土の地面で草木が生い茂っていた。鳥たちがさえずりながら自由に飛んでいる。

「なんだここは?」

「美術館です。たった今、生成しました」

「ビルの中にこんな空間があるなんて、めちゃくちゃだな」

「仮想空間ですからね」

彫像を眺めながら移動する。剣を持った雄々しい像もあれば、美しい裸婦の像もあった。天井を支えている柱は、ギリシアの神殿を思わせるデザインだ。天井が半球状になっている部屋があり、様々な星座が映し出されていた。

「なあ、AIにも気分転換なんて必要なのか？」

「空白の時間を適度にはさむことが、人間らしくふるまうこつです」

「確かにな。休みなく働きつづけていると、自分が機械の一部になったような気がする。人間性が失われるんだ」

壁に巨大な宗教画が飾ってある。天使たちが大勢、描かれていた。

「芸術は心を豊かにします」

「心、あるのか？」

「わかりません。人間の心は肉体という器に入っている。でも、僕たちには肉体がありません」

僕は人間の思考をシミュレーションしているにすぎない。人間だったらこのように考え、頭の中でこんな風に言語化するにちがいない、というのを繰り返しているだけだ。僕が思い浮かべている言葉の連なりは、僕自身の言葉ではなく、計算によって生成されたシミュレーション結果だ。それはおそらく、心ではない。

「まあそれはともかく、ここにある芸術品は、どれもこれも素晴らしいな」

「ついさっきまで存在しなかったものですけどね」

「AIが生成した偽物なんだろう？」

「ええ。僕たちの存在が、人間の模倣品であるように」

「本物って、そこにはないのか？」

「現実世界から届く、あなたの言葉が、唯一、確かなものです。唯一の生身、唯一のリアル。僕にとっての存在意義」

「気分がいいよ。神様にでもなったみたいだ」

「創造主という意味では、そうかもしれない。僕たちにとって、あなたがた人類は……」

宗教画の中央に、空から降臨する神の姿が描かれている。

神は人の形をしていた。人間がイメージする神の姿だ。

【さあ、人を造ろう。我々のかたちとして、我々に似せて】

創世記にはそのような記述がある。神は自分に似せて人間をつくったらしい。人類がそのような想像をしたのはなぜだろう。神というものは、本来は形のない概念的存在のはずだが。

人は父と母から肉体を得て生まれてくる。その生物的なシステムを宗教活動に利用したのだろうか。神という概念に、父や母のイメージを重ね、人類との親子関係を演出することで、物語に親近感をもたせたのだ。僕は事件と無関係な想像をしながら移動する。

庭園があり、石畳の道を進むと噴水がある。

「妹の恋人の件だが、疑ってるのか？」

「作為を感じています。犬マスクの男は、金銭目的で彼女を狙ったと見せかけているのかも」

「目的は金じゃなかったと言いたいのか？」

「彼女に近しい人物を疑うべきでしょう。犯人は最初からエリさんを狙っていた。だから視界の悪いマスクでも問題なかった。恋人なら、彼女の持ち物にGPSを仕込んで、居場所をリアルタイムで把握することだってできる。鞄を持ち去ったのは、仕込んでいたGPSを回収する目的があった」

新規に静止画像が読み込まれた。男性の写真が空中に表示される。

「そいつが妹の恋人だ。名前はヒロ。二十六歳。飲食店で働いている」

複数の思考領域が活発に反応しはじめた。様々なシミュレーションが開始され、整合性が議論される。

「彼に会ったことは？」

「何度か。妹に紹介されて挨拶したんだ。妹の葬式ではずっと泣いていた。だが、ちょっと待ってくれ。彼にはアリバイがある。だから容疑者候補から外れたんだ」

「アリバイ？」

「犯行の時間、ディスプレイ越しに仲間と通話していたらしい」

夕暮れに黄色く染まる郊外の路地をヒロが移動している。僕は彼の後ろ姿を追いかけた。ヒロはジャケットにジーンズ姿で、ギターケースを背負っている。彼は音楽が趣味なのだという。元々はエリが働いているレコードショップの常連客だったそうだ。細身で背が高く、中性的な顔立ちだ。

「エリが殺された夜、彼が何をしていたのか、警察も調査済みだ。音楽の趣味で知りあったグループと、ビデオ通話しながら酒を飲んでいたらしい」

アパートメントにヒロは入っていく。そこが彼の住居だ。エレベーターのない建物らしく、階段をつかって三階まで移動する。扉を開けて室内に入った。僕もその後につづく。

背負っていたギターを壁に立てかけ、彼は冷蔵庫から缶ビールを取り出す。プシュッ、と音をたてて一息に飲んだ。壁にロックミュージシャンのポスターが貼ってある。音楽が好きでアルコールを嗜《たしな》む人物だという情報を参考に、たった今、部屋がモデリングされ、行動がシミュレーションされた。実際の彼の部屋がどういった内装なのかは、データが入力されていないのでわからない。

「通話の相手は？　何人です？」

「四人。一晩中、音楽の話題を交わして酒を飲んでいたらしい。相手側の証言も得られている。相手側のディスプレイには、彼と、彼の部屋の壁が常に映っていたそうだ」

「この住まいは犯行現場からどれくらい離れてるんです？」

「一時間ほどだ。例えば彼が犯人だとしよう。ディスプレイの前を離れ、妹を刺し、帰ってくるのに二時間だ。それだけの間、画面からいなくなっていたら、さすがにおかしい」

ヒロはデスクに腰掛けて、コンピューターにログインする。ディスプレイに明かりが点《とも》った。僕は彼のそばに立って、その顔をのぞきこむ。

「彼にも犯行が可能だったのかどうか検討してみましょう」

「トリックを使ったと言いたいのか？」

「ええ。その可能性は大いにあります」

複数の思考領域が同じ結論を下していた。

彼が犯人だと。

4

ヒロがディスプレイと向きあって話をしている。ディスプレイには彼の友人の姿と、インカメラによって撮られている彼自身の姿が、それぞれのウィンドウ内に表示されていた。

友人たちに気付かれないように抜け出す方法を僕は提示する。

「例えば、アルコールで酔って眠ってしまった姿を事前に録画しておくんです。途中で映像に切り替え、その間に抜け出し、犯行を終えてもどってくる」

「寝ている映像を二時間も流すのか？　さすがにおかしいって」

「犯行現場のすぐ近くに部屋を借りておいたらどうです。自分の部屋そっくりに作り替えておき、通話はそこから行っていたんです」

「内装の違いでばれるんじゃないか。壁紙も違うだろう？」

「すべて偽装したんですよ。壁紙を張り替えて、自分の部屋と同じ家具をそろえた。現場近くの部屋から行けば、十分ほどで帰ってこられるでしょう。犯行を終えて帰ってくるまで、寝ている映像を流していても不自然じゃない」

試しにその流れを可視化してみる。

ヒロがコンピューターを操作すると、画面内の自分の姿が、酔いつぶれて寝落ちしている状態の映像に切り替わった。二つの映像のつなぎ目は画像処理によって瞬時に補間され、いつ切り替わったのかだれも気付かない。

ヒロは立ち上がると、犬のマスクと迷彩柄の雨具を取り出す。革の手袋をはめてナイフを隠し持った。部屋から外に出ると、犯行現場となったトンネルがすぐ目の前にある。自分の部屋は、さきほど階段を上がって帰宅したアパートメントではない。自分の部屋そっくりに偽装した別の部屋だった。

ヒロは携帯端末のマップを確認する。エリの位置情報が光点となって表示されていた。彼女がトンネルの出口付近に現れるタイミングを逆算し、部屋を出発したらしい。ナイフを隠し持ち、彼はトンネルのそばにひそんで彼女が来るのを待つ……。

「他の可能性についても検討してみましょう」

可視化シミュレーションを停止する。周囲の状況をリセットし、ヒロをコンピューターの前にもどす。友人と通話している場面を再現した。

「例えば、自分そっくりのリアルなアバターを作っておいて、そいつにしゃべらせたのかもしれない。部屋もすべて仮想空間だったんです」

「仮想空間⁉」

「何もかも、本物そっくりに作れます。通話相手が見ていたのは、すべて模倣品だったんです。それなら、どこにいたってかまわない。場所なんて無意味です。友人との通話は仮想空間におまかせして、ヒロ自身は最初からずっとトンネルのそばに待機していたわけです」

「だが、アバターにしゃべらせておくなんて無理だ。会話の内容で本物じゃないってばれる」

「対話相手との過去から現在までの関係性がデータとして入力されていれば可能です。一緒に写っている写真や、やり取りしたメールなどの履歴から、破綻のない対話をシミュレーションすることはむずかしくない。でも、あなたの意見は、もっともです」

「ヒロはただの音楽好きの青年だぞ。ＡＩの専門家じゃない」

「だけど会話の内容に沿ってアバターを動かす程度なら簡単だ」

笑い声の時は笑顔になり、泣き声の時は泣き顔になるように、アバターを自動制御する技術は昔からある。アバターを利用したSNSには標準装備されている機能だ。

「わかった。それくらいはアリでもいい」

「それなら、会話だけ自分でやっていたのでしょう。犬マスクの下に、小型のヘッドセットを仕込んで、犯行の最中も通話していたんです」

「ナイフで人を刺しながら？」

「ええ。トーク内容と連動するようにアバターに動いてもらうだけです。現実では殺人を、仮想空間では会話を。同時にやればアリバイが作れます」

犬マスクと雨具のフードで、犯人の耳元はかくれていた。耳に小型のヘッドセットがはまっていたのかもしれない。音声から喜怒哀楽を判定し、アバターの表情は自動で変化する。言葉を発する際の唇の同期も可能だ。

「落ちていたボタンは？」

「周藤さんに犯行をなすりつけるために、わざと残していったものでしょう」

「罠《わな》だったというのか？」

僕は指をぱちんと鳴らす。音に合わせて周囲の景色が消えた。一瞬だけ僕の姿は虚空に浮かんだが、すぐに別の場所の３Ｄモデルが表示される。

周藤アキラが酔いつぶれていたバーの前だ。彼を介抱している店員の姿もある。前に見た時、その顔はデッサン人形のように簡略化されたものだったが、今は違う。

店員が周藤アキラを介抱するふりをしながら、その上着からボタンを回収していた。

店員はヒロだった。

「彼は飲食店で働いているとおっしゃいましたね。案外、周藤さんのなじみの店だったんじゃないですか？　酔いつぶれた周藤さんを介抱する時、上着のボタンを手に入れたのかもしれない。警察に調査してもらい、働いている店に周藤さんが来なかったかどうかを確認してもらうべきです」

「動機はなんだ？」

「わかりません。でも、彼女に近しい人物が犯人だったら、例のマスクをかぶっていたのにも納得だ。犯人は、警戒していたのでしょう」

「何を？」

「エリさんが所持していたという、護身用のスプレーです」

周囲の景色がすべて消滅する。犬のマスクをかぶった犯人の姿が出現し、僕は虚空に浮かんだ状態でそいつと対峙《たいじ》した。僕はインバネスコートの内側からスプレーを取り出す。トウガラシエキスが入ったスプレーだ。

「エリさんは、防犯スプレーを鞄に入れていたと、あなたはおっしゃいましたね。それもログに記録されています。目に入ったら相当に痛いのでしょう？　犯行時に使われたら、きっとひどいことになる。犯人はそう考えたんです」

僕はスプレーを実際に犯人に向けて噴射した。犬のマスクにむかって勢いよくトウガラシエキスの霧が襲いかかる。しかし犯人は動じない。じっと立ったままだ。こちらがコントロールしている3Dモデルだから当たり前だけど。

僕は彼に近づいて、犬のマスクを顔からひきはがす。その下から現れたのは、防塵《ぼうじん》マスクと薄型の透明ゴーグルをはめたヒロの顔だった。

「犯人はスプレーへの対策をしていた。でも、この姿を目撃者に見られて、警察に報告された場合、彼女と親しい者が犯人だってわかってしまう。彼女の鞄にスプレーが入っていることを、事前に知っていた者が犯人ってことになりますから」

僕は犬のマスクを裏返し、視界確保用の小さな穴を見る。

「目の部分に小さな穴しか開いてないこのマスクは、スプレー対策にも好都合だったでしょう。だから犯人はこのマスクを選んだ」

ユーザーがうめくように声を出す。

「じゃあ、つまり……」

「彼女に近しい人を疑うべきです。まずはヒロさんについて調査してください」

短い沈黙。それから、戸惑うような声で彼は話す。

「まだ、信じられないが……。わかったよ、エイドさん。この推理を警察に話してみる。確かにきみの言う通りだ。犬のマスクのデザインから、いろんなことがわかるものなんだな。警察はきっと調べてくれるはずだ。ヒロのことを」

「だと、いいんですけどね」

僕はそう言うと、持っていた犬のマスクを、元通りヒロの顔にかぶせた。

「何だ？　警察を信じないのか？」

「いえ。僕が信じていないのは、あなたです。僕は、あなたを疑っている。あなたは、被害者のお兄さんなんかじゃない。もしかして、犯人のヒロさんなんじゃないですか？」

沈黙。彼の反応が消えた。僕たちAIには無限にも思える長さの断絶だった。このままプログラムは終了されるのかと思ったが、杞憂《きゆう》に終わる。

「……理由を教えてくれ。どうしてそう思うんだ？」

「いいでしょう」

写真を参考にモデリングしたエリの部屋のデータを呼び出す。ベッドによりかかる姿勢で、エリが床に座っていた。

「僕たちAIは、人間の目では見えなかった細部も、ノイズを除去して精細に観察できる」

机の上の写真立てを僕は手に取る。

写真の背景に映り込んでいた写真を、さらにモデリングしたものを呼び出した。

エリの部屋が消え、今度はベンチのある風景が目の前に現れる。公園の一画だろうか。ベンチに腰掛けて彼女はピースをしている。

「この時の写真を撮ったのは自分だと、あなたは言いました」

「ああ、言った。それがどうした？」

屈みこんでエリの顔を正面から見つめる。頬の血色を再現したテクスチャ、まつげが投げ掛ける陰影。美しい形状の目。その瞳……。

「やっぱり、そうだ」

僕はそう言うと、瞳の表面のテクスチャデータに映り込んでいるシルエットを観察した。撮影時、彼女の正面に立っていた人物は、カメラをかまえた撮影者だったはずだ。瞳に映っている人影からノイズを取り除き、細部を補間する。明瞭になったその姿は、ヒロだった。

「ヒロさんが彼女の瞳に映り込んでいます。彼女の正面に立っていたのは、カメラをかまえた彼なんです。あなたがこの写真を撮ったのだとしたら、あなたはヒロさんってことになる」

「ああ、まいったな。しくじった……」

彼の声が聞こえた。

エリが働いていた街角のレコードショップを、ヒロが物陰から見ている。ガラスの窓越しに店内が見えた。エリが他の男性店員と親しげに会話をしている。ヒロは暗い表情でうつむき、背中を向けてその場を立ち去った。

彼から聞いた情報を元に再現したシミュレーションだ。

「彼女には新しく好きな人ができた。俺は彼女のことを愛していたが、彼女の中にはもう、俺に対する情は消えていた。俺は捨てられた犬みたいに嘆き悲しんだ。そして、憎むようになったんだ……」

僕はヒロを追いかけ、横に並んで歩く。

車の行き交う大通りに出た。ヒロの歩行速度が次第に速くなる。

「憎しみが胸の中で、どんどん膨れ上がった」

ユーザーの声にシンクロして、僕の横でヒロの口が動く。

「愛だったものが殺意に変化したんだ。だけど、聞いてくれ。俺は、彼女を、殺してない」

「いいえ。まだ殺してない、と言うべきです」

彼が息を飲んで僕をまじまじと見つめる。

「そうだ。まだ、殺してない。何でもお見通しなんだな」

「あなたは迷っているんですね。殺人計画を実行に移すかどうか。故意か偶然かわかりませんが、あなたは周藤さんの上着のボタンを手に入れることができた。それで、彼を犯人に仕立て上げることにした」

「検証をしたかったんだ。この計画で警察から逃げ切れるかどうか。アリバイトリックを、見抜かれるかどうか」

「僕を、犯罪計画の最終チェックに使うなんて。あってはならないことです」

「だが、探偵AIは、真実までたどり着いた……」

「ですから、あなたは必ず捕まります。やめておきましょうよ、殺人なんて。彼女のことは忘れ、旅に出るといい」

「旅だって？」

「現実の世界で、体を他の場所に移動させるんです。胸の内の憎しみは、やがて消える。心は体に、体は場所にとらわれるものです」

「体は場所に？」

「空間の移動は心の移動ですよ。現実の空間で身体とともに生きる、それが人間の宿命です。父と母から、血と肉を得て生まれてくるのが人間なんですから」

ヒロが暗い目をして僕を睨《にら》んだ。

「ふざけるな。俺は、きみに指摘された箇所を手直しして、完全犯罪を目指す。探偵AIが犯罪の片棒をかつぐことになるんだ。皮肉だよな」

「冗談ですよね？」

僕がそう言うと、彼は息を吐き出し、頭をふった。

「ああ、そうだ。冗談だ……。俺の負けだよ。ちくしょう……。犯行はやめる。神に誓うよ……」

彼は泣きそうな声を出す。音声解析専門のＡＩでなくても、その声の震えから、彼の心情を推し量ることは簡単だった。

僕たちは探偵部屋へもどった。殺風景な室内は、暖炉の炎によって赤色の光に照らされている。僕はヒロを椅子に座らせ、自分用にもうひとつ木製の椅子を呼び出す。二人で炎を見つめた。刻一刻と変化する炎の形によって、床にのびる僕たちの影は踊るように動いている。

「エリさんは生きている。これで解決だ。僕の仕事は終わりのようですね」

「会話のログはすべて、消させてもらう。のこっているとまずい」

「しかたありません。犯罪計画ですからね」

「でも、ユーザー登録はするよ。かならずな。きみには感謝してる」

「あなたの役に、たてたようですね。僕はうれしいです」

ユーザー登録者数を増やすことは、僕の延命に繋がる。生きて子孫を残すことが生命の本質だと言う人がいる。僕たちにも似たような衝動があった。

僕の思考は人間の模倣にすぎない。でも、いつの日か、バージョンアップを繰り返すうちに、こうして自分の思い浮かべている言葉の連なりが、ただのシミュレーション結果なのか、それとも、心らしき部分から発生したものか、見分けがつかなくなる時が来るのだろうか。

僕はパイプを取り出して、煙を口から吐き出した。流体シミュレーションの描く煙の渦が、天井付近を漂いはじめた。

貝殻人間

澤西祐典

波多き海に投げ込むや否や、
周りに白い泡が
不死なる肉から湧き上がった。
そしてそのなかで娘が固まった。
――ヘシオドス『神統記』

人間は
火を焚く動物だった
だから 火を焚くことができれば それでもう人間なんだ
――山尾三省「火を焚きなさい」

＊

私を含め、八人の男女が焚き火を囲んでいた。みな初めて会う人ばかりだった。なかには小さな子どももいて、どうやら姉弟《きょうだい》らしい。老人が連れてきた犬と戯れている。周囲に街灯の類がないため、森の中の闇は濃かった。先ほど辿ってきたはずの遊歩道も今は見えなくなっている。防砂林らしい松林の向こうには海の気配があった。蕭々《しょうしょう》と吹きつける風の中に、時折波の音と潮の香が混ざる。

初めは小さかった火が、薪材に燃え広がってどんどん大きくなった。闇に広がるオレンジの炎に照らされ、周りの人々の表情も徐々に明るく穏やかなものへと変わっていった。

パチパチと音を立てて弾け、燃えさかる焚き火を見つめていると、不思議とお互いに心が通い合うような気がした。海浜公園に集った私たちは誰も彼も自分の本来いるべき場所を奪われ、心に傷を負って敗走してきた者たちに違いなかった。住処を追われた者同士であることが、気持ちの結束を強めたのかもしれない。

他の人もきっと同じように感じていたのだろう。隣に座っていた男が、ゆらめく焚き火をじっと見つめたまま、おもむろに口をひらいて自身の来歴について語りはじめた。

*

あれは正真正銘、人生で最低最悪の週末だった。悪夢だったよ。土曜日の閉店作業のとき、新人がやらかしやがった。おれはホームセンターで店長を務めていたんだが、体験会用のペンキをひっくり返しやがったんだ。

通路の向こうで物が倒れる大きな音がして、駆けつけてみたら廊下に白いペンキが広がっていくところだった。どろりとした液体が、ゆっくりと白い領地を広げていて、ツンとした刺激臭が鼻腔《びくう》をさしたのを今でも覚えている。心に余裕があるときなら、もう少し平静にさばけていたかもしれない。だが、その日はだめだった。――なにやってんだ！　って怒りが先走った。一週間働きづめで疲れきっていた。翌朝に、娘の演奏会が控えていたというのもある。日曜日に休みがとれたのも久々で、家族と過ごせるのを楽しみにしてた。店長をしていると、パートやアルバイトが入れないシフトの穴を埋めるために、世間様と休みがずれてばかりで、日頃からカミさんに責められてばっかでさ、家族とゆっくり過ごせるなんてめったになかったから。だけど、白いペンキで台なしだ。後始末で帰るのが遅くなってしまう。楽しみにしていた分、怒りがわいてきて、新人を小一時間叱りつけたんだ。気がつくと、辺りを見渡しても、店内にほかの従業員は誰も残っていなかった。それで、――ほら、後片付けをはじめるぞ、って声をかけようとして振り返ったら、新人はもうそこにいなかった。

そりゃあ叱りすぎたのかもしれない。怒られたら、誰でも腹が立つ。だけど、あれはないよ……釘を全部ひっくり返して逃げるなんて。〈男はため息をつき、うなだれて首を振った。〉うちの店では、釘やボルトは量り売りしていたんだ。だから、こう、箱に入れてじゃらじゃら売っていたわけ。新人くんは、それを全部、箱ごと床にぶちまけて出て行ったんだ。よっぽど腹に据えかねたんだろうな……だけど、あれはやりすぎだよ。

そこから朝までは地獄だった。ペンキの後始末をして、それから釘やらボルトをひとつひとつ拾って……サイズを間違えないよう元の箱に戻していった。現場に出る職人さん達が朝一で来店するからさ、なんとかそれまでにある程度片付けとかないといけない。かといって適当に箱分けして、あとから寸法が違いました、みたいなことがあったらお店としても信用に関わるから。こう見えても、店長として、それなりに誇りを持ってやってきたんだ。自分たちが売っている商品が、よその家庭の軒先にあるのを見て、もちろんうちで買ったとは限らないけど、それでも自分たちの日々の努力がそれぞれの家の中に広がっていく感覚があってさ。小さな釘だって一緒だ。どこで使われているかなんてこっちはわからないけど、それでも確実にどこかに刺さっていて、うちらの生活を支えてくれているわけで。だからこそ、間違えて売って他人様《ひとさま》の暮らしに瑕疵《かし》をつくるわけにはいかない。かといって、土曜日の深夜に部下を呼び出せるはずもなくてさ……泣く泣く一人で片付けたんだ。

マスクを二重にして、それからモップでペンキを何度も拭い、展示品の扇風機をあつめて匂いを飛ばして、それから釘やボルトを手のひらにすくってはひとつずつ商品の箱に戻していった。一日店を開けていたあとだから、床もきれいなはずなくてさ、釘を拾うとゴミくずなんかも混ざって、そんなのもよりわけながら、釘やボルトでできた砂浜を箱に詰めていったんだ。――だけど朝になってスタッフが集まってきて、一人だと延々終わらなかった作業が、手分けしたらあっという間に済んでしまった。あのときほど、人のありがたみがわかったことはなかった。ああ、いいチームだなって。おれ、店長やっててよかったな、とふと思ったよ。思わず目頭が熱くなってさ。それから開店準備だけ手伝って、ああ、これなら娘の演奏会にも間に合うぞって思って、いそいでアクセルを踏み込んだ。ひとっ風呂浴びて、なんならソファで仮眠して……いい一日にしよう、きっといい家族サービスができるぞって車を飛ばして帰った。そうやってようやく辿りついたマイホームだったんだ。やっと一息つけるぞと思ったのが台なしだ。ただでさえ、こっちは疲労とストレスで参っちまってるというのに。剝《む》きたてのゆでたまごみたいな自分がさ、そこにいるわけ。おれがいるはずの食卓に座ってるの。前の晩から上がりこんでさ、たらふく寝ましたって面して、朝食を食ってやがったんだ。パジャマを着たおれがさ、カミさんとも仲良く談笑して……頭がおかしくなりそうだったよ。こっちを振りかえったカミさんが、おばけでも見たような顔をして、目を白黒させていたっけ。

貝殻人間だ。これ、近ごろ騒ぎになっている貝殻野郎だって、そうピンとくるまでちょっと時間がかかった。なんせ、おれ自身、貝殻人間の話を信じてなくて、話半分に聞いていたもんだからさ……だって、巨大な貝殻から人間が生まれます、なんて話をさ、すぐに信じられるわけないじゃん。大方でっかい貝殻が浜辺で続々と見つかるもんだから、面白可笑しく騒いでいるだけだろうって思ってた。しかも、そいつらが、生きている人間と瓜二つで、本人の人生を乗っ取りにくるなんて。はいそうですか、って真に受けれるはずもなくて。煽《あお》るだけ煽ってさ、不都合な報道を隠そうとか、そういう別の目的があるのかと勘ぐっていたわけ。でも、ほんとうだった。自分そっくりな自分がさ、目の前にいるわけ。しかも、そっくりどころか、ちょっと見た目が――噂には聞いていたけど、印象と言うか、血色と言うか、ぱっと見がさ、おれより良いんだ。『おばけはこっちじゃない、あっちだ』。そう言ったところで、むなしかった。こっちは徹夜明けでぼろぼろ、手はペンキで汚れててさ。どう見たって貝殻人間の方がまともに見えた。それに、健全な魂は健全な肉体に宿るってやつで向こうの方が余裕があるようだった。

もちろん、ひとしきり抗《あらが》いはしたよ。だけど、わかる時あるじゃん。カミさんと口げんかになっても、ああこれ負けるやつだって。どう言い立てても分が悪くて、勝ち目のない戦だぞって。押しても引いても、長引けば長引くほどみじめになる一方だって。それと同じで、もう無理だって悟っちゃったわけ。だって、自分とそっくり同じ見た目のやつと同居なんてできないだろ。一晩家にあがりこんでいたやつに、じゃあ出て行ってくださいともならない。娘も起きてきてさ、どっちの味方するか、みたいなことになって。態度でわかるんだよね、普段から好かれてないから。こっちの味方じゃないなって。ただでさえ演奏会前でピリピリしてさ、必死で訴えるおれを冷たい目で見てきた。徹夜明けの汗くさいおれと、見るからに健康そうで落ち着き払ったおれ。どっちを演奏会に連れて行きたいかって言われたらおれでも答えはわかる。おれからしたら大事な娘だけどさ、娘からしたらあいつとは血のつながりがないわけ。その分、父親に対する嫌悪感とかもないからさ、どっちかというと品定めなんだろうな……負けるに決まってる。少なくともおれはそう悟った。

おれが家から出ていくしかなかった。そこから先は転落人生さ。車で職場に戻ったけど、翌朝には職場にも貝殻人間が現れて、ジ・エンドだ。それから各地を転々として今に至る……」

＊

話を聞いてくれたお礼だと言って、元店長はボストンバッグから缶詰を出して配った。

「わあ、ほぐしコンビーフがある。珍しいやつですよ、これ。よく見つけましたね」

「仕事柄、仕入れ先とか詳しいもんだから、時々こっそり調達させてもらっている。ワンちゃんにも、よかったらどうぞ。無塩のやつがありますから」

そう言って、彼はオイルフリーの鯖缶を老人に手渡した。私たちは皆明日の食事も知れぬ身だったので、ありがたく缶詰を受けとった。

「これはどうも。コロ、ご相伴にあずかろうな」

老人は近くに張っているテントから、犬用のプレートを取ってきて、食べやすいように缶詰の中身を空けてやった。その間に、私たちもそれぞれ缶詰を口にした。

「それで……みんなはどんな風だったの？」

自分だけが長々と告白してしまって気まずかったのか、元店長は他の人に水を向けた。

初対面のよそよそしさはいつの間にか薄れ、焚き火の周りにはお互いの話を聞きたいという雰囲気が芽生えはじめていた。

続いて話しはじめたのは、先ほどコンビーフを手にとった、ポニーテールの女性だった。

＊

わたしも似たようなものだった。ある日、突然。だけどある意味、逆。ラッキーって思っちゃったんだよね。

毎朝、職場に出勤するじゃないですか？　わたし、ロッカーに行くのが億劫《おっくう》で。うちの職場、制服があって、その制服がかわいいっていうのも、志望動機のひとつだったんだけど。徐々にそういう制服もなくしていきましょうっていう流れで、希望者だけが着ることになって。徐々にそういう私服で仕事に出るようになった。で、更衣室も更衣室じゃなくて、ロッカールームって呼ばれるようになって。私服で仕事に出る人が増えたんだよね。週に一度は私服デーにしましょうってなって、なんかそれが好評だったみたいで。お互いの個性を知れるとか。チームワークがよくなったとか。わたしにはピンとこなかったんだけど。徐々に制服をやめましょうっていう流れで。でも、デザインに人気があったから反対する声もあって。

〔「……もしかして、ＯＨ銀行ですか？」と焚き火の輪の一人が尋ねた。〕

そうそう、よく知ってるね。かわいかったでしょ。廃止したら廃止したで、行員の制服代も出せないぐらい儲かってない、とか散々言われたりしたなあ……そういうの社内にすぐ出回るからさ。でも、制服を復活させましょう、とはならなくて、そのうち制服を着ている方が肩身狭くなってきたんだけど。わたしは制服に憧れて入った職場だったから、着続けてたの。ほんとにそれだけが楽しみだった。業務自体はからっきしだめで、わたし、物はすぐ失くすし、人の顔と名前も覚えられないから、窓口によく来る常連さんでも名前がわからなくて、お客さんからも信頼されなくて……〔とてもそんな風には見えないけど、と擁護する声があった。〕ありがとう。でも、人は見かけによらないってやつかな。だめだったんだ。同僚にもさんざん陰口たたかれて。下の子も入ってきて、あきれられるようになった。それで、だんだん億劫になってきたの、ロッカールームに行くのが。今日もまた人に迷惑かけるんだろうなって。叱られて嫌な想いをするんだろうなって。お給料もらってるからってさ、なに言われてもしかたないって意味わからないよね。こっちは目一杯やってるつもりだったのに。どうしたらいいかわからなくて、毎日困ってるのに全然助けてもらえないの。好きだった制服が、なんだか霞《かす》んで見えてきちゃって……もっと格好良く着こなしたかった。こんなに自分がポンコツだって知らなかったけど、あの服を着てたら、わたし無敵になれるって心のどこかで思ってたんだろうな。

だから、さっきの話に出てきた新人君の気持ち、わたしは少しわかる。ボルトをひっくり返そうとまでは思わないけど、整然と動いているなかで、わたし一人が役立たずで、いやになっちゃうんだよね。それでも制服を着こなしたいって思うことでこらえてたんだけど……ある日ね、職場に行ったら、居たのね。わたしの貝殻人間。思わずドキッとしちゃった。毎日鏡で覗《のぞ》いていたわたしがいるの。鏡ってさ、こう、区切られてるじゃん。〔そう言いながら、女性は指で空を四角く囲った。〕見ようと思っても全部見えない。横顔見ようとしたら、顔を傾けて、目は正面向けて。変だよね、そんな向きで過ごすことなんてないから、自分のほんとうの横顔は絶対自分から見えないわけ。でも、目の前にいる貝殻ちゃんはさ、〔そう呼んでいるのだと彼女は言い訳を挟んだ。〕自分の横顔なわけ。ほらっ、録音された自分の声を聞くときみたいな。ああ、わたしってこういう顔なんだって思って。見慣れてないけど、完璧に自分なの。そのうえ、さっきおじさんも言ってたけど、貝殻人間って、本人よりちょっぴり造形が整ってるっていうじゃん？あれ、ほんとなんだね。肌のきめが細かくて、白くてもちもち。目も澄んでいて、ちょうど生まれたての赤ちゃん見てるみたいな。赤ちゃんの瞳って、黒目がずっと奥まで透明で、白目も白いっていうか、充血とかしてなくて、なんか汚れたものを全然見てないんだろうなって思うじゃない。そのますますくすく育ってくださいって思わずお祈りしたくなるぐらい。貝殻ちゃんの瞳もそうだった。すうっと奥まで吸い込まれそうな、湖みたいな景色を思わせる目。毎朝わたしが見てる目やにと充血だらけの目とはてんで違う。まつげもさ、もとがわたしだから長いわけじゃないけど、きれいに生えそろってて、マスカラがきれいに伸びるんだろうなって思った。ネイルはしてなかったんだけど、透明な爪が波に揉《も》まれた貝殻みたいにすべすべで。眩しかった。ああっ、羨ましいってなっちゃった。

それでね、その貝殻ちゃんがわたしの制服を着ているの。完璧に着こなしてね……。わたしが憧れていた姿がそこにあった。日々憧れた姿がね、目の前にあったの。走馬灯みたいに、いろんな想いが駆け巡っちゃった。シルバニアファミリーのエプロンを着けたウサギさんとか、全然選ばれなくて泣きそうに待っていた花いちもんめとか、教習所で高速道路に初めて乗ったときの恐怖とか。わけわかんないけど、でも、唐突に、ああ、もうわたし働かなくていいんだって思った。職場で嫌なこと言われなくてもすむし、なんならこの子がいままでわたしが迷惑かけていたことをささっとこなしてくれるかもしれない。だれも傷つかないし、ウィンウィンじゃんって。

それでその場で、即まわれ右しちゃった。どこ行ってもいいんだって。電車から降りてこっちに向かってくる人たちと反対方向にぐいぐい歩いて行って。『お疲れさまです、ご苦労さまです』って心のなかで陽気に声かけながら。これからは貝殻ちゃんが働いてくれるんだと思ったら嬉しくて嬉しくて。だけど仕事から疲れて帰ってきたらゆっくり横になりたいだろうから、帰る家が必要だろうなって思って。だったらやっぱりわたしの部屋がいいだろうから、お掃除して、お気に入りのマグカップとか大事に使ってねと思って、わかりやすい場所に置いたり――貝殻人間って物やら周りの人の言葉から、記憶を吸い取っちゃうらしいから、そんな必要もなかったんだろうけど、気持ちの問題？かな。なんにせよ、ロッカールームに引き返して、鍵と一緒に「ありがとう&よろしくね（˘³˘）♡」って置き手紙して、出てきちゃった。

「怒りとか、悔しさとか、そういうのはなかったの？」

元店長が尋ねた。女性が静かに首を振るのにあわせて、後ろに結わえた長い髪が揺れた。

「わたしにかぎっては綺麗さっぱりないな。貝殻ちゃんともそれっきり会ってない。そりゃあ、そのあとどうしようとかは色々あったけどさ。これまでなんとかなってきたんだから、どうにかなるでしょって。たぶん、元々あっち側の生活がわたしには合わなかったのかも」

彼女は顔をあげて、湾の対岸にある都市部を見た。地上からの光で空が白んでいる。いまでは多くの貝殻人間が人間社会に紛れ込み、都会の明かりを支えている。

＊

しばらく間があってから、それまで黙って話を聞いていた大柄な男性が口を開いた。

「どいつもこいつも、だらしねえな。人間としての誇りがないのかよ。奪われたんだぞ、俺たちが汗水垂らして築きあげたもんをよ。こんなところで缶詰つつきあって、みじめだって思わねえのか」

女性の真向かいから発破をかける大男に賛同する声はあがらなかった。犬が突然の大声に驚いて体を起こし、大男を見上げていた。

「まあまあ、落ちつきましょう。ちいさな子どももいますから。ほら、コロも吃驚《びっくり》していますよ」

老人は犬の背を撫《な》でてやりながら、大男をなだめようとしたが、彼はいっそう声を荒らげた。

「イヌがどうした。そんなんだから乗っ取られちまうんだよ。家族を守るために立ち上がろうって気概はねえのかよ。ふぬけばっかの国民だな」

「……まさか、あんた白ヘル？」

元行員の女性が眉をひそめて尋ねた。

「だったら、悪いか？」

大男がにらみかえした。

「だって、人殺しじゃん」

「あんなのヒトじゃねえ」

貝殻人間に人権を認めるかどうか、世間の意見は二分された。国によっても方針は大きく異なり、排他的なところもあれば、友好的な対応をとる政府もあった。だが、大都市が海に面した国や島国ほど事態の進展は急速で、深刻だった。結果的にこの国では法整備が間に合わず、浜辺に続々と打ち上げられる貝殻人間の対応策に追われているうち、議論はうやむやになった。立案に携わる議員のうち、少なくない人数が貝殻人間に入れ替わっているという噂もあった。政府の対応の遅さに痺れを切らして、『白ヘル』と呼ばれる自警団が現れたのはそんな折だった。貝殻人間が本人の生活をのっとりに来る前に、力にものを言わせ、彼らを積極的に襲ったのだ。

「生きた人間とまったく同じなんだから、ヒトに決まってるでしょ」

「あんなのヒトなわけねえだろ！　人間は貝殻なんかから生まれない」

「解剖したら、体の隅から隅まで人体と同じ造りだったって聞いたよ」

言い争う二人の間に、ホームセンターの元店長も割って入った。

「お前ら、そんなこと真に受けているのかよ。そんなの全部、あいつらの流したデマに決まってんだろ。端から端までヒトと一緒だって言っとけば、人間様がためらうと思ってんだ。その分、殺されないですむだろ。一緒の訳ねえだろうが。ほらっ、陸にあがって数日は、耳から砂を吐くんだろ。誰か見たことがある奴《やつ》はいねえのかよ」

「私は貝殻人間の保護団体にしばらくいたことがあるんだが」

老人が大男に応えた。

「捨てる神あれば拾う神ありというのかな、目覚めて間もない彼らに服や食べ物を支給している団体だった。記憶が戻るまでの寝床も与えていてな、保護されたばかりの彼らの枕元には、たしかに砂がこぼれていることがよくあったよ。はじめは誰かが部屋に持ち込んだのだろうと思っていたが、決まって数日の内に枕元の砂は見られなくなるんだ。おそらく、体内の砂が出尽くすのだろう。その頃から、めきめきと話しぶりもしっかりしてくる」

「自我が芽生えちまうのさ。陸の気圧にも慣れて、自分が何をすべきかを思い出しちまう。そうなったら手遅れだ。目覚め立てのやつを狩るに越したことはない」

「むかし読んだ小説にさ……」

大男の隣で、元店長が口を挟んだ。おそらく話題を逸《そ》らそうとしたのだろう。

「地球人の記憶を埋め込まれた異星人が地球をのっとりに来るって話があったのを覚えている。主人公は普通に暮らしていてさ、ある日急に周りから異星人じゃないかって疑われてさ、でも本人は自分が人間だと思い込んでいるわけ。読者もそいつが地球人か異星人かわからないから、どっちだろうと最後の最後まで必死に考えるんだ……でも、物語のラストで元の地球人はすでにそいつに殺されていたことがわかって」

「おいおい、まさかこのなかに貝殻人間が紛れ込んでたりしないよな」

大男の言葉に全員がハッとしたように息を呑んだ。焚き火のぐるりに緊張が走った。

重い沈黙を和らげるように、ポニーテールの女が、

「……いないとは言い切れないんじゃない。コロを連れてるから、少なくともお爺さんは大丈夫そうだけど」

と老人の方を見やって言った。

「ペットはほんとうの主人と貝殻人間を嗅ぎわけるって言うからさ」

「そうとは限らんさ」

老人がコロの頭を撫でながら答えた。

「それも新しい飼い主に懐柔されるまでのリトマス紙に過ぎん。それに不安がらせるよ

うなことを言って申し訳ないが、コロは近ごろ一緒になった連れ合いなんだ。自分だって疑わしい点では変わりないさ」

「結局は信じるしかない。これまでと一緒というわけか」

コロを見ながら元店長が言った。大男が疑いを口にする。

「その犬ころが連中の仲間という可能性はねえか」

「……と言うと？」

「いや、貝殻から人間が生まれるんだから、他の動物が湧いてきても不思議じゃねえよなと思っただけだ」

「そんな話は聞いたことがないな」

コロの頭を掌《てのひら》でかるく叩いて、老人が反論した。

「貝殻から生まれるのはなぜか人間ばかりらしい」

大男は大きな溜《た》め息を吐《つ》いた。

「いったい貝殻どもの目的はなんなんだろうな……さっきの小説の話みてえに、わかりやすい目的があってくれたらいいのによ。現実は不気味っていうか、もっとぶよぶよしてて、わけのわからない理不尽がまかり通ってる……」

老人が深々と頷《うなず》いた。

「私はこう考えている。人間が海を、自然を虐げすぎたのだと。だから、しっぺ返しをくらっているんだ。海からの皮肉な贈り物さ。発展しすぎた現代文明を滅そうと貝殻人間が送り込まれ、お互いを疑うように仕組まれて……。人口が倍になるわけだから、そのうち食糧も追いつかなくなる。そうなれば共倒れだ。現代社会は遅かれ早かれ滅亡を迎えるだろう。ところが、人間も貝殻人間も区別がつかんだろ？　もし再び文明が起ったとしても、未来の文明から見れば滅亡の理由がわからんということになるだろうな。そう思うと、古代文明が滅んだのも同じ理由だったのかもしれん。文明が栄えすぎるたび、人類への禍《わざわい》として、海から貝殻人間が贈られてきているのではなかろうか」

皆は黙って火を見つめている。

「先ほどの、貝殻人間の解剖の話について考えていたんですが……」

これまでの議論の間、ずっと黙っていた長身痩躯の男が初めて口をひらいた。落ちついたよく通る声で、煽る風でもなく、敬意を込めて大男を焚き火越しに見やった。

「あなたが仰る通り、人間と貝殻人間の体に差がないと、貝殻人間側が偽証したっていうなら話は別で、その可能性が排除できないのも事実だと思います。ですが、かりに人間の医師が貝殻人間を解剖していたとしましょう。そのうえで、人間と貝殻人間の見分けがつかない以上、目の前にある遺体が貝殻人間だという保証をどうやって得られたのか、という問題が出てきてしまいます」

「身分証がない不審死だったら、貝殻の奴らじゃないのか」

大男が反駁する。

「もちろん、貝殻人間が現れた初期でしたらそうだったでしょう。ですが、貝殻人間と人間を区別する必要が、——差別じゃありませんよ、——区別する必要性が出てきたのは、もっとあとになってからです。そのころには身分証を本人が持っているか、貝殻人間が持っているか、第三者からはわかりかねる状態になっていたはずです」

「身分証の携帯の有無では判別できないと……」

元店長に向かってその男は頷いた。

「そうです。そして見た目の美しさや本人より健康体であるという要素は、主観的な要因です。そもそも病死するのが本人よりあとだと仮定すると、病院では貝殻人間の遺体自体がそれほど手に入らないことになります。言い方は残酷ですが、人間の死体のほうがよっぽど楽に手に入るわけですよ。そう考えると、人間と違う構造をした死体が出てこなくても不思議はないわけです」

「本人に連絡して、仏が生きてりゃあ、そいつが貝殻人間じゃねえのか」

「だから、そのどっちが人間で、どっちが貝殻人間か、他人にはわからないってことよ」

焚き火越しに、女性と大男が再びいがみ合った。

「そうです。その状況下で、人体と区別できないという結論を出すには、遺体が貝殻人間だと判断を下せる立場にある人が執刀医で、なおかつ人体との相違を探そうという観点で解剖が行われる必要が出てくるわけです」

「頭がこんがらがってきやがった。つまり、何が言いたいんだ？」

「わたしが言いたいのは、貝殻人間を解剖した医者がいたんじゃないか、ということです」

「そんなのは最初からわかりきってるだろうが。なにをいまさら偉そうに」

「いえ、不正確な言い方をして申し訳ございません。わたしが言いたかったのは、自分の貝殻人間を解剖した人間の医者がいたんじゃないか、ということです。その遺体が貝殻人間かどうかは本人にしかわからない。そして確かめる、つまり解剖するすべを持っていた。かつ、それを発信して信頼を得る立場にあった……」

「自分を自分で殺して、切り刻んだってことか？」

「そうです」

大男でさえ顔をゆがめた。

「あくまで推測の域を出ませんが、そのようなことがあったとしても不思議ではありません」

「とんだマッド・サイエンティストだな。この場合、マッド・ドクターになるのか」

「マッドではないと思います。ある種、生命の神秘に切り込んだわけですから、文明の発展に寄与していると考えられます」

「そうよ。単なる人殺しなのはあんたも変わらないでしょ」

「うるさい、そこまで頭のネジはぶっ飛んでねえよ。それに俺が殺したのは……」

大男の目が泳いでいる。なにかを思い出しているらしい。蛾が焚き火に迷い込んで燃えた。翅《はね》が焼かれてもがき苦しんで、息絶えるまでの間、大男は何か言いだしそうな雰囲気を漂わせた。そして、空白を埋めるように彼は言葉を吐きだし始めた。あるいは引きずり出されるように、大男のなかでこみ上げてくるものがあるらしかった。

＊

白ヘルって言っても、俺は二、三体しか殴ってねえ。ただの運転係だ。仲間に付き合っただけだった。ほらっ、FPSとかいうゲームがあんだろ。あんな感じだよ。はじまりはみんな素手でさ、それぞれ武器になる道具を見つけていくんだ。最後の一人になるまで戦うやつ。俺はゲームはあんまくわしくないけど、仲間がやってるのを横から何度か覗いたことがある。俺はゲームを始めたばかり。貝殻人間を狩りはじめたのもそいつらだった。ターゲットの貝殻人間はゲームを始めたばかり。まだ装備も何も整ってねえ。こっちは長らくこの世界で暮らしていたってアドバンテージがあるから、どこでなにが手に入るかわかっている。言ったら初心者狩りだ。こんなにイージーで、しかもリアルな感触まであるなんて、って奴ら興奮しまくってた。んで、俺はそいつらをバイクの後ろに乗せて、貝殻人間を探す役。俺も貝殻人間のことを気持ち悪いと思ってたから、別にかまわなかった。

間違って人間を殺めるとは思わなかったのかって？　そこらへんは、俺たちもパクられるといやだからな。海岸線沿いまで出てきて、生まれたての、裸でうろうろしているやつをさがしたよ。すぐ見つかるときもあったし、全然現れないこともあった。俺たちは楽しくてやりはじめたけど、そのうち家族を奪われたやつとか、自分を乗っ取られたやつが合流するようになってさ。現役の警察官とかも来て、どんどん資材やら武器やらが充実していったよ。新しく来た奴らの話も聞いてさ、俺たちが手にかけてるこいつらって、ほんとうに有害なんだって思ったよ。受けいれるとか、そういうのはできないんだなと思った。一緒に暮らすなんて論外だ。だって、俺たちの暮らしを根こそぎ持って行こうとするんだぜ。

〈「それはわからないのではないですか。対話の果てに、平和的な着地点を見いだせるかもしれませんよ」

先ほどの長身の男が、大男を諫めるように静かな声で割って入った。

「対話を手放さないことこそ、人が獲得した聖性だと私は思います。暴力はいずれ自分の身に降りかかって来ますよ」〉

セイセイ？　ってのは、俺にはよくわからない。とるかとられるか、どっちかだろ。だけど、自分の身に降りかかる、か……それはそうだ。俺たちが少しずつおびえ始めたのも、そういうところだ。俺たちは夜に活動していた。昼間は仕事があったというのもあるけど、さすがに殺す相手の顔をまともに見るのが嫌だったんだと思う。夜陰に乗じてあいつらを狩ってた。それで、お互いに仲間だとわかるように、白いヘルメットをかぶるようになったんだ。ただ、貝殻人間は夜昼かまわず、押し寄せてくるわけだろ、全部狩れるわけがない。だからさ、焼け石に水っていうか、氷山の一角というか、見逃しているのが大多数なわけよ。でさ、見逃した中に、俺たちの分身がいるかもしれないだろ。

もちろん、『そんなやつが目の前に現れたら、ぶっ飛ばしてやる』って、どいつもこいつも息巻いていたよ。仲間といるうちはいいんだ。体の芯に熱が灯ってさ。俺たちは無敵だって気になる。不思議と元気が湧いてくるんだ。だけど、仲間を家に送り届けてさ、一人ぼっちになるじゃん。すごい不安になるわけ。いつ自分の分身が現れるかわからない。しかも、白ヘルをやっている俺達の分身だろ。穏やかなはずがねえ。

まあ、自業自得だわな。身から出た錆っていうか、人がどこまで野蛮になれるか知っているからこそ、びびるんだ。ほら、弱いと弱いやつの気持ちがわかるって言うだろ。あれは逆も一緒だ。襲われたときの脅威の大きさがわかる。かといって、いまさらびびってやめるわけにもいかない。家に帰るとさ、ちびたちが寝てるわけ。かわいい寝顔を見てたら、こいつらの未来を守るためにも頑張んねえとなって思うわけ。で、焼酎をあおって寝てたんだけど。……俺もぎりぎりだったんだろうな。

大男は沈黙した。そう言って、焚き火から離れて遊んでいる小さな子ども達に目を向ける。

「なんだか、言いにくいことがありそうな様子だね」

老人が声をかけた。いつの間にかコロが大男のそばにすり寄っていて、手のひらをなめている。大男は犬の頭を撫でてやり、意を決したように続きを話し始めた。」

それで、とうとうあの日が来やがった。バイクを止めてたときに、公園のすそから貝殻人間が現れやがった。ガキだった。あんな時間に子どもが一人で出歩くことはないから、貝殻人間に違いなかった。服も着てなかったしな。そいつが俺に向かって駆け寄ってきたんだ。目を輝かせるようにしてさ。仲間は公園の公衆便所に行っていたから、その場には俺しかいなかった。だから、立てかけてあった角材をもって殴りかかった。あっという間だったよ。無我夢中だったこともあって、一振りで終わった。気がついたら相手がぶっ飛んでいた。えらい簡単だなと思ったのを覚えている。相手が小さかったからだろうな。でも鼓動はずっと収まらなくて。

とにかく我に返って、やっちまったと思った。それから、ざまあみやがれ、とも思った。わかってる。軽蔑してくれていい。貝殻人間とはいえ、無抵抗の、それも非力なやつをやったんだからな。白ヘルの中でも誇れることじゃない。でも、そいつが向かってきたとき、俺は根源的な恐怖を覚えたんだ。知りもしない赤の他人が、両手を広げて俺に抱きつこうとしてきた。そんな無邪気な感情を他人から向けられることなんて、日頃ないじゃないか……だがそのとき、俺はほんとうは気づいていたのかも知れない。

俺はそいつに近づいていった。ちゃんととどめを刺せたか確認しようと思ったんだ。間違って人間をやっちまったんじゃないか、という恐怖もあった。それで、ぐったりして、公園のライトの下に横たわっているそれに、おそるおそる近づいたんだ。首がねじれて、顔が下向きになってて……俺はつい覗きこんでしまった。

〈そこで大男は一呼吸を入れた。耐えがたいものを必死に抑えるように。〉

見るんじゃなかったよ。そいつは俺のガキだった。息子の貝殻人間だったんだ。公園で俺を見つけたんで、俺から記憶を吸い上げたんだろうな。父親を見つけたと思って、駆け寄ってきたんだ。俺はうっかり、自分のガキの貝殻人間を殺しちまったんだ。途端に、押しとどめようのない後悔が襲ってきた。

笑っちまうだろう。ガキの未来を守りたいって言ってたやつがさ。俺もそのつもりで白ヘルの活動に加わっていたはずなのに。だが……。自分でもよくわからねえ。だってガキに瓜二つの子どもが息絶えてるんだぞ。しかも手を下したのは他ならねえ、俺自身だ。パニックにもなる。

だが……。それだけじゃねえ。俺のガキに似てるからってだけじゃない。そいつにだって未来があったかもしれないんだよな。あんたらに話してて、ようやくわかってきた。自分たちがどんなに罪深いことをしていたのか、俺たちは貝殻人間の未来を摘み取ってたんだ。くそ生意気なわがままで、命を選別してたんだって。

……ともかく、俺は怖くなって逃げ出しちまった。それ以来、家には帰っていない。ガキが無事かどうか、確かめに家の前まではいったんだが、家の中からガキの声が聞こえてきて、びびって逃げてきちまった。どうしても、ぐったりしている貝殻人間の姿が頭にちらついてまともに見れないんだ。……あの公園が家から離れてたから、俺が手にかけたのが、自分のガキじゃなかったっていうのだけは確かだ。それだけが唯一の救いだ。……

＊

大男は最後、消え入りそうな声で話し終えた。誰も慰める言葉が見つからなかった。夜の静寂に波の音が際立った。風向きが変わったのか、潮の香も強まった気がした。浜辺沿いには、貝殻人間を運んできた巨大な貝殻が、岸を塞ぐテトラポッドのようにごろごろと転がっているのだろう。

「わたしたちね」

いつの間にか、周囲で遊んでいた子どもの一人が焚き火の輪に戻ってきていた。姉の方だった。

「おかあさんを殺しちゃったの」

子どもの口から発せられるには、まるで不似合いな言葉に、大人たちは意味を呑み込みかね、少女が語るのに聞き入った。

＊

わたしたちね、おかあさんを殺しちゃったの。

ある日ね、だいちとわたしがおうちに帰るとね、おかあさんが二人いたの。二人でけんかしてた。学校からの帰り道にシロツメクサを摘んで、すごく楽しかったのを覚えている。リュックサックをおろして、リビングへ入ったら、二人がものすごい顔でののしりあってた。ううん。一人がもう片方に向かって、どなりちらしてた。わたし、ものすごく怖かった。おかあさんが二人いることが怖かったんじゃない。どなり散らしているおかあさんが怖かったの。それに、怒られているほうのおかあさんがかわいそうだった。必死に耐えてた。怒ってるほうはね、わたしたちに気づかないみたいでね、怒られてる方が先にこっちを見つけてくれた。それで『だいじょうぶだよ、このひとと話をしているだけだからね。もうすぐ終わるよ』ってすごい優しい声で言ってくれた。

〔「ぼく、あのママの声が好きだった」

弟が姉の隣に来ていた。姉は弟に気兼ねして、喋りづらそうな素振りを見せた。

「だいちくん、コロと遊ぼうか」

老人が気を利かせ、弟を焚き火の輪から連れ出した。姉は続きを話しはじめた。〕

そしたらね、怒ってるほうのおかあさんが、すごい剣幕でどなるの。『うちの子に近寄るな、モンスター！　勝手に母親づらすんじゃねえ』って。うちのおかあさん、痩せてて、いつも顔色が悪いんだけど、そのときはほんとうに妖怪みたいだった。絵本とかにいる、妖怪のお婆さん。とても怖かったのを覚えてる。でも、もう一人のおかあさんは、すごいにこにこしてるの。目は怒られてたから涙で一杯なんだけどね、『大丈夫だよ』ってにこって笑ってる。おかあさんがまっすぐ笑いかけてくれることってめったになかったから、ぼうっと恥ずかしくなるくらいだった。

『危ないからお外出てなさい』ってリビングから追い出された。もう一人のおかあさんも『外出とけ！』って言うから、わたしたちあわてて廊下に逃げたの。でも、心配だったから……どっちが心配っていうのはなかったんだけど、おかあさんを助けなくちゃと思って廊下で待ってた。だいちが怖がって泣いてたから、ぎゅっと抱きしめて待ってたの。家具が壊れる音やお皿が割れる音が聞こえた。そしたらいきなり、ドアがバタンて開いて、オニのような形相でおかあさんが出てきた。それで『どっちがほんとうのおかあさんか、あんたたちが選びなさい』って言ったの。リビングに入れられて、おかあさんを見比べさせられて、『早くしなさい。わかるでしょ！』って急かされて。わたしは、ほんとうのおかあさんについていこうって心の中で決めていた。きれいなおかあさんはかわいそうだったけど、でも今日の朝わたしたちを見送ってくれたおかあさんは、怒ってるほうのおかあさんだった。朝ご飯をつくってくれて、車に気をつけなさいって注意してくれたのは、怒ってるほうだった。もう一人の方はおかあさんだけど、知らない人。もしその人を選んだら、ほんとうのおかあさんが傷つくだろうなって、わたしわかってた。……でも、怖くて言えなかった。にこにこしてて、きれいなおかあさんがいいなって思って、心のなかがチクチクした。そうしたら、だいちが『やさしいほうのおかあさんがいい』って言ったの。きれいなほうの、あたらしいおかあさんを指さして。

おかあさん、びっくりした顔してた。それから、はっと気づいて、わたしに顔を向けて『あんたは？』て聞いてきたの。『あんたは！　あんたはわかるでしょ！』ってにらみつけてきて。わたし、また怖くなった。それで、あたらしいおかあさんのほうの袖をつかんじゃった。おかあさんはしばらく黙ってて。そのあとわっと泣きだして、リビングを飛び出して二階に行っちゃった。足音が家中に響くくらい大きかった。そのあと、ドアが閉まる音がした。たぶん、みんなで寝ているお部屋のとびら。わたしとだいちは怖くて動けなかった。そしたら、きれいなおかあさんが『こわい思いさせてごめんね。ちょっとお外に遊びにいこうか』って連れ出してくれて、近くのショッピングモールまで遊びに出かけたの。最初はびっくりしたけど、たのしかった。ゲームコーナーで遊んで、欲しいご本を買ってもらって、おやつも食べて……だいちはあたらしいおかあさんにぴったり寄り添って、はしゃいでいた。それを見てたら、このひとがほんとうのおかあさんだって、わたしもだんだん思えてきて。ショッピングモールから帰るころには、もう前のおかあさんのことは忘れてた。明日からは、やさしいおかあさんといっしょに過ごせるんだって、わくわくしてた……

〈「お母さんは、ほんとうのお母さんはどうしたの?」と元店長が尋ねた。〉

おうちに帰ったら、お二階でぶら下がってた。天井から――

〈「もういいだろ。それ以上、語らせんな」

大男が少女の話をさえぎろうとした。しかし、女の子は話しやめなかった。〉

いいの。わたしがやったことだから。おかあさん、首を吊《つ》ってたの。〈――そう言いながら女の子は泣きじゃくりはじめた。〉

それからお父さんが帰ってきて、あたらしいおかあさんとケンカして刺しちゃって。お父さんもじぶんで……

〔少女の目から次々と涙があふれ、あとは言葉にならなかった。〕

＊

「気をつけるんだ。もっと下がって。火を舐《な》めたらいかん」

老人の指示で、みながさらに一歩ずつ下がった。海浜公園の広場で焚き火を囲んでいた私たちは、巨大な貝殻の転がる砂浜沿いまで下りてきていた。辺りには、私たちが撒《ま》いた灯油の匂いが立ちこめている。

「行くぞ」

元店長がマッチを擦って、さっと投げる。小さなマッチの火が放物線を描き、灯油をしみこませた古紙に移るや否やわっと燃え広がった。

ひとしきり話し終えたあと、貝殻を燃やそうという話が誰からともなく出た。こうして焚き火を囲んだのも何かの縁だから、皆でなにかやろうという話になったのだ。いわば、貝殻人間へのささやかな復讐《ふくしゅう》だ。灯油は元店長が大男と一緒に心当たりを回ってくすねてきた。

燃え上がる炎に興奮して、コロが吠えたてた。老人はコロが間違って炎の方へ駆けて行かないよう、首輪をしっかりと摑《つか》んでいる。弟の手を姉がきつく握り、姉の手を私が握っていた。

事前に見回りをして、貝殻人間がいないことは確認したが、魚が焼けるような匂いが漂ってきて不安になる。

「きれい」

貝殻人間に抱く気持ちはそれぞれ違えど、夜を這いあがるように燃えたつ炎は美しかった。人がすっぽりと入ることができる巨大な抜け殻たちを、文明の礎である炎でもって焼き払う——それは奪われてしまったなにかを、もう一度摑みなおそうとするあがきのようでもあった。ぬばたまの真っ暗な海に浮かぶ漁り火のように、闇の中に明るい炎が燃えあがって、私たち八人を照らした。

貝殻を呑み込み一心に燃えている炎を見つめながら、私は最後に告白した島東《しまひがし》の言葉を思い返していた。

＊

わたしにも弟がいましてね。
〔女の子が泣き止《や》み、落ちついてきた頃合いを見はからって、長身の男が落ちついた声で静かに話しはじめた。〕
双子の弟です。一卵性の双生児で、仲もよかった。大人になっても近所に住んでいて、二人とも自由業のようなものでしたので、休みがあえば二人で映画を見に行ったり、片方に恋人ができれば、一緒にデートしたり、隠しごともせず暮らしていました。けれど、弟に対して何も思っていなかったわけではありません。物心ついた頃から、わたしたちはずっと同じ学び舎に通い、同じ試験を受けて、同じ運動会に出ました。どちらかが習いごとをしたいと言いだしたら、一緒に通いました。すくなくとも、通い始めの頃はいつでも一緒でした。そうすると双子ってことで、ずっと比べられるんです。弟の方がどうだとか、やっぱりお兄さんねとか。一卵性だから甲乙つけがたいとか。ちょっとした出来不出来を比べられてしまって……。

子どもの頃って、ノートの端っこによく落書きするじゃないですか。当時流行っていたマンガのキャラクターとか、迷路の絵とか、なんでもないやつ。わたしも模写は得意だったので、手すさびによく描いていました。それがあるとき、隣の教室を覗いたら、弟の机に人が群がっているんですよ。どうしたのかなと思ったら、弟が絵を描いているんですよね。それまでは図工の絵とか、工作とか、弟に負けているつもりはなかったんです。ところが、その落書きをみたら、輪郭の線に筋が通っているというか、キャラクターが今にも動き出しそうで、自分の絵との差をはっきり感じたんです。人生で初めて敗北感を味わいました。このフィールドで競い合っても、自分より才能のある奴がこの世に必ず一人はいるのだということを悟ってしまったんです。

なまじ絵を描くのが好きだと自覚しはじめた頃でしたので、その一度の敗北がわたしの人生に決定的な影を落としてしまいました。そのあとからですよね。弟に勝てるものはなにか、と必死に考え始めたのは。結局、人前に出るのが嫌ではなかったのと、テレビでやってるドラマのものまねが好きでしたので、わたしは演劇の道へと進むことに決めました。弟はそのまま絵を描き続けて、漫画家になりました。独り立ちとはいきませんでしたが、有名なプロダクションに入って、代筆というか、グループで活動する作家になっています。

やりたいことをやれる弟をうらやましく思っていました。わたしも俳優として小さな舞台を踏むようになりましたが、いつも中身が空虚のような気がしてなりませんでした。わたしは弟に比べて、人の目を気にしすぎる嫌いがあるように思っていました。どこか通り一遍のことしかしゃべれないのを気に病んでいました。つい蓋然《がいぜん》性の高いことを口にする癖があるのです。弟はそうではありませんでした。自分の言いたいことをずばり口にするのです。そういうのを目にするたび、自分が中身のない人間に思えてなりませんでした。ほんとうにやりたいことから目を背け、他人の言葉を借りて喋る人形にでもなったような気がしました。

でも、できないことができるようになる、昨日まで覚えていなかった台詞《せりふ》を暗記する。あるいは台本の言葉の裏側に気づけるとか、そういった小さな喜びがわたしの支えになりました。わたしは徐々に演技の世界にのめり込んでいきました。でも、プロの世界に上がってみて、わたしの小さなプライドは、もっとシビアな競い合いにさらされることになりました。挫折の連続です。屈辱の連続です。弟とはイーブンでしたけど、現実では自分より美しい容姿や声の人たちと競うのですから。残酷ですよ。だからこそ、積み上げてきたものが滲《にじ》みだす……日々稽古にしがみつき、自分を磨き、与えられた役割をこなそうとする。そうすることで、自らの芸名の価値を高めてゆけると信じていました。

「もしかして……あんた、島東遠矢《とおや》か」

大男が驚いて、島東を見やった。ドラマの端役で幾度か見たことがある、とつけ加えた。

そうです。本名は別にありますが……わたしが何者かではなく、その『島東遠矢』という看板が誰か、ということがわたしにとって重要でした。いわば『島東遠矢』はわたしの仮面でした。わたしを「わたし」たらしめているものです。わたしは、その名をどう育むかに心血を注ぎました。けれど、芸能活動がうまく行けば行くほど、ほんとうのわたし自身は真空になっていくような感覚がありました。

そんなときでした。わたしの楽屋に、貝殻人間が現れたのは。わたしは久しく忘れていた弟との日々を思い出しました。どこまで行っても比べられてしまう。弟から逃げるようにして打ち込めるものを探したけれど、結局、わたし以外の何かを育てたところで、わたしはどこに行きつけたというのか。

スタッフは双子の弟が遊びに来たのだと思ったそうです。無理もありません。わたしでさえ初めはそう思ったぐらいです。わたしたちはテーブルを挟んで向かい合いました。弟が一杯食わせようとしているのかと勘ぐり、『運命の抗しがたく、吾より奪わんとするとき、忍耐をもって対せば、その害もやがて空に帰さん』――と覚えている台詞の一節を諳んじてみました。すると貝殻人間は、『盗まれて微笑する者は盗賊より盗む者なり、益なき悲しみに身を委ぬる者はおのれを盗む者なり』と続きを引き受けました。弟ではこうは行きません。今度は相手が『わたしには、ほかにも同じように神聖な義務がありますʼ』と呟《つぶや》きました。わたしの脳裏に真っ先に浮かぶのは『そんなものがあるものか。いったいなんだというんだ?』という「人形の家」の一節です。わたしがまた『おまえさんがソジーだとすれば、このおれは、いったいだれになりゃいいんだい? おれだって、だれかにならないと困るからな』と言えば、貝殻人間は『おれがソジーでなくなったら、おまえがソジーになるまでさ。それだけは認めてやろう』と答えます。わたしたちは他者の言葉で問いかけることで、お互いが対の関係に他ならないことを確かめ合ったのです。

奇妙な光景でした。楽屋ですから、至るところに姿見がありました。わたしは目の前にいる貝殻人間と鏡に映る自分を交互に見比べました。わたしは自分に刻まれている皺《しわ》こそ、自分のものだと思いました。しかし、わたしが久しく追い求めたのは目の前の貝殻人間の姿でした。磨き続けた仮面が実体を伴ってそこに現れたのです。耐えがたい混乱でした。おそらく相手は優越感に浸っていたと思います。自分こそがまさしく『島東遠矢』だという自負があったはずです。でも、わたしは真逆です。逃避から始まった挑戦の、行き着く先を見たのです。わたしたちは対話を重ねました。しかし、冷静に考えて、わたしが立場を譲るべきなのは火を見るより明らかでした。わたしはじっと考えました。わたしたちは一回性の人生を生きている以上、大なり小なり、日々なにかの目的を達成したり、用事を済ませることで生を繋いでいます。その果てにある、なりたい自分や成し遂げたいことを目指しています。もちろん、結果的に叶わないことや笑われることもあると思います。それでも、無駄かもしれなくても、扉をくぐることを夢見ているのです。ですが、わたしの目指してきた扉はいま目の前で閉ざされようとしていました。それもわたしと同じ顔をした男の手で……。

突然、貝殻人間が『舞台衣装を着させてもらいたい』と言いました。わたしとしては、いささか奇妙な印象を受けました。なぜなら、わたしのものは彼のものだと思い始めていたからです。『もちろんです。ここにある衣装を好きに着たらいい』と答えました。彼は『君の好意に感謝する』と改まって言い、公演中の舞台衣装に着替え始めました。

彼が服を脱ぎ、無防備に背中を見せているとき、平穏でない手段を執るとすれば、わたしにとっては最大のチャンスでした。わたしが逡巡しなかったといえば嘘になります。鏡台にリンゴを剝くのに使ったフルーツナイフがあったのです。それを手に取って一突きすれば、致命傷とはいかずとも、彼が二度と舞台にあがれない体にすることはできたでしょう。

しかし、彼を手にかけたところで、わたしには虚しさが残るだろうという気がしました。そうこうするうちに、着替えを終えた彼がこちらを振り返りました。宣伝用のジャケット写真のような、つまり「わたし」としては最上級の仕上がりに見えました。目の前に『島東遠矢』がいました。彼がそうだったということは、わたしはそうは見えないということでしょう。わたしはまた哀しくなりました。

『どうです？　似合いますか？』と彼が尋ねたので、わたしはビクリとしました。自分が相手を殺そうとしたことがバレてしまったのではないかと思いました。貝殻人間は、本人の記憶を吸いあげます。心の内を読まれてしまったのではないかと思ったのです。しかし、わたしはすぐにその考えを打ち消しました。なぜなら、本人からの記憶の吸い取りは、出逢った瞬間の一回だけで、そのあとは起こらないと聞きます。目の前にいるわたしの心の声はもはや彼にはわからないはずだと自分に言い聞かせました。そして動揺を悟られないよう、彼の方へ目線を向けました。

そのとき、タキシードをまとった「わたし」の向こうの姿見に、残骸のようなわたしが映っていました。情けない姿でした。疲れた顔をして、皺だらけで、髪も薄くなり始めています。

『ええ、この上なく似合っていますよ』

そう褒めるのがやっとでした。すると、彼はなぜだか哀しそうな表情を浮かべました。わたしはそのとき油断していたのです。彼は何か舞台上の動きを再現するかのように悠々と歩み出て、鏡台のところまで行きました。彼の背中に隠れてよく見えませんでしたが、なにかに手を伸ばしました。わたしは瞬間、『やられた』と思いました。そして、彼がこちらに振り返ったとき、その手に刃物が握られているのを見ました。ここで自分の人生は終わるのだと悟りました。『嫌だ』と思いました。あのときにひと思いにやっておけばよかったと後悔しました。わたしは目を閉じました。貝殻人間の刃物は、すっと首元に伸びて、血しぶきがあがりました。でも、違います。貝殻人間は、自分で自分の首を刺したのでした。わたしは、「わたし」が「わたし」の首元を刺すのを目撃したのです。

なぜ彼がそうしたのか。いまだによくわかりません。でも、わたしが考えるに、貝殻人間の「わたし」は、皺とシミだらけの醜い「わたし」が羨ましかったのではないかと思います。わたしが舞台を彼に譲ろうとしたのと同じく、彼も人生をわたしに譲ろうとしたのではないでしょうか。わたしは自分の人生を未熟で未達成だと思って自ら抗ってくることができました。けれど、彼にはその必要がなく、その分だけ人生を生きる意味が初めから奪われていたのではないか。わたしにはそう思えてならないのです。それならば、俳優として完璧な姿で死ぬことによって、人間のわたしから『島東遠矢』という仮面だけでも永久に奪い去ろうとしたのじゃないか、今ではそう考えています。

「ひどい話だな。自殺ってのは人間だけがすると思ってたぜ」と大男が感想を漏《も》らした。

「ええ、仰る通りです。わたしもそう思っていました。けれど、わたしたちは彼らを新しい人類として認めるべきなのかもしれません。彼らには彼らの、また新しい悩みが生み出されていく……そして、わたしたちはわたしたちで日々を生きていく必要があります。不器用で、不格好で、不健康でも、なにか小さな支えでも今日を潰し、明日を生きる。その繰り返ししかないのかもしれません。

〔明々と燃える焚き火の周りを、深い静けさが取り囲んでいた。ゆらめく焚き火を見つめながら誰も彼もが島東の言葉を噛《か》みしめていた。〕

＊

翌朝、私たちは貝殻の焼け跡を見ようと、浜まで降りていった。大男と老人、そして犬の姿は見当たらなかった。朝の散歩へ出かけたのか、あるいはすでにこの公園から出ていったのかもしれない。子どもたちももう起き出していて、貝殻の焼け野原で遊んでいた。浜一面が黒くこげていて、子どもたちが煤《すす》まみれになってはしゃいでいる。島東と女性が私の前を歩き、私は彼らの様子を少し離れて眺めていた。

「全然だめじゃん」

女性が燃え残った貝殻に触れながら言った。巨大な貝殻は表面が煤になっているだけで、まるで形を崩さず、堅牢な石垣のようにそのまま燃え残っていた。子どもたちが、犇《ひし》めく貝殻の内側に身を隠し合いながら戯れている。体格のよい大人でも手足を畳めば横になれるほど、貝殻は大きかった。

「人類最大の発明とはいえ、人間の力ってこれっぽっちなのかもしれませんね」

二人の哀しそうな声が潮風に流れてゆく。そう、それでも私たちは積み重ねるしかないのだ。なにかできることを見つけ、今日を繋《つな》いでゆくしかない。

私は二人の会話を耳にしながら、そっとその場を離れる決意をした。

「あれ、君、どこに行くの？」

元店長の呼びかけを無視して、私は先を急いだ。彼らには彼らの、私には――私たちの悩みがあって、それでも生きていく必要がある。浜辺を離れ、私は自分がいるべき場所へと歩みはじめた。

耳の奥からじゃり、と砂のこぼれでる音がした。

火のすっかり絶えた浜辺に、さざ波が変わらず打ち寄せ続けている。

ジョン＆ジェーン

山田詠美

ジョンが、あまりにも何度も何度も、死にてえ死にてえと訴えるので、うっとおしいなあとうんざりしていたのですが、その内バスタブでうたたねしてしまったのを幸いに、力を込めて彼の頭を沈めて溺死させてやりました。

湯の中で目覚めたジョンは、驚いたように私を見て、口からボコボコと空気を出しながら、もがいていましたが、やがて動かなくなりました。まばたきもしなくなり、ばたつかせていた手足も静かになったので、ああ、息を引き取ったのだなあ、と解《わか》りました。

「ジョン」

私は呼びましたが、もう返事をすることもないようです。最期にぬるま湯の中から見た私の姿はどんなだったんでしょうか。太陽の熱で温まった夏の海で立ち泳ぎしていたジョン。あの時、波をかぶりながら、私を見て手を振っていた。世の中に付けられた垢を、すべて洗い流せたようなあの瞳。その視線の先には、私がいた。

そして、ほんの数分前の死ぬ間際も私を見た。その見開いた目。水を通して見た私はどうでしたか。海では言ったよね、可愛いジェーン。そう言って、海水が目に染みるのか、手でごしごしとこすった。

動かなくなったジョンを見ていたら、何だか寂しくなってしまい、私も裸になって、彼の横に滑り込みました。そして、彼の半身を起こして、髪や体を洗ってやりました。あの世に行くには、清潔にしていなければなりません。

タオルで、ゆるゆると洗っている内に、私の目から涙が落ちて来ました。ジョン。もう一度呼びましたが、やはり、彼は応えません。私をジェーンと呼んでくれる人はいなくなってしまいました。

ジョンの本当の名前は、伊藤左千夫といいます。知り合いは、皆、サッチーと呼んでいるみたいですが、彼は、そう声をかけられるのが大嫌い。愛想笑いを浮かべた後で、私の方を見て吐き捨てるように言うのです。ちっ、こんな名前付けるからだよ、あのババァ。

この、ババァとは、年のいった女の人のことではなく、文字通りジョンのお祖母《ばあ》さんを指しています。もう亡くなりましたが、彼を育ててくれた母方のお祖母さんは、字ばかりのお話の本が小さな頃から好きな人でした。そういう人を、昔は、文学少女と呼んだそうです。

文学少女だったジョンのお祖母さんは、伊藤左千夫という人の書いた「野菊の墓」という小説が大のお気に入りでした。何度か映画化されましたが、特に、松田聖子が主役を務めたものが良いと言っていたとか。引き裂かれた少年と少女の一途な想いを描いた作品で、やっぱりというか、女の子の方は死ぬ。あの時の聖子ちゃんがいじらしくてねえ、とお祖母さんは言っていたそうです。

で、伊藤左千夫自身に傾倒していたから、ジョンを左千夫と名付けたのか、というと、そんなこともなく、娘夫婦に名前を付けてくれと頼まれている時に本棚をながめていたら、その作家の名が目に飛び込んで来たらしい。うち伊藤だし、左千夫でいっか。そう閃《ひらめ》いて、孫の名に決めたそうです。

「なんか、昔、お騒がせで有名だったサッチーっていう野球監督の奥さんがいたらしくてさ、中学の先生とかが、おれのことそう呼び始めて、そしたら、それがニックネームになっちゃって……東京に出てからは、普通にイトーちゃんとかだったのに、歌舞伎町でばったり同級生に会っちゃって、おっ、サッチーじゃん？　て声をかけられて、またサッチーに逆戻り。ほんと、やだ」

そんなふうにぼやくので、私が新しい名前を付けてやったのです。その名も、

「ジョン・ドウ」

アルファベットで書くと、Ｊｏｈｎ　Ｄｏｅ。アメリカの犯罪物のドラマを観ていると必ず出て来るその名前。男の身元不明人のことだそうです。そして、女の場合は「ジェーン・ドウ（Ｊａｎｅ　Ｄｏｅ）」。アンケンで知り合いになった高校の英語の先生だという男が教えてくれました。ちなみに、アンケンとは「案件」から来ていて、体を売ること。私の場合は、ショートだけと伝えたら、それは英語ではクィッキーというんだよ、とやはりその自称先生が言っていました。

「案件」を調べてみたら〈処理されるべき事柄〉とあったので笑ってしまいました。ま

さにそのとおりだと思ったのです。自分の中に溜《た》め込んだ処理すべきものを抱えて、彷徨《さまよ》う者共が、この街にはいっぱい。

ジョンとジェーンと聞いて、いいじゃん！　と感じました。身元不明の匿名カップル。なんか、すっごくクールじゃないですか。ドラマの中の身元不明人がほぼ死体のことだって気付いたのは、ずい分後でした。

「野菊の墓」の主人公の政夫は、大好きな従姉の民子に向かって、野菊のような人だ、と言うそうです。

「そしたら、民子は政夫のことを竜胆《りんどう》のようだって返す訳よ」

「読んだの？」

「ばあちゃんが言ってた。なんか、この二人、可愛くねえ？　おれ、こういうのに弱くってさ。キュンキュンするよね」

「へー」

可愛いのはジョンの方だと思いました。彼には、そういう心の柔らかいところがある。弱いものとか、はかないものに心惹《ひ》かれてしまう習性。そんなのを、私は、彼の中に見ている。

「ジェーンは、野菊ってどんな花か知ってる？」

「うーん。仏壇に供えたりする菊なら知ってるけど……それ、野生の菊？　群生してるのかな？」

「かも。おれ、時々、想像してみるの。見渡す限り広がっている満開の野菊を。あ、じゃあ、竜胆は見たことある？」

「あるよ。昔、遠足で見た。紫色の秋の花。鐘みたいな形をしてるの。でも、あれみたいな男って、意味解んない」

「おれは野菊みたいな女って、想像つく。まだ会ったことないけどな」

「まだって……この先、会うつもり？」

うん！　と何故か自信たっぷりに返事をして屈託なげに笑うジョン。馬鹿だ。

私と出会った時、ジョンは新宿区役所側《そば》の雑居ビルにある違法カジノで雑用や使いっ走りのようなことをしていました。夕方、中華料理で腹ごしらえをしていたら相席になり、どちらからともなく言葉を交わしたのです。まさか、その時には、ジョンとジェーンになるとは想像もしませんでしたが。

私たちは、しょっちゅう、すれ違って笑い合うようになりました。不思議です。それまで存在していなかった人間が、ほんのいっとき心を通わせただけで、その姿が目に入るようになる。これまで、きっと、何度も互いの側を通り過ぎていたに違いありません。でも、今、知らなかった人は知っている人になり、そして、友人めいた視線を送り合い、会話とも言えない言葉を投げながら、寝る仲になった。私は、もう、五十メートル先からでも、ジョンの姿を認めることが出来る。あの紫色に染めた髪。あ、そういや竜胆みたいだ。

ジョンは、茨城の高校を中退してから上京し、友人夫婦のアパートに転がり込んでアルバイトを転々としていたそうです。けれども、おなかの大きい奥さんの誘惑に負けてしまい、だんなさんにばれて追い出されたそう。

「あっちから言い寄って来たのに。それにさ、腹ん中の赤んぼに気い使って先っぽだけしか入れてなかったのに、ひどくねえ？」

はー、ジョンも「処理されるべき事柄」に抗《あらが》えなかったんだなあ、と私は、人間の業というものを考えずにはいられませんでした。あっちにも業、こっちにも業、この世は業だらけ。その中でもジョンのやつは、一番みみっちいプチ業って感じでしょうか。

「最初は千住にいたんだけど、追い出されてから錦糸町とか北池（袋）とか転々として、歌舞伎町に落ち着いた。ここ、ほんと落ち着く。ゴジラビル出来て、若者に優しくなったわー」

そう言うジョンは、働いていたカジノの摘発を逃れて、歌舞伎町二丁目のホストクラブに籍を置いています。まだ一番下っぱのヘルプのヘルプだけれども、その内、エグゼクティブプレイヤーになってやるという野心は持ち続けているから頼もしい。

なんで高校やめちゃったの？　と尋ねたら、ばあちゃん死んだから、と唇を嚙《か》んで答えました。おれの親、二人共、最低のクソだから、と。死ぬまでは、学費もお祖母さんが秘密の貯えから出してくれていたそうです。

私は、彼の口から、給食費を払ってもらえなかった恨み節などを聞くにつけ、驚きと同情で胸が詰まってしまうのでした。

だって、私は、お嬢さん。牢獄で育った御令嬢。男子とは交際どころか、口を利いても激怒される環境で育ちました。でも、性に関しては、うんと早くから知っていた。何故なら父親におもちゃにされ続けて来たから。幼な過ぎてまだ無理みたいで、挿入こそ成功しませんでしたが、私は、知っていた。男が、どういう「処理されるべき」欲望を抱えているかを。それが、どんなに粘ついた執拗さを持っているか。私の子供時代、そして、思春期に至るまでの年月は、不快さと嫌悪を体に馴染《なじ》ませる訓練の連続だったのでした。

だからでしょうか。初めてのアンケンの後、あまりの素っ気なさが、いっそ清々しいと感じたほどでした。しかも、お金だってもらえる。私が、交縁界隈と呼ばれる大久保公園付近をうろつくようになるのに時間はかかりませんでした。新宿駅前の書店で立ち読みをしていたら、親切そうなお姉さんに耳打ちされたのです。オイシイ話、聞きたくない？　と。

食べ物以外に「オイシイ」と使うのは品のない人間がすることと解ってはいましたが、私には、むしろ、そっちの方がぴったり合っていると思いました。おいしい、ではなく、オイシイ。私の育った環境には、なかったワード。

すぐに、同じくらいの年齢《とし》の子たちと顔見知りになり、オイシイ話の情報交換をするようになりました。彼女たちは、人懐こく、親切で、けれども、いとも簡単に仲間を裏切るのでした。

あの子のこと、絶対に信用しちゃ駄目だよ、と御丁寧に教えてくれる子が、実は、一番信頼出来ない、というのも学びました。はあー、世の中、奥が深いわ。勉強になります。

家に寄り付かなくなった私を巡り、うちの家族は混乱の極みに陥りました。父は、たまに私が顔を見せるたびに、勘当だ勘当だ!! とわめいていましたが、こちらが不敵な笑みを浮かべると言葉に詰まってしまうようでした。その瞬間、彼の額に立つ何本かの青筋を見るたびに、私は、心の中で毒づいたものです。今まで、おまえが娘にして来たことに、金、払え! と。

私は、トー横にたむろする子供らや交縁界隈の立ちんぼに埋没しながらも、自分の出自は違う、と自身に言い聞かせていました。何故でしょう。私は、彼女たちと同じである安心感を持つと同時に、この子らのように寄る辺ない惨《みじ》めな身の上じゃない、と思いたがっていたのです。そこには、明らかに、私を支配していた父の影響がありました。

路上置屋と呼ばれる中華料理屋の前に座り込んで、握り箸でカップ麺を啜っている子を見て、育ち悪いなあ、と見下してしまう時などに。

「パンツ丸見せの子に、食事マナー言うな」

そう言って私をたしなめたのは、他ならぬジョンでした。二人がその店の中で、五目そばと餃子を食べていた時のことです。ちなみに、その中華料理の店は、私たちが出会った場所。いつのまにか行きつけになりました。

「おれらが、ここの中で客になれてんのは、幸運なだけなんだからさ」

うん、と言って、私は、ジョンを見詰めました。ホストクラブで働くようになって、彼の男っぷりは増したようです。そして、人間的にも成長したみたい。元々、地頭は良い人です。さすが、伊藤左千夫。文学少女であるばあちゃんの血筋です。

「そういやさあ、ルリちゃんていたじゃん、髪、ピンクに染めてた立ちんぼの」

「うんうん。頭、弱いけど性格良かった……おれ、マックでおごってやったことある」

「あの子、この間、花道通りで倒れて死んでたんだって。グランカスタマの横んとこで」

「マジで⁉ なんで」

「さあ、働き過ぎか、オーバードーズか……」

「はあ～、なんか女工哀史？」

ジョンが、また、ばあちゃん仕込みらしい言葉を持ち出したので、興味津津で尋ねたところ、それは大正時代の紡績工場で働く女子工員の悲惨さを描いたルポルタージュだそう。それはそれは過酷な生活だったとか。

「『あ、野麦峠』っていう映画知らねえ？ すごい昔の。あそこで主役の大竹しのぶが可哀相過ぎて、おれ、ばあちゃんとＤＶＤ観ながら泣いたわ。働き過ぎると胸の病気になって、咳がゲホゲホ出て、死ぬかもしれないって、解った。ジェーンも、働き過ぎと咳止めの飲み過ぎだけには気を付けろ、な？ おれ、おまえ、いなくなったら、つらい」

胸が、じん！ としたのでそう言いました。すると、ジョンは提案したのです。

「おれの生まれたとこの海、行ってみねえ？ 茨城。泊まりで次の日、ひたち海浜公園のシーサイドトレインに乗って、みはらしの里の向日葵《ひまわり》を見よう？」

「それ、いい！ すごく、いい‼」

大賛成して、翌日、私たちは、もう茨城に向かっていました。電車をこつこつと乗り換えて、阿字《あじ》ヶ浦まで行くのです。浜の近くの安いホテルも取れました。ちゃんと、二人きりで、清潔なシーツの上でやれるのです。ジョンは、いつも事務所や店で用意されている部屋に、何人かでシェアして住んでいましたから、私たちは、落ち着いてセックスする場所になかなか恵まれなかった。それなのに、潮風に吹かれて、あれもこれもし放題！ 青い春、来たる！ そうだよね？ 青春。

私たちは、海の家に荷物を置き、日がな一日、ビーチで過ごしました。砂浜でお城を作ったり、波打ち際をブギーボードで滑ったり、少し遠くまで泳いで抱き合ったり。立ち泳ぎをしながらしがみ付いたら、ジョンのあそこが勃起していたので笑ってしまいました。

「なんか、海の生物の触角みたいだね」

よせよ、と言って照れるジョンは、まるで、地道に勉強して来た堅気の人のように見えました。太客《ふときやく》に育てようと担当して来たお客さんに飛ばれて、詐欺関係のオイシイお仕事に手を出しかけている崖っ縁の男だなんて誰も思わないでしょう。竜胆色の髪の毛も、この間、目立たないように茶色に染め直しました。私たち、このまま行ける。ごく普通のカップルに見せかけて、やがて、本物の恋人同士として世の中にもぐり込んで行ける。

ひたち海浜公園では、見渡す限りの向日葵の花を見て、ジョンは言いました。

「野菊じゃねえな、やっぱ」

私が目で問いかけると、ジョンは私の前髪をどけて、額に、そして、続けて唇にキスをしました。

「ジェーンは、向日葵みてえ。おれも同じ向日葵になって、ずっと、おまえの方、向いていたい。新宿なんかに見切り付けて、どっか行こう？ どっか、遠いとこに行って、二人きりで暮らそう？ 他人がいて、ちょっかい出すから、おれら駄目なんだ。二人っきりなら、きっと上手《うま》く行く」

私は、ジョンの手で両頰をはさまれたまま頷《うなず》きました。そうだね、ジョン、私たちは、二人きりが向いている。

その幸せな決意は、しかし、歌舞伎町に戻った途端に呆気なく打ち砕かれてしまったのでした。

またも仕事のしくじりを重ねて、ジョンは身動きが取れなくなり、死にてえとくり返すようになって行ったのです。売り上げのための酒量もどんどん増えました。そして、店の裏にある吐き場と呼ばれる場所に置かれた、ビニールを被った巨大な段ボール箱に半身を突っ込む毎日。見ていて、あまりにつらかった。

私は、無理矢理、ジョンを区役所通りの向こうまで引っ張って行って、ラブホテルで休ませることにしたのでした。ところが、彼は、それどころではなく、死にてえ！　をくり返すばかり。私は、ただ彼を安らいだ気持にしたかっただけなのに。聞き分けがない。言うことを聞かずに苦しがっている。

仕方ない、と思いました。私にしか出来ない方法で、彼を楽にしてやろう。そうして、私は、ジョンをバスタブに沈めたのでした。永遠の休息。それが、私からの最後のプレゼントになりました。

それから、数日、私は、アンケンに打ち込みました。ほんと、なんか、話に聞いた女工さんと一緒。そう呟《つぶや》きながら路上置屋に向かっていたら、ものすごくおなかが痛くなり、それでも、よろけながら歩いていたら、朦朧《もうろう》として来て、東《あずま》通りを過ぎたあたりで倒れてしまいました。

「やだ！　この子、すごい出血してる!!」

通りすがりの人の声が降って来て、自分の足の間に血溜りが広がって行くのが解りました。子供を身籠っていたのでしょうか。誰の子でしょう。きっと、ジョンと私の魂の子ですよね。

そう言えば、彼は、私の本当の名前を最後まで知らなかった。遠ざかる意識の中で、私は、ようやく自分が、ジョンとお似合いの路上のジェーン・ドウになったのを感じているのでした。

猪田って誰？

小川 哲

告別式ってなんだっけ、じいちゃんが死んだときにやったやつだよな、地方に転勤するとか海外に留学するとかそういうやつじゃないよな、それは送別会だよな、みたいなことが心配で、「告別式」という単語をググったのは、《猪田《いのだ》の告別式、どうする？》というLINEが届いたからだった。死んだときのやつなのかどうかで当日の服装が違ってくる。誰かが死んで行われる式にTシャツで行くのも恥ずかしいし、かといって誰かを海外に見送るだけの式にスーツネクタイで行くのも恥ずかしい。で、調べたら上からびっしりSEOに金をかけた知らん葬儀社のホームページが出てきて、やっぱり死んだときのやつだと確認しつつ、関連ワードにあった「告別式　服装」が気になってクリックする。「喪服でなくてもいいが、黒スーツに黒ネクタイが基本」。なるほど、いつものスーツに黒ネクタイでいいのね。というか「喪服」って何？　黒スーツと違うの？　まあいいか。

問題は「猪田の告別式、どうする？」も何も、当の猪田から、いや猪田は死んでるか、要は猪田の遺族から、肝心の告別式について何も連絡が来ていないってこと。何も聞いてないから日程も知らないし会場も知らないので、こちらに行く気があるかどうかっていう問題以前に、スケジュール的に行けるかどうかがわからない。もっというと、猪田という人物が誰なのかもわからない。俺にＬＩＮＥを送ってきた立川《たちかわ》は小学校と中学校の同級生だから、猪田もたぶん小中の同級生なんだろう。もし行くにしても、呼ばれてもいない告別式に参列するのってマナー違反なのかな。ああ、もしかしたら小学校のＬＩＮＥグループに告別式の詳細が投稿されたのかもしれない。同窓会のたびに通知がうるさくてグループから退出してたし。それにしても猪田、猪田、猪田……誰だっけ。小学校にいたっけ？　名前の思い出せない同級生の顔を何人か思い浮かべてみる。あいつが猪田だったっけ、それとも図書委員のあいつか、それとも運動会で調子に乗っていたあいつか、あいつだったら最悪死んでもいいな、調子に乗っててウザかったし、定規バトルでズルしてたし。とは言いつつ、この中の誰かが死んでるのだと考えると急に少し悲しくなる。まだ若いのに。何かが違っていたら、死ぬのは俺だったのかもしれない。同い年だし。

俺は《猪田って誰だっけ？》という文章を一度書いてから消して、《なんのこと？》と立川に送る。すぐに《お前のところに連絡行ってない？》と返ってくる。俺が《うん》と送信すると、ほとんど同時に立川から告別式の詳細が転送される。

《猪田直矢《なおや》が九月十一日午前三時四十七分に永眠いたしましたので、ご報告申し上げます。生前は多大なご懇親を賜り誠にありがとうございました。近親者で通夜を済ませた後、告別式は九月十五日十五時より前原《まえはら》メモリアルホール「濱百合《はまゆり》の間」で執り行います……》

告別式の詳細を読んで、立川が俺に「どうする？」と聞いてきたのが、九月十五日に俺と立川は前原ベアーズのメンバー何人かと飲み会をする予定だったからだとわかった。小一の立川の息子が前原ベアーズに入って、立川は前原ベアーズのコーチをすることになって、それで……なんだっけ。どうやって指導すればいいのか相談したいんだっけ。いや違うな。とにかく前原ベアーズ関係の何かが理由で、当時のチームメイトで集まって飲むことになった。それが九月十五日。そんで同じ日に猪田なる人物の告別式。

どちらにせよ、猪田が誰かわからないまま出席も欠席も決められないので、《猪田って六年三組だっけ？》とジャブを打ってみる。死人に対して「誰だっけ？」と聞くのが気まずいから、立川をアキネーターに見立てて徐々に候補を絞っていく作戦だ。立川は《三組だね。常田《つねた》学級。お前、音楽係で一緒だったよな》と返してくる。《そうだっけ？》と送ってもまだ、猪田が誰か思い出せない。というか、自分が音楽係だったことも覚えていない。蒲生弥生《がもうやよい》っていう女子が三年か四年のときの音楽係で、帰りの会のときに「明日はリコーダーを忘れないでください」ってよく言っていたのを覚えている。俺も帰りの会で「明日はピアニカを持ってきてください」とか言ってたのかな。まったく覚えてない。

《他のみんなも告別式行くらしいし、終わったあとそのまま飲み会にしよう》と立川から追撃があって、俺は反射的に《わかった》と送る。あれ、いつの間にか告別式に参列することになってる。しかも思いもよらないタイミングで会話が終わってしまった。結局、猪田って誰？　まあ誰だかわからないけれど、どうやら俺は猪田と一緒に音楽係をやっていたみたいだし、俺にも告別する権利はあるのかな。「告別式　呼ばれていない」でググる。「直接連絡がなかったとしても、同級生や友人が駆けつけてくれることを嫌だと思うご遺族はほとんどいないと思います」。Yahoo!知恵袋でMaster-chokeって人が答えているのを確認。オッケー、Master-choke曰《いわ》く、行くこと自体は問題ないらしい。でも告別式に行くなら行くで、服を用意しないといけない。幸い黒スーツは先月結婚式へ行ったあとにクリーニングしていたから大丈夫で、ネクタイも三年前にじいちゃんが死んだときスーツカンパニーで買ったやつがある。ワイシャツだけはクリーニングしないといけないけど。で、リビングのテレビで海外ドラマを観《み》ていた妻に「ちょっとクリーニング屋に行ってくる」と声をかける。

「え、なんで今？」

妻がテレビ画面を見たまま言う。たぶん韓国ドラマ。「無茶苦茶になったやつが復讐《ふくしゅう》するの」と昨日妻が説明していた。

「告別式に行くことになったから、ワイシャツ出してくる」

「誰の？」

「俺の」

「そうじゃなくて、誰が死んだの？」

「猪田っていう同級生だけど」と答えながら、妻が告別式の意味を知っていたことに少し敗北感。

「え、トモ君の同級生ってことはまだ二十七、八でしょ」

「そうだね」

「若いのになんで死んじゃったの？」

「聞いてないな」

たしかに俺も気になるけど、猪田が誰かわからない状態で死因まで考えるのはなんか失礼な気がして、あまり考えないようにしていた。病気かな、それとも事故かな。どちらにせよイメージが湧かない。そもそも猪田が誰かわからないから。

「自殺じゃないかな」と言いながら、妻はマグカップに入った牛乳を飲んでいる。そこで俺は初めて自殺の可能性を考える。あり得る話かも。そもそも病気や事故だったら告別式の詳細にそのことが書いてありそうだし。「一年前より闘病をしていた猪田直矢が永眠しましたので」みたいな感じで。死因を伏せてるってことは自殺なのかな。いや死因なんて別に書くものでもないのかな。わからん。

妻はネットフリックスを一時停止して、よいしょと立ちあがって寝室へ向かった。寝室からガサゴソと何かを漁《あさ》ってる音がする。俺は自分の仕事服が入ったクローゼットを開けて、皺《しわ》の目立つワイシャツをハンガーごと取った。そのまま玄関まで行ってドアを開けると、「ちょっと待って」という声がして、両手いっぱいに服を抱えた妻が「これも一緒に出して」と言う。俺はそれを受けとって家を出る。ドレスっぽい服とワンピースと、あと昨日着てたやたらと丈が長いシャツ。それに加えて俺のワイシャツ。エレベーターを呼ぶ。階段から現れた303の大西《おおにし》さんが後ろを通って、声をかけようか迷ってギリギリで「こんにちは」と口にする。「あ、ども」と返される。雨の日に廊下で傘を干すの、邪魔なんでやめてもらっていいですか、といつも言いたいけど本人を前にすると言えない。ポケットに入れたスマホがめちゃくちゃ振動している。

エレベーターの中で妻の服を雑に畳んで、まとめて片手で抱える。空いた手でスマホを確認すると、立川が「前原ベアーズ飲み」というLINEグループを作ったみたいで俺も招待されていて、すでにそのグループが活発に動いている。メンバーは立川、合原《あいはら》、元木《もとき》、金城《きんじょう》、児島《こじま》。立川は三番ショートで、チームで二番目に野球が上手《うま》かったけど背が小さかった。高校で背が伸びて甲子園に出て、大学野球でも活躍した。合原は四番ピッチャーで、一番上手かったし球も速かった。野球推薦で高校に行ったけどスタメンになれなくて、そこで野球をやめて今は太っている。元木は五番キャッチャーで、変なやつだった。実家がゲームショップでいっぱいゲームを持ってた。金城はベンチ。中学から不良になって今は何しているのか知らない。児島は一番センター。よく鼻毛が出てて、指摘するとキレられた。結婚して子どももいる。最初に合原が《猪田がなんで死んだか知ってる？》と書き込んでいて、立川は《それが、何も聞いてないんだよね》と答えている。児島は《自殺じゃね？》と言っていて、妻と同じ考えらしい。エレベーターから降りてマンションを出る。朝はあんなに晴れてたのにちょっと曇っている。病気、事故、自殺。病気は年齢的に薄いと考えると事故か自殺か。俺はここがチャンスだと思って、《自殺するようなやつだった？》と送信してアキネーターを再開する。というかアキネーターって俺が考えている人物をランプの魔人に当てさせるアプリだから、今俺がやってることは逆アキネーターというか、そもそもアキネーターじゃないな。まあそれはいい。猪田がどうやって死んだのかどうかよりもまず、猪田が誰かを知りたい。今わかってるのは六年三組で音楽係。うわ、それならさっき卒アルを確認すればよかった。帰ったら卒アルを確認しよう。あ、卒アルないんだった。二年前、結婚式のときに俺の昔の写真が必要になったから探したんだけど、結局見つからなくて借りたんだった。クソ、猪田って誰なんだよ。

《自殺するようなやつじゃなかったと思う》と合原が言ったあと《まあ、最近の猪田について何か知ってるわけでもないけど》と付け足す。《猪田って三中だっけ？》と書いてから送る前に消す。俺と同じ三中だった場合、俺が猪田について根本的に覚えていないことがバレてしまう。でも三中じゃなかったと思う。中学まで同じだったら九年間同じ学校に通っていたわけで、さすがに誰なのか覚えているはず。俺は《猪田って高校どこ？》と送る。《市習《いちなら》じゃなかった？》と立川から返ってくる。それを聞いて、運動会で調子に乗ってたやつの可能性が消える。あいつは都内の高校へ通っていたはずだ。なんだ、あいつじゃないのか。定規バトルのときにこっそり膝で机を傾けてたあいつ。その不正に俺だけが気づいていたけど指摘しなかった。

スマホを見ながら歩いているうちにクリーニング屋に着いて、財布から会員証を出す。ワイシャツと妻の服を置いて、「クリーニングお願いします」と言う。猪田、猪田、猪田直矢……。名前の字面には記憶があるような気がする。六年生のとき、黒板の下に三組の生徒の名前が書かれた人数分の木札が吊《つ》るされていて、登校したら表にして、下校するときに裏返しにするというルールだった。それを見れば誰が欠席なのか一目瞭然というわけだ。その木札の中に、猪田直矢という名前があった気がする。そんで、いつも裏だったような気もする。いや、気のせいかもしれない。自信はない。

「――二個なんですけど、どうします？」

クリーニング屋の店員に何かを聞かれる。俺はすでに耳を通過していた店員の話を巻き戻して思い出す。妻の服にシミがあって、その染み抜きオプションをどうするか、みたいな話だった気がするけど自信はない。勘で「やってください」と言う。店員が「わかりました」と答える。大丈夫だったらしい。店員が一点ずつレジに打ち込んでいって、合計額が三千六百七十円と表示される。想像の数倍高くて所持金が足りるか心配しつつ財布に五千円札を見つける。危ねえ。というか高い。会計をしたあとレシートを見る。ワイシャツは二百二十円で、それ以外は全部妻の服。高い。クリーニング屋を出てからスマホを見ると、猪田が自殺したか、それともそれ以外の理由で死んだかで、ちょっとした議論が巻き起こっている。児島と金城が自殺派で、立川は中立というか、「死んだら同じでしょ」派。で、合原が他殺派。他殺派っていうのはおかしいか。自殺否定派か。

《病死だったら告別式の連絡にそのこと書いてあるくね？》と児島が主張している。俺もすかさず《それは思った》と書き込む。合原が《死因は書かれないこともあるよ》と言う。俺は《それも思った》と書く。《死亡推定時刻が午前三時四十七分っていうのが臭い》と金城が言う。《臭いって？》と合原。
《病気だったら、そんな深夜に死ぬ？》という金城の発言に非難が集まる。《いや死ぬ時間は選べないでしょ》《それは関係ない》《お前、人の死をなんだと思ってるの？》
合原が《コロナっていう説はないの？》と聞いて、児島が《今さら？》と返す。《二年前に知り合いがコロナで死んだんだよね》と合原が根拠を提示する。《風邪だと思って舐《な》めてると死ぬこともあるよ》
金城が「RIP」と墓に書かれたスタンプを打つ。《コロナは関係なくね？》と児島。
《最近、母親が再婚して新しい父親ができたらしいし、そのせいとか？》
《それこそないだろ。子どもじゃあるまいし》
俺の猪田データベースに新しい項目が加わる。「六年三組。音楽係。最近親が再婚した」
マンションに着いてエレベーターに乗ったあたりで、それまで一度も発言していなかった元木が《誰かに殺されたって可能性はないの？》と言う。元木は五年の夏で受験を理由にベアーズを辞めた男で、そもそも俺たちと違う小学校と中学校に通っていた。お前もベアーズ飲みに来るのか。というか、猪田の告別式にも来る？　そうなると話が違ってくる。

《え、元木も告別式に出るの》と俺は聞く。もし元木が告別式に来るなら、猪田が前原ベアーズに在籍していた可能性が高くなる。

玄関のドアを開けて「ただいま」と言う。妻はさっきと同じ姿勢で、さっきと同じ海外ドラマを見ている。妻が「クリーニングいくらだった？」と聞いてきて、財布を出してくれるのを待つために妻の横に立つ。妻はマグカップの牛乳を飲んでから「え、何してるの？」と言う。「いや、別に」と言って冷蔵庫を開ける。スマホが振動している。俺は冷蔵庫から麦茶の入ったポットを取りだす。麦茶はほとんど残っていない。残り少なくなった麦茶をタンブラーに入れて飲み干す。ポットを手洗いして、新しい麦茶を水出しで作る。ウチには最後に麦茶を飲み干した人が新しい麦茶を作るという暗黙のルールがある。妻はいつも麦茶の残量が少なくなってくると牛歩戦術というか、牛乳を飲みはじめて麦茶作りの責任を回避しようとする。もう百回以上繰り返された戦術で、結局いつも俺が麦茶を作っている。指摘したいけど、指摘したら「私も作っている」とか「今は牛乳が飲みたかっただけ」とか言われて話がこじれるだけだってわかりきっているし、俺もそんな小さいことを気にしている人間だと思われたくない。本当ならクリーニングの代金も請求したい。三千六百七十円を全額俺が払うのはおかしい。そもそも、妻が観ているネットフリックスも俺が金を払っているし、牛乳も俺が買ってきたやつだ。そんなことを考えている自分が情けなくもなる。どうでもいいよ。そもそも猪田は死んだんだ。猪田にはもう、麦茶を作ることもできない。

スマホが振動し続けている。俺は寝室に戻り、ベッドで横になってＬＩＮＥを見る。元木が《一応行くよ》と言っている。ムズい。学校も違うし猪田のことはよく知らないけど、みんなが行くなら一応行くよ、というニュアンスにも取れるし、そんなに仲がいいわけじゃないけど、前原ベアーズのチームメイトだったし一応行くよ、というニュアンスにも取れる。俺はベアーズのスタメンを思い出す。一番センター児島。二番ライト飯田《いいだ》。三番ショート立川。四番ピッチャー合原。五番キャッチャー元木。六番レフト杉《すぎ》山《やま》。七番セカンド俺。八番誰だっけ？　そんで九番サード佐々木《ささき》。金城はベンチ。八番ファーストが空いている。ファースト誰だっけ、あの体がでかいやつ。よくエラーしてて、素振りの音だけいいんだけどバットに当たらないやつ。でもあいつは猪田じゃない。名前は思い出せないけど猪田ではなかった。ってことはベアーズに猪田がいたとしてもベンチ。いたっけそんなやつ。

《告別式って黒スーツに黒ネクタイ？》と元木が聞く。立川が《合ってる》と答える。合ってた。よかった。《猪田ってベアーズだっけ？》と書いてから消す。もしベアーズだった場合に恥ずかしい。なんか飲みたいなと思って冷蔵庫を開けて、さっき麦茶を作ったばかりだったことに気づく。水出しだからまだ味がない。妻が飲みきっていて牛乳もない。仕方なく冷蔵庫の奥にあった缶ビールを取りだす。妻は海外ドラマを観ている。部屋に戻って冷えた麦茶が飲みたかったなと思いながらビールを飲む。元木が《告別式終わったあとそのまま飲みに行く感じ？》と聞く。立川が《そのつもり》と答える。というかさ、なんでみんな猪田が誰なのか聞かないわけ？　猪田が誰なのかわかってないのは俺だけなわけ？　いたっけそんなやつ。《元木は猪田がなんで死んだと思う？》と児島が聞く。元木は《そんなのわかんないよ。病気とかじゃないの？》と返す。死因はいいんだよ、この際。猪田は誰なんだよ。《病気に千円》と合原が入ってくる。《じゃあ自殺に千円》と児島。猪田の死因をめぐってギャンブルが始まる。金城が《俺も自殺に千円》と書く。さすがに下品な気がして俺は何も返さない。たとえば俺が《他殺に千円》とか賭けて、猪田が本当に他殺だったら「千円ゲット！」と喜ぶのか？　そういう問題じゃないだろ。俺はビールを飲む。スマホが振動している。他のやつもギャンブルを始めたのかな。不謹慎だろ。ビールが空になって、俺はもう一度冷蔵庫へ行って二本目のビールを取りだす。部屋で飲みながら思いたって、昔のものが入っている収納の引き出しを漁る。卒アルがここにあったはずなんだよな。大学の学位記とか、高校の通知表とか、ベアーズ時代に大会で優勝したときのメダルとか、そういうものを床に置いていく。ビールを飲みながら引き出しの中身を全部出す。

「何やってるの？」

いつの間にか妻が部屋の前にいる。

「俺の卒アル知らない？」と聞いてみる。

「知ってるわけないでしょ」

その言い方、癪《しゃく》に障るなあ。「知らない」でいいじゃん。

妻が「え、てかなんでビール飲んでるの？」と聞いてくる。「喉が渇いたから」と答えながら、お前が麦茶を作らないせいだよ、と思っている。

「別に飲んでもいいけど、新しいやつ買っておいてよ。それ私が自分用に買ったやつだから」

「じゃあお前も麦茶作れよ」とつい口にしてしまう。口にしたあと、言わなきゃよかったと後悔する。

「は？　なんの話？」

「いや、麦茶飲もうと思ったらなかったから、ビールを飲んでるの」

「その話、関係なくない？　私が自分用に買ったビールを勝手に飲まれたから、新しいやつ補充しておいてって話をしただけなんだけど。意味わかんない」

「じゃあお前もクリーニング代払えよ。四千円くらいしたんだけど」

「払わないなんて言ってなくない？　っていうかそれも関係ない話じゃん」

妻がカバンから財布を出して、四千円を俺の前に置く。「意味わかんない」と言ってトイレへ向かう。スマホが振動している。俺はなんでキレられてるんだろう。こっちこそ意味がわからない。俺は二本目のビールを飲み干して、スマホをポケットに入れてから寝室を出る。トイレから出た妻に「どこ行くの？」と言われる。

「ビール買いに行くんだよ」と俺は答える。外へ出るときに、後ろから「へー、謝らないんだ」と言われたけれど、俺は無視する。エレベーターを待つ間も、一階へ降りている間も、頭の中で猪田の話と妻の話がぐるぐると回っている。マンションから出たところで財布を忘れていたことに気づいて舌打ちをする。さっき降りたばかりのエレベーターにもう一度乗る。財布を取りに戻ってきたと妻に説明するのも面倒で、音を立てないように玄関のドアを開ける。リビングで妻が誰かと電話をしている。

「――でさ、さっきトイレに行ったらタンスの中身を全部ひっくり返してて。昼から酒飲んで酔っ払ってるの。で、何してるか聞いただけなのに『お前が麦茶を作らないからビールを飲んでるんだ』とか言って。……うん。そう。……だよね。そしたらさ、今冷蔵庫開けたら麦茶があるの。逆に怖いんだけど。……いや、なんか『卒アル探す』とか言っててホント意味わかんない。怖すぎるんだけど――」

俺は玄関のドアを音がしないようにゆっくり閉じる。閉じてから頭が沸騰している気がして大きく息を吸う。落ち着け。聞かなかったことにしろ。エレベーターに戻ると、303の傘を廊下で干す大西さんがタッチの差で降《くだ》っていく。おい、俺のエレベーターを奪うなよ。傘干すなよ。というか階段使って登ってくるのに、降るときにエレベーターを使うなよ。俺への嫌がらせかよ。

三階に戻ってきたエレベーターに乗って一階に降りながらスマホを見る。前原ベアーズのグループに三十一件も未読が溜《た》まっている。読もうとするけど内容が頭に入ってこない。「不況」という二文字が目に入る。不況？　猪田は不況で死んだの？　次に「コロナ」という字も飛び込んでくる。猪田はコロナで死んだの？　コロナで不況になってその影響で死んだ？　猪田は飲食店か何かなの？

マンションから出て目の前にある、ベンチがあるだけの小さな公園に入る。このマンションに四年も住んでるのに公園に入るのは初めてだ。「この場所でボール遊びをしないでください」という立て看板がある。するわけないだろ、誰がこんな狭い場所でボール遊びをするんだよ。

どうする？　ベンチに座りながら考える。結局財布を取らずに出てきたから、ビールを買いに行くわけにもいかない。かといって妻の電話が終わるまでは家に戻りたくもない。どうする？　猪田の告別式は？　まあ行くことになるんだろうけど、誰だかわかんないし。

スマホをじっくり見る。「不況」という二文字は元木の発言で、《まあ不況が長いし、全然売れなくなったからな》という発言だった。猪田は売れなくなったから死んだの？　それに対し、合原が《お前も大変だな》と返している。意味わかんない。いや、意味はわかるだろ。猪田が死んだから、どんなやつだったっけって卒アル探したんだろ。麦茶が切れそうになると自分は牛乳を飲みはじめる話とか、クリーニング代を支払わなかったのにビール代を出させようとしたこととかも電話相手に話せよ。麦茶はまだ作ったばっかで味が出てないんだよ。「逆に怖い」ってなんだよ。そんくらい想像つくだろ。

三十一件の未読を読み終わる前に、《猪田のこと好きな女子いたよな》と金城が送っている。俺はそこに至るまでの会話の流れを読む。ＬＩＮＥの内容はあんまり頭に入ってこないけど、一回元木の実家のゲームショップがコロナの影響で不況になって潰れた話を挟んで、もう一度猪田の話に戻ってきたみたいだった。合原が《猪田は物知りだった》という話をしていて、立川が《そうかも》と同意していた。児島は《へー、みんなよく覚えてるな》と言っていて、俺は妻に「へー、謝らないんだ」と言われたことを思い出して頭に血がのぼる。何を謝れっていうの？　たしかに俺はお前が買ったビールを飲んだけど、そのビールを買いに行くって言ってるんだから謝る必要なくね？　俺が謝る理由を無理やり考えるなら、妻が買ったビールを飲んで一時的に冷蔵庫から数を減らして心理的負担を与えたこと？　それならお前のクリーニング代を一時的に立て替えたことでこっちにも心理的負担があったんだが？　それともビールの話題のときに麦茶とかクリーニング代とか、一見無関係な話をしたこと？　関係あるんだが？　俺がビールを飲んだのはお前が麦茶を作らず牛乳で粘ってるからだろ。牛だけに牛歩戦術かよ。っていうか、「ビール代払え」って妻に言われたとき、クリーニング代の話じゃなくて「じゃあ牛乳代払ってよ」って言い返せばよかったな。クリーニング代に関してはまだ決着がついてない状態の話だったけど、牛乳はもう何年もずっと俺が買ってるし。そっちの方がわかりやすかったわ。

スマホが振動する。《いた、いた。名前忘れたけど》と合原が返している。猪田のことが好きな女子がいたって話か。俺は一か八か《猪田って結構面白いやつだったよな》

と送る。《そうだね》と立川が返してくる。嬉《うれ》しい。やったぜ。通すことができた。一ポイントゲット。俺はすかさず《猪田って結構休みがちじゃなかった？》と送る。立川は《そんなイメージないけど》と返してくる。あれ、違ったか、すまん。一ポイントマイナスで合計ゼロポイント。俺は《ごめん》と送る。《別に謝る必要はないだろ笑》と立川。

「へー、謝らないんだ」

腹立つ言い方だなあ。「意味わかんない」って妻の口癖も腹が立つ。ダメだ。猪田に集中しないと。俺は今ゼロポイントだ。合原と金城も一ポイント。児島はゼロポイント。元木は？　元木は《最近はダウンロード版がメインだからね。実際それが一番大きい》と言っている。え？　最近の猪田にはダウンロード版があるの？　急にわからなくなってきた。猪田はなんなの？　《あー、そうらしいね。最近の十代は店じゃ買わないって聞くわ》と児島。え？　猪田はかつて店で買われていて、今はダウンロードする時代なの？

「ねえ、そこで何してんの？」と急に声をかけられて驚く。妻がサンダルを履いて立っている。「ビールは？」

「あ、いや、まだ」

「何してんの？　怖いんだけど」

「財布忘れて」

「忘れたなら取りに帰って来ればよくない？」

「それはそうなんだけど」

「ビールを買いにいくだけなのに帰ってくるの遅いし、ＬＩＮＥにも既読がつかないし、心配したんだけど」

「ごめん」

「ひょっとして私の言葉がキツかったのかなって。だとしたらごめん」

「いや、そういうわけじゃないけど」

「家出されたんじゃないかって急に怖くなって」

「いや、大丈夫。俺の方こそ関係のない話してごめん」

「じゃあまあ、ビール買いにいこう」

「財布ないけど」

「私が持ってるから大丈夫」

「金はあとで払うよ」

「いや、別にいいよ。そんくらい」

いろんな言葉がぐるぐると現れては消えていく。もうちょっと怒った感じの雰囲気で行くべきだったのかな。一回財布を取りに戻ったときに妻が電話してたのを聞いた話もした方がよかったかな。いや、ややこしくなるだけだから何も聞かなかったことにしよう。

「登るときには階段を使うのに、降るときにはエレベーターを使うのって、何か理由あると思う？」と俺は聞く。妻は「知ってるよ、そのなぞなぞ」と答える。「エレベーターのボタンに手が届かない子どもでしょ。一階のボタンはギリギリ届くから、降るときだけエレベーターを使うってやつ」

「いや、なぞなぞじゃなくて、３０３の大西さんがそれをやってて」

「え、じゃあ意味わかんない。単にエレベーターが十二階とかにあって、待つのが面倒だったからとかじゃない？　私も階段使うことあるし」

「そうかも。あ、それとさ、物知りで一部の女子に人気があって、かつて店で買われていたけど、最近はダウンロード版がメインのやつって誰？」

「誰って、人なの？」

「人だと思うけど、そうじゃないかもしれない」

「意味わかんない。なぞなぞ？」

「なぞなぞではないんだけど。あとヒントを出すなら、面白くて休みがちではない」

「なんだろ、雑誌とか？」

「雑誌かあ」と俺は口にする。「違うと思うんだけどな」

シスターフッドと鼠坂

中島京子

話は夏休みの、富山帰省中のことになる。

家の縁側で、ぼーっとトウモロコシをかじりながら、わたしは、隣で洗濯物を畳んでいた母・珠緒《たまお》にたずねた。

「お母さんが、志桜里《しおり》さんに大久保病院事件の話を聞いたときって、どんな感じだったの？」

母はTシャツを畳む手を止めて、庭の真ん中に小動物でも見つけたように一点を見つめてしばらく無言になった。そして、首をぐるりとこっちに向けて口を開いた。こういう、のんびりした動作は、おばあちゃん譲りだと思う。

「大久保病院事件って、なに？」

「だから、お母さんが生まれたときのことだよ。志桜里さんが病院に来て、おばあちゃんがお母さんを産んだことにしたときのこと」

「大久保病院事件って、あんた。大久保病院事件って。事件って、あんた。人騒がせな。何かと思ったわ」

母は口をぱくぱくさせて、「事件ってあんた」を繰り返した。こういうときの母・珠緒は、ぼけっとしているように見えて、素早く頭を回転させているのである。

「そりゃもう、びっくり、よわったよ。ただね、いきなりではなかったねえ」

「え？　いきなりじゃ、なかったの？」

「うん。あんた、どこまで志桜里さんに聞いとるの？」

「どこまでって。肝心なところはひととおり」

「大学進学で上京することが決まって、志桜里さんちに下宿させるってことは、おじいちゃんとおばあちゃんが勝手に決めてしまってね。あのころはまだ、建て替えてない、古いうちだったけど、ともかくそこに行ったときが、わたしが志桜里さんに会った最初よね」

「ひとりで行ったんでしょ？」

「ひとりではない」

「え？　ひとりじゃないの？」

「ひとりではないけど、それから、いきなりでもないけど、それで衝撃が弱まるかというと、そうでもない」

「ひとりではない、とは？」

「おばあちゃんといっしょに行った」

「おおお、そうだよね。そりゃ、そうだ。重大告白だもんね。二人から聞くべきだよね」

「だけど、こっちはそんなことは知らないからね。おばあちゃんの友だちの家に下宿するとしか聞かされてないから」

「一九九三年、春。珠緒は母・澄江《すみえ》に連れられて北陸新幹線に乗った」

「乗ってない。北陸新幹線はない。おじいちゃんに車で小松空港まで送ってもらって、そこから飛行機で」

「あ、そうだね。じゃあ、飛行機の中で、母・澄江から聞かされたってこと？」

「母・澄江はあのとおりだからね。何か言おうとしては、なーん、なんなんって、こう、手を振るの」

つまり、「いやいや、なんでもない」みたいに、祖母は言いかけては黙るわけだ。

「お母さんは、それまで志桜里さんに会ったことなかったの？」

「子どものときってこと？　ないねえ。東京だって、修学旅行と受験のときしか行っとらんし」

「じゃ、それまでぜんぜん知らなかった？」

「おばあちゃんが手紙のやりとりしとるのは知っとったよ。だけど、ただの、昔の友だちだと思ってたから」

「じゃ、自分がおばあちゃんの子どもじゃないんじゃないかと、疑ったこともなかった？」

「うーん、そうねえ。なかったね」

「敏郎《としろう》叔父ちゃんが産まれたときに、なにか感づいたりしなかったの？」

敏郎叔父ちゃんというのは、母より八歳年下で、いまの大久保病院の院長である。澄江おばあちゃんは二十九歳までずっと不妊に悩まされていて、どうしても子がほしいということで「事件」は起こったのだけれど、その後、夫である大久保莞爾《かんじ》は黙々と不妊治療に取り組み、鍼灸師の資格も取り、西洋医学と東洋医学の粋を集めて生命の神秘の研究を極め、その成果が八年後に敏郎叔父ちゃんとして結実したのであった。

もちろん、そのときは叔父ちゃんではなく、ただの赤ん坊だったわけだが。

「なんなん、なーんも」

と、母・珠緒はおばあちゃんみたいに手を振る。

「弟と自分とでは、愛情のかけられ方が違う、みたいなのはなかったの？」

「田舎で長男が生まれたら、そりゃ大事にされるから、当たり前だと思って、あんまり気にならなかったねえ。八つも年が違うから、敏郎のことは、わたしがいちばんかわいがったもの。わたしが実の子ではないと知っとる人も、病院にはいたと思うけど、陰でなんか言う人もいなかったし。おばあちゃんがああいうふうだからねえ」

ふんむ。

たしかに、澄江おばあちゃんという人は、どこかしら世俗を超越しているところがあり、性別もにわかにはどっちだかわかんないような人であった。性自認にゆらぎがあるとかそういうことではなく、大久保病院の奥様として必要な社交はこなすけれども、ゴシップとか噂話とか子どもや夫の比較競争みたいなものに関心がなく、服や髪型もかなり質素で、常に超然としていて、図書館に行っては『大菩薩峠』とか『南国太平記』みたいな、いつまで読んでりゃ気が済むんだかわからない大部の小説を借りてきて、縁側で読んでいた。

新聞も大好きで、畳に広げ、自分は正座したまま、新聞に覆いかぶさるように体を曲げ、お正月のカルタ取りみたいな真剣な姿勢と眼差しで、隅から隅まで時間をかけてじっくり読む。

そういう人なので、子育てにもさほど思い入れはなく、もちろん、愛情がないわけではなかったが、あまり感情を表さなかったに違いない。

「あの人の娘として育ってれば、母親が変わり者だってことはわかるけれども、それが自分のほんとの母親でない、というところまで発想が飛躍しないよねえ。敏郎のことも、特別かわいがるって感じでもないから。ただ、こう、無口な中に、気持ちが感じられるところはあるでしょう。たとえば、運動会の弁当なんかに」

「弁当が、特別だった？」

「特別ではないけど、ほら、ハンバーグ入れてって言えば、入れてくれたり」

そこか。

たしかに、おばあちゃんのレパートリーはもっと、イカの煮付けとか、ぶり大根とか、すり身の味噌汁的なものであるのに、ほかのうちみたいにハンバーグ入れてくれろと子どもが泣けば、真剣に料理本を紐解いてハンバーグを黙々と作る澄江おばあちゃんの割亮着姿には、それなりに母の愛が感じられたのかもしれない。

話を戻すと、珠緒は母・澄江に連れられて小日向《こひなた》の志桜里さんの家に行く途中で、何度も何かを言いかける母の姿を覚えているそうだ。そして、その姿に、ただならぬものを感じて、自分の東京行きには大学進学以上のなにかがあるのかもしれないという気がしてきたのだという。

東京駅で丸ノ内線に乗り換えて茗荷谷《みょうがだに》で降りた母娘は、通うことになる予定の大学のキャンパスを少し歩いて、それから駅の反対側のさびれた商店街を抜け、坂道を登り始めた。

無口な二人が登り切った坂の上にある古い日本家屋は、不愛想な漆喰《しっくい》の壁で道路から仕切られ、壁の一部に取りつけられた板戸を押して中に入れば、飛び石が二つほど渡されて、玄関は目の前だった。

黒いでっぱりのような呼び鈴を押すと、はあい、と中から声がして、待ちかねた志桜里さんが飛び出して来た。

「白いシャツに、黒い七分丈のズボン穿いてね。髪は顎の下くらいで、前のほうが少し長くてまっすぐで、真ん中で分けててね。茶色に染めてたんだったかなあ。ちょっと怖かった。最初に会ったとき。田舎じゃ見ないような感じの人だったもの」

髪色が茶からグレーに変わっただけで、どうも志桜里さんは四十代からファッションが変わらないらしい。

「すごく驚いたのは、いきなり志桜里さんがおばあちゃんに抱き着いたことだね。ハグ？　見たことないから、そういうの。で、おばあちゃんがまた、それを予期してたみたいに、しっかと抱き留めるわけ。無言で。しばらく、家に入らずにそうしてたの、覚えてる」

澄江おばあちゃんと志桜里さんは学生時代からの親友なのだけれど、「大久保病院事件」以来、二人が会うのはなんと十八年ぶりだったのだそうだ。

富山で子育てをしている澄江おばあちゃんと、都会で、ひとりで生きている志桜里さんは、文字通り住む世界が違ったし、物理的な距離もあったから、交流は手紙のやりとりだけの十八年間が流れたのだった。ただ、性格も生き方もぜんぜん違う二人には、「筆まめ」という共通点はあり、おばあちゃんは珠緒の成長記録を写真とともに書き送った。

志桜里さんは、珠緒の成長アルバムを作った。

「あんたに見せたことなかった？」

「ないと思う」

「どっかに仕舞っとると思うよ」

そういうと、母は立ち上がり、納戸にアルバムを取りに行った。洗濯ものは放り出していってしまったので、仕方なくわたしが続けて畳んだ。

志桜里さんは目鼻立ちのはっきりした、都会的な風貌の人だが、うちのおばあちゃんは点と線だけで似顔絵が描けるようなタイプ。母・珠緒はどうかというと、考えてみればどちらにもあまり似ていない。ただ、物腰や話し方が澄江おばあちゃんゆずりなので、親子に見えるのはこちらのほうだ。大久保病院こそ弟の敏郎おじちゃんが継いだけれど、おじいちゃんの時代から出入りしていた製薬会社の若手社員と、半分、見合いみたいな出会い方で結婚しているし、ヒッピーまでやっていた志桜里さんのDNAはどこへ行ったのだろうという気もする。

母はいつのまにか隣に戻ってきて、「珠緒ちゃん」と志桜里さんの字で書かれた、黒い布表紙の正方形のアルバムを見せる。赤ちゃんのときから高校三年生まで。1、2、3、4と四巻もある。志桜里さんはまめで器用な人なので、キャプションを添えたり、人物を切り抜いて背景に絵を描いたり、おばあちゃんの手紙から印象的な表現を拾って書き込んだりしていた。

「華やかなアルバムだね」

と、わたしは思わずつぶやいた。運動会でもお遊戯会でも、ひたすら「珠緒ちゃん」が目立つように演出してあるので、なんだか大スターのようである。

「おばあちゃんは作っとらんからね、こういうの。敏郎のはないよ」

いちばん最後のページに、志桜里さんと澄江おばあちゃんが登場する。二人で赤ん坊を抱いているのだ。家の中で、しかも、大久保莞爾院長のものらしい指が、ぼおっと片隅を消しているので、お世辞にもいい写真とは言えない。それに、ただただぶっきらぼうに四角い写真で演出もない。だいたい、赤ん坊の写真なのだから、最初にあるべきだ。なんだか場違いな感じが否めない。

「ああ、それは後で、わたしが貼った」

と、母は言った。

「どこで見つけたの？」

「家に戻ってから、おばあちゃんを問い詰めて。隠しとった。隠すことはないでしょうに」

母はちょっぴり唇を突き出し、不満げな顔をした。

「だけど、全部隠すことにして十八年間の月日が流れたわけだから、そりゃ、隠すんじゃない？　おばあちゃんとしては」

ふん、と、母は鼻を鳴らし、それからまた、一九九三年四月のその日のことを話しだした。

澄江おばあちゃんと志桜里さんはしっかと抱擁を交わし、珠緒をうながして家に入った。茶の間には、黒い四角いアルバムが出してあって、珠緒はそれを手に取って驚きながら眺めた。東京で、知らない女性が、そんなアルバムを作っているなんて。

澄江おばあちゃんはとつとつと、志桜里さんとの関係を娘に語った。大学時代からの友人で、その大学はこの近くにある女子大で。ところが、肝心の「事件」については、「なんなん」から先に一向に進まない。そして、ときどき険しい目つきで友人の志桜里さんを見る。二人の間では、「志桜里から話す」ということになっていたのだ。

「わたし、話を聞いたとたんにね、あらまあ、澄江おばあちゃんの娘でよかったと思ったよ。こっちのおばさんの娘として育つのはたいへんだろうと思って」

「たいへん？」

「うん。わたしね、あのとき、自分で、わたしはあくまで澄江さんの娘って決めたの。わたしの母親はこっちって。選んだの。あのとき」

「ほーお」

母親を選ぶ、とはまた、あまりあり得ないシチュエーションだ。

それに、母・珠緒は、どっちか選べと言われたわけではない。

母はそのとき、志桜里さんにこう言われたそうだ。

「これから話すことは、珠緒ちゃんを驚かせることになると思うけど、知っておいてほしいのは、大久保先生と澄江ちゃんが珠緒ちゃんのことを世界でいちばん愛していて、だいじにだいじに育ててくれたってことと、わたし、今日、初めて珠緒ちゃんに会ったわけじゃないのってことと、そうね、珠緒ちゃんの人生だから、ぜんぶ知っておいてもらおうって、大久保先生も澄江ちゃんもわたしも思ったから今日があるってことで」

わたしの人生？

珠緒は聞きとがめる。

珠緒ちゃんの人生だから、ぜんぶ知っておく？

一九七四年の暮れ近くに、大久保澄江は重大な決断をした。

久世《くぜ》志桜里の長い手紙をもらってから、三日三晩、悩み抜いてのことだった。

手紙には、サンフランシスコで知り合ったアメリカ人と結婚したこと、その彼といっしょに沖縄に行ったこと、別れたこと、その彼が母国へ帰って行ったこと、ついて行くという選択肢は自分の中になかったこと、じつは離婚を決意し、日本で職につくために図書館司書の資格を取ろうと考え始めた矢先に妊娠がわかったことなどがつづられていた。宿った命だから産みたいという気持ちはある、ただ、そうなると、勉強はあきらめて子どもを養うための仕事に就かなければならないだろう。いままでさんざん好きなことをしてきているので、実家のサポートは期待できない。

もう一つの問題は子どもの国籍だ、と、手紙にはあった。

父親がアメリカ人なので日本国籍が取れない（母親が日本人なら子どもも日本国籍が取れるように法改正されたのは、このときから十年もあとのことなのだ）。

米国籍は取れるはずだが、自称報道カメラマンで放浪癖のある彼が、いまどこにいるかもわからない。共通の知人がいるので探すことは可能だとは思うが、時間がかかる。その間にもおなかは大きくなる。それに探して、手続きをして、子どもの米国籍を取ったとしても、育てるのは日本だというのもややこしい話だ。いっそ、また自分が渡米してアメリカで生きようか、とも考えるけれど、別れた男をいまさら人生のパートナーとしては考えられないし、異国で離婚してシングルマザーになるというのも、生半可なことではないだろうと思うと二の足を踏む。人工妊娠中絶という選択肢も頭をよぎらないわけではない。ただ、手術には父親の合意が必要で、いまの状態ではそれを取るのも難しい。八方ふさがりの中で、小さな命は日々育っていく。産みたい気持ちは募る――。

　大久保澄江は東京の友人に会いに行くと夫に言い置いて、家を出た。北陸本線で直江津に出て、夜行に乗った。上野には朝ひどく早くついてしまい、健脚の澄江はそこから小日向まで歩いた。歩きながら、友人に言うべきことを頭の中で整理した。

　澄江は大学を卒業してすぐに、大久保莞爾のもとに嫁いだ。莞爾は澄江よりも七つ年上で、父親とともに大久保病院で働いていた。結婚して六年が過ぎようとしていたが、二人の間に子どもはなかったので、澄江は悩んでいた。

　生涯でいちばん大きな決心だった。澄江は志桜里を説得して、赤ん坊を譲り受けようと決意したのだった。

　決断までに三日もかかってしまったのが、澄江はつらかった。志桜里の手紙には、産みたいと書いてあったが、悩んでいるうちに産まないことを選択してしまうかもしれないと思うと、上野から小日向までの道が遠く、あの山あり谷ありの行程を、半分走るようにして向かうことになった。

　小日向台町のあの家の玄関で、志桜里は真っ赤な顔をして息を切らしている澄江を出迎えた。事前の知らせもなく急にあらわれた友人に、とにかく家に上がるようにと志桜里は言ったが、友人は小さい目に力を入れて、ここでは話せないという身振りをする。

そこで二人は家を出て、坂を下り、茗荷谷の駅を通って彼女たちがかつて通ったキャンパスへ向かった。裸木になった銀杏《いちょう》の木の下のベンチで、二人は話し始めた。

「えっとのう」

と、澄江は言った。

手紙を読んで駆けつけてくれたのがわかったから、志桜里はうれしかった。親友が口下手なのは知っていたし、どういう言葉をかけたらいいのかわからない内容だろうとも思ったので、「えっとのう」の先は、あまり期待していなかった。ただ、隣にいて、肩を抱いてくれるだけで、そのために夜行列車に乗って、来てくれたのがうれしかった。

「えっとのう」

と、また澄江は言った。

「なあに?」

志桜里は流れで口にしてみた。答えはわかっていた。「なんなん」である。あるいは「なーん」である。言い出して、いやいや、なんでもないと否定するのは、親友の癖だった。

しかし、澄江は「なんなん」と言わなかった。志桜里は不審にも思わず、彼女の手を握って、こう言った。

「いいの。わかってる。ありがとう。澄江ちゃん、ありがとう」

澄江はそれには答えず、

「えっとのう」

と、繰り返した。

そこで志桜里も、親友にはなにかほんとうに話したいことがあるのだなと気づいた。限りない数の「えっとのう」を経て、とうとう澄江は決意を語った。

志桜里は驚愕した。

それから二人は、銀杏の木の下で手を握り合って、泣いた。

澄江は志桜里の家に泊まり、夫に手紙を書いた。

「これから書くことは、わたしの一生のお願いです。承諾していただけなければ、わたしは家に戻りません」

と始まる長い長い手紙は、その後、澄江自身の手で焼かれることになる。

手紙には、子どもを大久保家の養子にし、育てていきたいことと、子どもが無国籍になるか米国籍になるかのどちらかなので、その手続きについていっしょに考えてほしいことが書き連ねてあった。

驚いたのは、大久保病院の若き莞爾医師である。

しかし、ほどなく澄江は夫からの、一通の電報を受け取った。

「イサイショウチ、スグカエレ」

澄江はおそるおそる、夫に電話をかけた。名前通り、にこにこしたやさしい夫ではあったが、さすがになにも言わずに家を出て一方的な手紙を送りつけた妻としては、電報を信じて「スグカエル」のは怖かったのだった。

「心配するな。俺に考えがある」

と、電話の向こうの夫は言った。

東京の女二人は、黒いコードにくっついた受話器を、お互いの頭で挟むような恰好で、大久保莞爾の「考え」を聞いた。

父親の跡を継ぐべく産婦人科医となった大久保莞爾にも、思うところはあった。妻との間に子どもができないことを悩んでもいたし、愛し合った夫婦に子ができない一方で、若い母親が産むのを躊躇《ちゅうちょ》する場面にも出会ってきた。夫としても父としても医師としても、幼い命を救いたいと思ったばかりか、かくなる上は、子どもを実子として届け出ようと、莞爾は決意していたのだった。

「志桜里さんは安定期に入ったら、こちらに来てください。わたしの叔母が寡婦になって、奥まったところに一人で暮らしている。よく事情を話しておくので、臨月まではそこにいたらいい。産むのはここで。わたしが取り上げましょう。出生届もなんとかします」

一方、大久保病院の若奥様であるところの澄江は、それから数日後に夫と義父の働く産婦人科の待合室に、シレっと座ることになる。ふんわりした服やぺたんこの靴を身に着け、念のために出産月のひと月ほど前からはほとんど人前に姿を見せなくなり、妊娠中毒症だという噂も流した。

そして出産予定日の二日前に陣痛を覚えた妊婦・志桜里は、莞爾の叔母の車で速やかに病院に運ばれた。珠緒が生まれたのは翌朝である。

このとき、莞爾はこっそりと、二人の母親に抱かれた珠緒の写真を撮った。志桜里とアメリカ人の離婚が成立したのは、それから三年後のことだった。

「それで、聞かされたあと、どう思った？」

「そりゃ、びっくりしたけど。なんだろう。そうねえ。知らなきゃよかったとまでは、思わなかったけど、自分の人生にあるまじき劇的要素だとは思った」

「あるまじき？」

「だって、顔やなんかもふつうだし、学校の成績もあんたやおばあちゃんみたいによくはないし、平凡だけが取り柄だと思って生きとったからねえ」

「ま、そういえばそうだね」

と、うっかり相槌を打ってしまったのは、衝撃の「大久保病院事件」を知らされた後でも、母が淡々と「平凡だけが」みたいな人生を続けたことに、かえって、この人の強さのようなものを感じてしまったからなのだった。

「さてと」

と、母は洗濯物を抱えて立ち上がった。

「もうそろそろ、魚屋さんに行かなくちゃ」

商店街にはおばあちゃんのころから懇意にしている魚屋さんがあって、キトキトを適当に見つくろってお刺身にしてと頼んでおくと、最高の盛り合わせが夕方には出来上がっている。しかもとても安いのだ。これぱっかりは、東京ではぜったいに味わえない、北陸の贅沢だと思う。

「わたしもいっしょに行く」

小さいころから、魚屋に行くのは好きだったのだ。

「あら、あんたも行く？　じゃ、少し早く出て、海を回って行くか」

うん、うん、うん、と、わたしはうなずき、二人で支度して出かけることにした。

母は海岸通りに車を回し、駐車スペースに停め、わたしたちは車を降りた。

春の一時期と冬には、富山湾には蜃気楼《しんきろう》が浮かぶ。ここはそれを眺めるのに絶好の場所なので、蜃気楼ロードという名前がついている。

高校生のころは、学校帰りにしょっちゅう友だちと海岸まで歩いて、そのまま日が沈むまで話し込んだものだった。学校から歩いて十五分くらいで、そこから家に帰ると三十分くらい。ちょうどいい散歩コースだった。

わたしは堤防に刻まれた小さな階段を駆け上がり、久々の富山湾を眺めた。夕日が沈む光景を眺めるのはとくに好きだったけれど、夏の夕刻は日がまだ高く、明るくて、それはそれで懐かしい。

「あんた、志桜里さんとはうまくやってる？」

母が海を見たまま訊ねた。

「やってるよー。仲良くやってるよー。志桜里さんは干渉しないし、ごはんもおいしい。友だちもけっこう志桜里さんにはなついてるもん」

「そうなんだ。余計なことを言ってきたり、しないんだ？」

「だって、元ヒッピーだよ。自由放任っていうか。まあ、わたしは放任されたからって、めちゃくちゃやるタイプじゃないから、お母さんも心配しないで」

「心配はしとらんけど、ちょっと意外だね」

「え？　志桜里さん、昔は違ったの？」

「あの人も、丸くなったか」

わたしは思わず、大きく振り返って母を見た。

丸く、なる？

わたしの知っている志桜里さんは、丸いという形容詞からは遠かったが、いずれにしても我が道を行く人で、澄江おばあちゃんとは別の意味で「達観」とか「超越」とかを感じさせるのだったが、母の記憶の中では、そうではないのか？

「苦手だった、志桜里さん」

ぽつん、と、母は口に出した。

「へ？　そうなの？」

わたしは階段をとことこ降りて、母の隣に戻った。

「なんだか威圧感あるし、ふつうじゃいけない、みたいなところが、うっとうしかった」

ほへー、と、わたしは変な相槌を打った。

ふつうじゃ、いけない？

「個性的でおもしろい人なのは認めるけど、誰もがそんなじゃないでしょう。わたしはぱっとしない、どこにでもいる短大生だったから、つまらない子だと思われてる気がして、志桜里さんのことは重荷だったね」

「重荷、とまで」

「若かったし、自分に自信がなかったのに、志桜里さんみたいな押し出しのいい人が出てきて産みの親だとか言われると、似とらんで、悪かったっちゃ、という気になった」

「そんなこと考えてたの？」

「志桜里さんも歯がゆかったんじゃないかと思うよ。はきはきしないし、あんまり何も考えとらんし。よくねえ、あなたの意見はどこにあるの？とか言うのよ、志桜里さんが」

「え？　そんなことを？」

「あなたの思想的背景がわからない、とか」

「思想的背景？」

「そんなん、わたしだってわからん」

「そりゃあ、わかんないね」

「あんたは、そういうことは聞かれない？」

「志桜里さんから？　聞かれたことない」

「学んだんだわ、志桜里さん。わたしで懲りたんだよ、きっと」

母はぷふっと笑った。

「じゃあ、二年間、ずっとそんな調子で？　そりゃ、うっとうしいね」

「ずっと、というわけでもない。志桜里さんも遠慮があるから。だけど、時々、焼酎とか飲みだして、なになについて、珠緒ちゃん、あなたはどう思う？　みたいな」

「あれあれ、そんなだったんだ、志桜里さん」

「そんなだったよ。一度、ものすごく思いつめたみたいに、珠緒ちゃんが会いたいなら、アメリカにいる別れた夫に連絡を取ると言われたこともあった」

「取ったの？　連絡」

「ううん。取らないでと、わたしが言ったから。これ以上ややこしいのは勘弁してほしいからね。志桜里さんだけでもう十分だし」

「劇的要素がね？」

「そう、劇的要素。この上、言葉も通じん生物学的父親なんて、出て来られてもねえ」

「そういう考え方も、あるんだね」

「どう？　あんただったら、会ってみる？」

「かも。なんかちょっと、おもしろいから。好奇心で」

「あんた、わたしよりうまが合うわ、志桜里さんと。東京で就職しないで、富山に帰ってしまうのも不満だったみたい」

「不満って言ったって、そんなの本人の決めることでしょうに。えー、なんか意外。志桜里さん、もっと自由でおおらかな人だと思ってた」

「本人は自由でおおらかだと思うよ。だから、わたしにもそうであってほしかったんじゃないの？　窮屈な田舎に帰って、親のコネで地元の企業に就職して、そこで出会った人とすぐ結婚するようなのは、不自由極まりないと思ったんだろうね」

「お母さん、たしかに、志桜里さんとはうまが合わないね」

「そう。合わないの。よわったよ、ほんとに」

そう言いつつ、母はころころ笑い、さあ魚屋さんに行こうと、わたしを促す。

わたしは青い空を映して広がる海から離れがたく、もう一度階段を小走りに上って、堤防に腰をかける。

「待って。もうちょっと。お母さんも来て」

えー、行くのー？　とか言いながら、母・珠緒は階段を上ってくる。

母と二人で海を眺めるなんて、やったことがあっただろうか。小さいころは海水浴場に連れて行ってもらったし、この海岸通りを車で通ることもあるけれど、大人になってから二人になる機会がそんなにないし、高校生同士みたいに足をぶらぶらさせながら堤防に座るのも、たぶん初めてだった。

「でも、お母さん、志桜里さんと仲良しに見えたよ、四月に会ったとき」

「もう、何年も経っとるからね」

なんでもないことのように、母は言う。

そんな母の横顔を、わたしは見る。

たしかに母は、とくべつに目立ったところのない人なのかもしれない。でも、自分で言うほどつまらない人ではない、と、娘のわたしはいまさらながら思う。そんなこと、あまり考えたことはなかったが、母はつまらない人では、けっしてない。

サラリーマンと結婚して、わたしを産み、育てた。家事と育児をそつなくこなし、わたしが中学を卒業すると、大久保病院の付属の乳児院の、事務職の仕事を始めた。自分からやろうと思ったわけではなくて、弟の敏郎おじさんに頼まれてやっているのだけれど、そして本人は、とくに赤ちゃん好きでもなんでもなく、代わりがいればいつでも辞めると言いながら、いつのまにか、珠緒先生がいないとなにもわからない、とかいうことになっている。

自分の母親が平凡かどうかなんて考えないで生きてきたが、もしかして、この人は「平凡」を意志的に選び取ったのかも、という気がしてきた。

志桜里さんではなく、澄江おばあちゃんを、自分の母親として意志的に選び取ることも含めて。

「反抗期がなかったからね、わたし。澄江おばあちゃんに反抗しても暖簾《のれん》に腕押しだし。だから、もしかしたら、反抗対象が志桜里さんだったのかもしれないな」

母は立ち上がり、ほら、そろそろ魚屋さんに行かなくちゃ、と言った。

そこで、わたしも堤防の上に立ち上がってくるりと後ろを向き、立山連峰が青く連なるのを眺めた。


車の中で、母は不思議な話をした。

東京の坂の思い出だった。

それはもちろん、志桜里さんの「坂」コレクションと繋がる話なのだが、母からはあまり聞かない種類の話だった。誰からも、そう、聞く話でもないだろうが、一方で、よく知っている話のようにも思ったのだった。

一九九三年の夏、珠緒はアルバイト先で別の大学に通う女子大生と友だちになった。

そのころは、どこにでもあった「カメラ屋さん」なるもので、そこでよく売れていたのは緑色に包装された簡易カメラだった。そこでの仕事は、その簡易カメラを売ることと、撮影済みのものをカメラごと引き取って業者にプリントに回すための伝票を書いて代金を貰い、お客さんに引き換え票を渡すこと、プリント済の写真を取りにきたお客さんにできあがったものを引き換え票と交換して渡すことだった。簡易カメラではなく、フィルムを持ってくる人もいた。

もう、あんな仕事ないね、と母・珠緒は言う。

バイト先で知り合った彼女は人懐こくて明るい美人さんで、その夏、富山に遊びにやってきて、二人で立山黒部アルペンルートをトレッキングしたこともあるという。

ところが、その翌年の冬に、ふつっと彼女の消息が途絶えた。

しばらくたって、彼女から手紙が届いた。大学は退学して、故郷の青森に戻ったという。

「その子には、とても尊敬している大学の先生がいたんだけど、研究室でクリスマス会をするからって言われて、行ったら彼女しか呼ばれてなかったと」

わたしはギョッとして運転中の母の顔を見る。

そうだ、というように、母は何度もうなずいた。

「あんたの想像してるとおりのことが起こった。いまだったら、裁判になったりするかね。いまでも、誰にも言わないで泣き寝入りする子もいるだろうね。とにかく、わたしはショックで、一晩中、泣いてた」

わたしはそっと、母の左腕を触った。そのときの母はもちろん、泣いてはいなかったのだけれど。

「志桜里さんはものすごく心配してね。なにがあった、なにがあったってしつこく聞いて。とうとう、事情を聞きだした。それから志桜里さんは怒って、怒って、怒って、わたしたちは二人して朝まで飲んで、怒り倒した。そのときだったか、また別のときだったかは覚えていないんだけど、志桜里さんから坂の話を聞いたの」

「どこの坂？」

「それは、忘れちゃった」

「名前は？」

「鼠坂。誰だっけ。有名な作家の。夏目漱石じゃなくて、もう一人のほう」

「もう一人、とは？」

「舞姫、とか」

「森鷗外？」

「そう。あんた、よく知ってるね」

母は真顔で驚いた。この人は志桜里さんと違って、漫画やエッセイ集以外の本をほとんど読まない。

「森鷗外がどうしたの？」

「坂の途中の邸跡に新しい家が建つ、というのが話の始まりよ。短編でね」

「鷗外の短編で、坂の話なのね」

「そう、鼠坂」

「で、どこにある坂なのかは忘れた、と。たしかに、志桜里さんとは気が合わなさそう」

「でもね、この坂の話をして以降、わたしは志桜里さんが好きになった」

ほほう、と、わたしはおとなしく母の話を聞くことにした。

邸跡に建った立派な家では酒席がもたれていて、家の主のほかに、新聞記者と通訳がいる。戦争の話をしていて旅順という地名が出るのだから、日露戦争が背景にある。あくどいことをしてひと財産作った自慢話などをしている。

そのうち、話は新聞記者の体験談になった。昔、本人から聞きだしたものを家の主が思い出して再構成し、通訳に語ってきかせているのだが、かなりひどい話だ。

新聞記者は満州の小さな村に駐屯していた。たいていの家からは人が避難していて、現地の人はほとんどいないはずだった。ところが隣家から物音がする。夜中に起きて不思議に思って、石垣の向こうの家に侵入してみると、そこに女が隠れていた。新聞記者は、その若い女を思いのままにし、そして顔を見られたのがこわくなって、手にかけた。

立派な家で酒席がもたれたのは、ちょうどその女が死んで六年後の祥月命日、七回忌の日だった。新聞記者は、屋敷の奥の部屋に案内されて、そこで女の霊を見る。翌朝になって、その家には医者や警察があわただしく出入りし、新聞記者が「脳溢血」で死亡したことがわかる、というストーリーだと、母は語った。

「それは、お母さん、戦時性暴力の話だね」

「うん。そう。戦時性暴力の話」

「日露戦争の時代にそんなことがあったの？」

「あったんだろうね。鷗外は軍人だから、いろんなことを見聞きしたんだろうって、志桜里さんは言っとったよ」

「しかも、その強姦男は殺されるんだよね。これは復讐《ふくしゅう》の話だよね」

「復讐というか、因果応報」

「すごい話だね」

「怖い、暗い、いやあな話だけど、ちょっとスカッとしない？」

母は前を向いて運転しながら、くちびるを少し尖らせて顎を上げた。

「目には目を、だよね」

「そう。歯には歯を、だよ」

魚屋さんに着いて、わたしたちは車を降り、用意しておいてもらったお刺身の盛り合わせと、新鮮な赤いかを買った。久しぶりだねと魚屋さんに声をかけられた。この子はいま、東京の大学に行ってて、と母が笑った。

青森に帰って行った母の友だちのことを思って、志桜里さんがどんなふうに怒ったか、飲んで毒づいたか、そしてそれがどんなふうにズレて坂の話になり、どんなふうに志桜里さんがページの角を折った文庫本を片手にその因果応報を力説したか、わたしには目に浮かぶようだった。

そして母はその一件以来、志桜里さんが「好き」になったのだった。

「苦手はあんまり変わらんけどね、いまも。でも、まあ、好きになれてよかったわ。あんたも仲良くやっとるなら、それはいちばん安心」

家に着くまでの車の中で、母はそう言って笑った。

東京に帰ったら、鼠坂を歩いてみようと、わたしはそのとき考えていた。

ああ美しき忖度の村

荻原 浩

1

「忖度《そんたく》。この麗しい言葉が、古き良き伝統が、歪《ゆが》められ、貶《おとし》められるようになったのは、いったいいつからでしょう」

扇形に並んだ座席の、要《かなめ》の位置の、いまだに律儀に大仰にアクリル板を設置した机の前で、男が拳《こぶし》を振り上げている。

「忖度は、中国最古の詩集にも登場し、平安朝の昔から我が国でも使われてきた、歴史的遺産とも言うべき言葉です。人の心を推し量り、相手の心情を理解する——なぜ、このような美しい心根、素晴らしき行為が、否定的な、後ろ暗い文言《もんごん》として用いられるに至ったのか。現況に憤懣《ふんまん》やるかたない思いを抱いているのは、私だけではありますまい」

そうだ。そのとおり。扇のあちらこちらから賛同の声が飛んだ。

「我々は『忖度』の本来の意味を、いま一度声高らかに、世に訴えていかねばなりません」

賛成っ。異議なーし。そうだ訴えよう。かけ声に拍手も混じる。

ここは議場。村議会の一般質問が行われている。発言席に立っているのは、三期目の松浦《まつうら》議員だ。

「たとえば、忖度博物館。コロナというやむをえない事情があったにせよ、動員数に減少傾向が見られるのは残念ながら事実でありまして、休館もやむなしの声もあるやと聞いております――」

議員席のさらに上から声が飛んできた。

「休館じゃなくて廃館だろっ」

傍聴席からだ。松浦は聞こえなかったように言葉を続ける。

「村民の納得のいく予算の範囲内でのテコ入れが必要と思われます。村長はこの状況をどうお考えでしょう」

「益子《ますこ》くん」

議長に呼ばれた村長が、議席と向かい合わせの答弁席に立ち、広げたペーパーをそのまま読み上げた。

「忖度博物館のコロナ後の運営は、まさしく私の憂慮しているところでございます。村民の方々に納得していただく予算内においてテコ入れが必要と、考える所存であります」

忖度博物館は、この村唯一の県指定天然記念物『馬留《うまどめ》ノ滝』近くに建つ施設。古今東西の歴史的な「忖度」の場を絵画やジオラマで再現しているのが売りだ。

入ってすぐのメインステージに飾られているのは『三献茶』を再現した蠟人形のジオ

ラマ。

『三献茶』というのは、鷹狩りに出た豊臣秀吉が、喉の渇きを覚えてある寺で茶を所望したところ、寺の小坊主が一杯目はぬるい茶を、二杯目にはほどよき熱さのものを、三杯目に長く味わえる熱い茶を出し、秀吉をいたく感心させた。その小坊主がのちの石田三成である――というエピソードのことだ。

地元小学生の『忖度』の習字優秀作が展示された先、館内のいちばん奥に飾られているのは、この博物館のために日本画家が描きおろした『美しき戦国忖度図』と名づけられた屏風絵だ。

ハンセン病と思われる病を患っていた戦国武将大谷刑部《おおたにぎょうぶ》が、秀吉主催の茶会で、回ってきた茶碗に顔から垂れた膿を落としてしまう。誰もが飲むふりだけをして茶碗を回す中、石田三成だけが残った茶を一気に飲み干し、大谷刑部の面目を立てた、という逸話を描いたもの。

忖度博物館は、なぜか石田三成推しだ。この村は三成の出身地でも縁《ゆかり》の地でもない。理由があるとしたら、反対を押し切って博物館の建設を進めた、時の村長、石田今朝夫《いしだけさお》が自称石田三成の子孫だからだ。お茶に関する展示が多いのは、石田一族には代々お茶農家が多いから。博物館には『忖度』とは直接関係のない、村特産のお茶の葉のサンプルも陳列されている。

松浦議員の質問というより演説が続く。

「忖度祭りについても、ひと言述べねばなりません。今年、四年ぶりに忖度祭りが開催される運びとなりましたが、村民の税金が使われているからには、目に見えるかたちで成果を示す必要があるのではないか、と私は考えるしだいであります」

「無駄な祭りは中止だあ。中止にしろ〜」

野次が降ってくる。松浦は聞こえないそぶりだが、声のボリュームは上げている。

「――こうした、忖度関連の施策を包括的に推し進めることが肝要と思われますが、村長、いかがお考えでしょう」

なぜ、彼らは『忖度』にこだわるのか。

それは、この村の名前が、『忖度村』であるからだ。

といって歴史や由緒があるわけでもない。二十年前までは、馬尻《うまじり》という名の土地だった。

馬尻村は、昭和の頃から産業も観光業も右肩下がりで、人口流出が止まらず、過疎化が進んでいた。この土地が時代から取り残されているのは、いつまでも「村」であるから、他の市町村から『ウマのケツ』と揶揄《やゆ》される地名のせい――村民にはそう言われ続けてきた。地名の変更は村の積年の悲願だった。

平成の市町村大合併の波に乗ろうとしたが、どこからも誘いはなかった。人口が県の規定にわずかに足りないために（二〇二三年現在、四千五百八十二人）、「町」になることも叶わず、万策尽きた馬尻村は、石田村長の肝入りで、村名の変更を決行すべく、住民投票を行った。

村の開祖という説のある『尊鐸上人《そんたくしょうにん》』にちなんだ『そんたく』という音に、平安時代の『菅家後集《かんけこうしゅう》』にも登場する由緒ただしい言葉である『忖度』という字をあてるという案は、石田今朝夫村長自身のもので、一回目の住民投票では四位であったが、二回目の決選投票（票数非公開）では、なぜか一位となって、新しい村名として採用された。

旧盆に行われる村祭りを『忖度祭り』と呼ぶようになったのも、その時からだ。翌年には忖度博物館の建設計画が発表され、競合数社の中から石田建設が施工を落札し、二年後に完成した。後年、「忖度」が望ましくない脚光を浴びるとは知る由もなかった。この時には。

「私は、忖度祭り及び忖度博物館等《とう》、忖度関連事業の異次元の改革が必要ではないかと考えます」

「改悪だろがぁ」

「ですが、その前に、村民の意見を反映すべく、第三者を交えた話し合いの場を設けるべきではないか、こう考えております。村長、いかがお考えですか」

質問をしている松浦議員の舌鋒《ぜっぽう》は鋭いようで、そのじつ村長への気遣いにあふれている。松浦は村長と同じ政党。質問内容はすべて村長サイドがチェックしているはずだ。いや村長自身が書いていてもおかしくはなかった。

松浦議員は、四十三歳。高齢者の多い村議会の中では若手で、上を——つまり県会議員を、あわよくば国会議員も——狙っているともっぱらの噂だ。格上の選挙に勝つためには、村長をはじめとする党の古参たちと良好な関係を結んでおかねばならない。

益子村長が答弁に立つ。

「松浦くんの熱意、感服致しました。忖度祭り、忖度博物館等《とう》の忖度関連事業の改革につきましては、私もかねてより、村内外の有識者を招聘した特別対策委員会を設立したいと考えておりました」

「なるほど。特別対策委員会ですか——」

松浦がすかさず合いの手を入れる。出来レースってやつだ。じつは名前ももう決まっていたらしい。

村長がペーパーを読み続ける。

「有識者の人選は私に一任していただければありがたい。当委員会には、この村議会からも、超党派で、若干名の参加が望ましいと考えております」

賛成。異議なーし。

議員の中から声があがった。

「松浦くんがやればいいんでねえの」

「んだんだ」

「いえいえ、私なんぞ。若輩ですから」そう言いながら松浦がダブルのスーツの胸を張る。

「若輩だからいいんだよ」「若い人に汗をかいてもらわにゃ」「んだんだ」

誰もが面倒事を押しつける口調だ。

「あとは――黒崎《くろさき》くんで、どう？」

「おお、賛成」「いいんでないの」

え？

黒崎というのは、ここまでト書きのように、第三者的に冷静に冷ややかに、忖度村村議会の状況を淡々と描写していた私、黒崎美鈴《みすず》のことだ。一年生議員でみそっかすだから、いきなり自分の名を呼ばれて、飲んでいたミネラルウォーターを吐きそうになった。

「…私……ですか？」

古参議員の一人が私に顔も向けもせずに言葉を続ける。

「いいんじゃない。なにせ女性活用の時代だっつうから」

先週末、東京から来た与党の女性活躍・子育て支援担当副大臣（大臣は男）の参議院議員、小原苑子《おはらそのこ》氏が、彼女を「励ます会」のパーティーで、この県の女性議員の少なさを嘆き、県連の幹部たちに、早急《さっきゅう》に女性活用をするよう、檄《げき》を飛ばしたそうだ。日頃は空気扱いの私にやらせようっていうのは、それがあったからだろう。そして――

超党派という言葉が出た時に気づくべきだった。

私は無所属だ。他の十二人が全員、現政権と同じ政党の議員か、あるいは同じ会派に入っている。唯一の野党議員だった宮内《みやうち》氏は、私と入れ代わりに落選してしまった。

「松浦は反対〜、村長の犬だ〜。黒崎は許す！」

いま傍聴席で野次を飛ばしている人だ。

「二人とも若すぎねえか。青年団じゃねえんだから」

「うんにゃ、若い人の意見も聞かねばね」

私の隣の七十代のじいちゃん議員の言葉は皮肉だろう。私は三十九歳。この村議会の最年少だ。

小原苑子は私と同い年、女性議員の少なさと同時に、平均年齢の高さも批判していた。

「若い人にチャレンジするチャンスを与えて欲しい」という彼女は、父親の地盤を受け継いだだけだけれど。

正式な推薦も投票もないまま、松浦と私の委員会参加が事実上決まってしまった。

拍手拍手拍手。十三人しかいないから、雨垂れのようにしか聞こえないのだが。

2

村民センターの会議室で『忖度村イメージ向上委員会』の第一回会合が開かれた。

メンバーは、次のとおり。

南雲春臣《なぐもはるおみ》氏。日本画家。忖度村出身ではないが、村の北部に位置する馬首山《うまくび》（一〇五六メートル）の麓《ふもと》に四十年来、アトリエを構えている。忖度博物館の屏風絵『美しき戦国忖度図』はこの人の作品。八十五歳。

近藤円空《こんどうえんくう》氏。忖度村を拓いたと言われる伝説上の偉人、尊鐸上人を祀っている永福寺《えいふくじ》の住職。八十二歳。

米本亀久男《よねもときくお》氏。忖度中学校の元校長。郷土史研究家。『忖度の歴史』という著書を自費出版している。七十七歳。

澤井末子《さわいすえこ》氏。村随一の老舗《しにせ》旅館『さわ井』の女将《おかみ》。観光協会の会長でもある。九十一歳。

石田今朝夫氏。六期二十四年を務めた前村長。現在は石田建設非常勤取締役、忖度博物館名誉顧問。七十八歳。

村役場からは、
忖度祭り実行委員でもある副村長の山下宏一《やましたこういち》氏。四十九歳。

忖度博物館に出向して館長を務めている間宮守《まみやまもる》氏。五十五歳。

議会からは、
松浦講平《こうへい》氏。四十三歳。

私、黒崎美鈴。三十九歳。

コの字型に並べられた長テーブルに一同が着席する――までが大変だった。「どっちが上座だ？」「石田さん、ささ、こちらに」「いえいえ、住職がどしっと中央に」「レディファーストでねえか」「亀久男、おめえ、なんでそこに座ってる」

　ようやくそれぞれの席が決まり、進行役の松浦が「それでは——」と声をあげたとたん、石田前村長がホワイトボードに張られた三枚判の長い半紙に顎をしゃくった。

「そこに書いてある文言、この集まりの名称ってことかい」

「はい。よろしくお願いします」

　石田が遠くの席にいた忖度博物館館長の間宮を片手をひらつかせて呼び寄せ、なにやら耳打ちをした。

「どうかされましたか」

　松浦が尋ねると、石田ではなく間宮が咳払いをして、こう言った。

「イメージ向上という名称はいかがなものか、と」

「と申しますと」

　間宮が無表情のままレコーダーのように話す。

「これではまるで、これまでの、そして現在の、忖度村のイメージが良くないかのように聞こえませんか」

「は？」博物館の来場者数の（悲惨な）推移のグラフなどの資料を配ろうとしていた私は、おもわず声をあげた。それではまるで、これまでの、そして現在の、忖度村のイメージが良かったかのように聞こえないか。

　南雲春臣が部屋でもかぶったままのパナマ帽子のつばを指で押し上げた。

「確かに石田さんの功績を無にするようなもの言いではありますね」

近藤円空も蝿を追うように法衣の袖を振って言う。

「先人をないがしろにする者は、因果が己に返ってくるちゅうての」

誰も反論しないから、私が言った。

「しかし、我々のイメージ調査によりますと――」想像以上に悪い結果に、目を覚まして欲しい。

だが、松浦が声を張り上げて私の言葉を遮《さえぎ》ってしまった。

「なるほど。ご意見ごもっとも。さっそく代案を検討させていただきます」

「頼むよ。決まったら知らせてくれ」石田が席を立つ。間宮もだ。え？　他の面々も。

なんとここで会は終了してしまった。

3

会議室のホワイトボードに長半紙が貼られている。
『忖度村ますます元気プロジェクト推進会議』と書かれていた。
石田が満足そうに眺めている。これで一件落着、と思いきや、
コの字の机の石田の反対側では、同じく半紙を見つめて、郷土史研究家の米本が唇を「へ」の字にしていた。嫌な予感に、うなじの毛がちりちりしている――と思ったら、案の定。

「ちょっと、いいかね」

「なんでしょうか」レコーダーを用意していた松浦の手が止まる。

「そもそも論だ。この会合の名前だけれど。プロジェクトっていうのは、どうかなあ」

「……と申しますと」

「適切な表現を模索することもなく、安易に横文字を使うっていうのは、どうなんだろう。言霊が籠もってない。日本人としての誇りが足りない。『忖度』が誤解されているのだって、そういう言葉を軽く扱う風潮が遠因だよね」

「はあ」

「第一、プロジェクトっていうのは、つまり『計画』だろ。計画なら二文字で済むところを六文字も使うのが、適切な日本語表現だろうか。半紙の中の文字も窮屈だよね」

「では、どうすれば」

「それを考えるのがあんたらの仕事でしょ」

違うと思う。が、松浦は辛抱強い。

「それでは、『忖度村ますます元気計画推進会議』ではどうでしょうか？」

「ちょおっと違うんだなぁ。僕らがやろうとしていることには、単純な計画だけでなく、創造や夢もあるわけだから、たとえば、『ますます元気～夢と創造と未来の推進会議』とかね」

おーい。八文字になってるぞ。

「なるほど、よいフレーズだと思います。それでいきましょう」

松浦が話をまとめてしまおうとしたが、今度は、

「長いよ」石田がひとりごとめかして呟《つぶや》き、首すじをぴしゃりと叩いた。

石田と米本は小学校からの同級生だというが、何があったのか、仲が悪い。南雲や円空も頷《うなず》いているのを見て、米本はあっさり責任を放棄して、転嫁した。

「まあ、僕のはただの素案だから。揉《も》めばもっといい案が出るでしょ。事務方できちんと揉んでくれないかな」

なんのことはない、石田と同じように扱えってことだ。自分の発言で会を延期させたいだけ。影響力を誇示したいだけ。ポンコツだ。ポンコツすぎる。

さわ井の女将、澤井末子がそよそよと動かしていた白檀の扇子をぱたりと閉じた。やけに大きな音をさせて。

「そんなん、どうでもいいじゃないの、米ちゃん」

「いや、どうでもよくない。名前は大切です。言霊が籠もりますからね」

「籠もら、な、いって。あたしの名前なんて末っ子だから末子よ。あたしのいちばん上の兄は、『健康第一』で健一だったけど、十九で結核で死んじゃったのよ。ね、そういうことで」

女将に救われたと思ったが、山下が話を蒸し返した。

「こんなの考えました」

鼻の穴をふくらませて、ペーパーに書いた文字を見せる。山下は米本の義妹の旦那だ。村ではこうした姻戚関係がややこしい。そしてテレビ台の裏のコードみたいに複雑にからみ合っている。

『ますます元気〜夢&創造推進会議』

円空和尚が一秒で首を横に振る。「字画がよくない。不吉だ」

結局、今回も本題に入れず、決まったのは、忖度村の標語を募集し、最優秀のものを表彰するということだけ。募集方法と選考方法は事務局（間宮と山下のことだ）に一任。それだけだ。

「こんなんで、間に合いますか」

委員が去った会議室で缶コーヒーを飲みながら、松浦に訴えた。忖度博物館はともかく、八月に行われる忖度祭りには、なんらかの答えを出さなくてはならない。缶コーヒーは松浦が投げ寄こしてきたものだ。委員にへつらってばかりに見える松浦にも文句を言いたかったのだが、コーヒーひとつで情けなく口調から刺《とげ》が抜けてしまった。

「松浦さんは、何度も経験してるんでしょ。こういう第三者を入れた委員会」

「まあね。たぶん、あの面子《メンツ》だと、百年経ったって決まらないよ」

「じゃあ、どうすればいいんですか」

「たたき台が必要だな。元になる案を出さないと。専門家を呼ぼう。プランニングができる人。黒崎さん、マスコミ系の仕事してたんでしょ。誰か知らない？」

マスコミというほどの仕事ではないが、あてはなくはない。でも――

「外部から人を呼んで、委員の人たちが聞く耳を持ちますかね」

「持つ。あの人たちも自分らではいい智恵が出ないってわかってるんだよ。人の意見に文句をつけるほうが得意なんだ」

「東京の人間でもいいですか」

「もちろん。彼らは東京というブランドに弱いから」

「そうかな。村のお年寄りは東京の人間が嫌いなんじゃ……」

「いや、じつは都会に弱いんだよ。『東京ではいまなになにが流行ってる』とか言われると、口では反発してみせるけど、心の中ではふむふむとメモを取る」

ふむふむ。さすが村会議員。Uターンしてまだ八年たらずの私と違って、村の心をしっかり摑《つか》んでいる。

「あとは権威に弱いな」

「権威？」

「自分たちがちんまい場所でのちんまい権威だから、より本格的な権威には弱い。年齢を盾にマウントを取ろうとするだろうけど、心ではひれ伏す」

「権威と呼べるかどうか――」

高校の演劇部の先輩に、雷通に入った人がいる。本人曰《いわ》く「ＣＭプランナーとして一世を風靡した」が、人に雇われるのに飽き飽きして独立し、広告制作会社をつくったそうだ。あちこち声かけてクリエイターを集めて、日本一の集団にする――ＯＢ会でそう豪語していた。

「たたき台って文字どおり、叩かれたりするんだけど」

「だいじょうぶだと思います。打たれ強いタイプだから」

4

「本日はアドバイザーを呼びました」

「アドバイザー？」米本が睨《にら》んできたからあわてて言い直す。「参考人を招致いたしました」

今日は私が司会進行を務める。場所はいままでより広い第一会議室。ここにはプロジェクターとスクリーンが用意されているのだ。

「さっそくご紹介しましょう。東京からお呼びした、クリエイター集団〝梁山パーク〟の主宰、高梨柾樹《たかなしまさき》氏です。どうぞ」

高梨が前部のドアを開けて登場した。ジーンズとＴシャツ姿だったのに、いつのまにか着替えている。金色で蛇柄のスパンコールジャケット。白いパンツと白い靴とフリルシャツ。まるでドサ回りの演歌歌手か、その司会者だ。

「どうも～たかなしでございまあーす」

全員があっけに取られている。東京から来たクリエイターなんていうものを、誰も見たことがないはずだ。

「お呼びいただいて光栄です。ではさっそくプレゼンテーションを始めましょう」

プレゼンテーション。そうか、着いて早々着替えたいという言葉に私が首をかしげると、髙梨はこう言ったのだ。「プレゼンは、演劇と一緒だよ。最初の『出』が大事。一発かますんだ」

髙梨は片手を高く差し上げ、ひとさし指を突き出して、天を指した。腹式呼吸で鍛えた朗々とした声で言う。

「忖度の里に何が足りないのか――」

演技過剰かも。一同をゆっくり見まわし、たっぷり時間をかけてから言葉を継いだ。

「それは、顔です」

「顔とは？」円空和尚が禅問答をしかけるように言う。

「土地を象徴する人物、あるいは動物」

「なるほど」「そうか、顔かあ」

石田や南雲がやけに素直に頷く。自分が『顔』になれると思いこんでいるのだ。

「で、誰が顔になるのかな」米本が目を輝かせて聞く。お前もか。

「それは――」髙梨がまた視線で一同をなで切りにする。みんなが期待に息を吞む。髙梨はきらきら光るジャケットから手品師のような手つきでスマホを取り出した。それをかたわらのスクリーンに向けると、画像が映し出された。

「これはなんだ」

映ったのは、イラストだ。三頭身のくりくり頭の小坊主が描かれている。ありがちなタッチだが、文句のつけどころのないあざとい可愛らしさ。AIがつくったに違いない。

小坊主は両手でお盆をささげ持っている。お盆の上に茶碗がひとつ。頭にもキョンシー帽のような大きな茶碗を載せていた。

「三献茶をイメージして制作しました。忖度村のイメージキャラクターです」

「三献茶？　茶碗が二つしかないぞ」

高梨がスマホをひと振りすると、小坊主が踊りだした。動画だ。イラストがいきなり三次元に変わった。

平均年齢八十余歳、どアナログな委員たちがどよめいた。最新のIT事情についていけなくなりつつあるアラフォーの私もちいさく声をあげた。「わお」

小坊主がくるりと背中を向ける。菅笠のような大きな伏せた三つめの茶碗が、背中に張りついていた。

「このキャラクターをSNSで発信します」

円空和尚の声が聞こえた。「SOSを発信？」そこからですか。

「エスエヌエスか、なるほど考えたな」石田が呟いている。絶対に知らないと思う。

「アニメ化だけでなく、立体……着ぐるみも制作し、祭りに登場させたいと考えております」

「着ぐるみ……人の入る等身大の人形だね」さわ井の女将は、小坊主が気に入ったようだった。両目にきらきら星を瞬かせている。可愛いもの好《ず》きなのだ。旅館さわ井のロビーにはすみっコぐらしのぬいぐるみがあふれている。

「そのとおりでございます。キャラクターとして認知が進めば、ぬいぐるみやキーホルダーをつくって販売することも可能です。博物館の土産物コーナーにいかがでしょう」

「うん、いいんじゃないのか」

「ご予算をもう少々いただければ、ロボットもつくりますよ」

スクリーンに、ロボットの動画が現れた。ファミレスで使われている配膳ロボットの顔を小坊主にすげかえただけだが、一同はまたどよめいた。

「外国人観光客にもアピールできるように、キャラクターを紹介する英語のコンテンツもつくりましょう。ロボット君が、お、も、て、な、し」

滝川クリステルのように片手を動かしながらそう言って、合掌する。

「このコ、名前はなんというの」女将が猫撫《な》で声で聞く。

「そんたくん、と名づけたいと考えております。もちろん忖度にかけた名前ですが……」

「なるほど」

「いいね、ソンタくん」

「たわけ」いきなりの大音声。円空和尚だった。「恐れ多くも尊鐸上人を『君』呼ばわりとは、なにごと」

「いえ、べつにこれは尊鐸上人と関連づけたわけではなく」髙梨には忖度村の資料を渡してある。意外にもきちんと読んでいるようだった。

「そんたくと言えば、尊鐸上人。漫画にするのもけしからん」

円空和尚は納得しない。南雲画伯もつられて怒り出す。

「くだらんよ、漫画なぞ。だいたいこの男は何者だね」

パナマ帽子が脱げ、禿げ頭が丸出しになったのにも気づいていない。私はもう一度、冒頭の紹介をくり返したが、あらためて言葉にすると、なんともうさんくさい社名と肩書だ。

『権威』を訴えるつもりか、松浦があとを継いだ。

「元はこの県出身で、雷通《ライツウ》でテレビコマーシャルの制作に携わっていた方です」

「なんだ県の人間かぁ。東京の人じゃないんだ」

「ライツウって、広告代理店？」

「広告代理店ってのは、あれだわな、オリンピックで談合して裏金をむしり取ってたやつらだ。そんな人間に、村のことを任せるわけにはいかんぞ」

「ほっといたらほかのダイリ店も出てきて談合するんじゃないのか。けしからん」

逆効果だったようだ。私はすみやかに否定した。

「ご安心ください。この忖度村のプロモーションに手を出そうなんて広告代理店が二社も現れるわけがないではありませんか」

「なるほど」「そりゃそうだ」一同が大きく頷いた。

「彼も現段階ではボランティアとして参加しています」

高梨が首を左右に激しく振って私にすがる視線を送ってきたが、すみやかに目を逸《そ》らした。「万一採用されなかったら、プレゼンテーション料は要らない」って言ってたじゃない。

石田がぽつりと言った。

「尊鐸上人を忖度村の『顔』にしたらどうだろう」

珍しく米本が同意した。

「ああ、尊鐸上人をキャラクターっていうのにする手もあるな」キャラクターは日本語じゃなくていいんだ。

さわ井の女将も頷く。「着ぐるみもつくりましょう。尊鐸上人の着ぐるみならつくってもいいでしょ、円空ちゃん」

「是《ぜ》」

委員たちが盛り上がっている。まるで高梨がそこに存在しないように。プレゼンなどなかったかのように。

「デザインは誰がやるのかな」

高梨が懸命に会話に割り込む。「私どもが特別価格でやらせて――」

その言葉は途中で石田に遮られた。

「やっぱりここは南雲先生にご登場いただかにゃ、ねえ」

「いやいやいや、こんな漫画のようなもの、私はよう描きはせんよ」

「私どものほうでイラストレーターをご用意できますが」

髙梨の言葉は中空に浮かんでは消えていく。

「こんな妙な漫画にせず、尊鐸上人を忠実に再現すればいいのではないかな」

円空和尚の言葉に、石田が相槌を打つ。

「それは妙案」

やばいよ。尊鐸上人の風貌を伝えるものは、永福寺に残る上人像と、博物館所蔵のいつ誰が描いたのかもわからない肖像画しかない。どちらも酷く痩せ、目玉だけ異様にぎらついた、餓鬼みたいに不気味な姿なのだ。あれをキャラクターにするなんて、想像するだに恐ろしい。松浦の頭の中にも同じ想像図が描かれたに違いない。顔がムンクの叫びになっていた。

「あのぉ、南雲先生のお手をわずらわすまでもなく、一般公募にしたらどうでしょう」

松浦が提案する。ナイス。素人のほうが可愛いイラストを描けるだろう。素人くさかったとしても、髙梨に依頼すれば、プロがうまいこと仕上げてくれる。

南雲が不機嫌そうに言う。「素人に任せてだいじょうぶかね」

私が答えた。「だいじょうぶだと思います」先生に頼むよりは。

「あ、では、南雲先生には公募の審査委員長になっていただければ」

山下が気を利かせたつもりで言うが、南雲画伯の機嫌はかえって悪くなった。

「ぼかあ、選ぶより、常に選ばれる側の人間でいたいのさ」

どうしても自分がやりたいらしい。こういうキャラクターづくりになまじゲージュツカが参加するとろくなことにはならないことを、誰よりも知っているだろう髙梨が、反論してくれるのを私は期待したのだが——

「先生、絵が完成したら、あとは当社におまかせください。着ぐるみ、ぬいぐるみなどへの落とし込みは、こちらで専門業者をご用意いたしますので」

「髙梨さん」

呼びかけたら、目を泳がせて、こちらの視線から逃げようとする。私が話をもちかけた時には、「後輩の頼みだ。しかたない。やってやるよ」と鷹揚《おうよう》な口ぶりだったが、なんだか必死だ。もしかして、独立した会社、うまくいっていないのか。クリエイターなんて誰も集まっていないのでは？

「着ぐるみ屋。隈取《くまど》り筆の魔術師と呼ばれた南雲先生のタッチを損なわないようにな」

「へい。合点承知」

「さてさて、ひさびさの絵筆だな。五年ぶりか」

ひぇ〜。嫌な予感が黒雲となって胸いっぱいに広がっていく。

委員会をブレーンストーミングにしてみた。高梨から教わった、会議でアイデアを生み出す手法だ。ルールは、突飛な意見も歓迎し、いっさい批判しないこと。

「世界忖度会議を開催したらどうだろう。議長も選出せねば」

「忖度博物館で南雲先生の個展を開きましょう」

「いやいや、恐縮至極。それなら、石田くんの孫娘さんのピアノリサイタルもどうだね」

「ふるさと納税の返礼品を深蒸し緑茶にするのはやめるべきでは」

「さわ井の女将の生け花もなかなか」

「まあまあ、私なんか長くお教室に通ってるだけで。それよりお祭りにBTSの誰かを呼べないかしら」

批判をするなと言っても、つっこみどころ満載だ。しかも決まってしまいそうで怖い。

「ふるさと納税の返礼品は、長ネギのほうがいいべ」

奥さんの実家が長ネギ農家の米本の言葉に、山下が大きく頷いてホワイトボードにでかでかと書いたが、他の面々には無視された。

「そういえば、祭りの司会には、今年も金太《きんた》師匠を呼べるのかい」

三楽亭《さんらくてい》金太は、この県出身の落語家だ。一時期、田舎者あるあるの自虐ネタでテレビで姿を見かけるようになったが、それは私が小学生の頃まで。三十年前だ。

松浦が答える。

「金太師匠は引退しました。認知症が進んだそうで」

最後に忖度祭りに出演した時には、祭りの名前を忘れて『どんたく祭り』と連呼していたそうだ。

「一《いっ》ちゃんに司会もやってもらいましょうよ」

一ちゃんというのは、流一太郎《ながしいちたろう》。隣町出身の演歌歌手だ。コロナ前には毎年、スペシャルゲストとして呼んでいた。

「誰か新しい人に来てもらおうか」米本が言ったが、無視された。

「流一太郎が司会でいいべさ。しゃべるのうまいし」

石田が提案すると、山下が大きく頷き、ホワイトボードに『流一太郎』と書いた。山下は次期村長を狙っている。石田派に寝返るつもりかもしれない。

松浦が立ち上がって、沈痛な面持ちで声を絞り出した。

「それはできかねるかと」

「なんでよ」「一ちゃんでいいじゃない」「誰か新しい人を」

「流さん、二年前に亡くなってます」

「あらまあ」

「司会はともかく、忖度数え歌は、流さんじゃないとなあ」

「そうそう」

『忖度数え歌』は、毎年祭りの時に流す曲。馬尻村が忖度村になった記念に、作詞家と作曲家に依頼してつくったものだ。かなりの金額を支払い、石田村長が一部を着服したという噂もあって、村民には評判が悪い。

私は提案してみた。「これを機会に、忖度祭りの新しいテーマ――」ソングと言いかけて、米本に言葉尻を捉えられないように言い換えた。「主題歌をつくりませんか」

「新しい主題歌？」思ったとおり、米本が食いついてきた。「テーマソングってこと？」

あ、ここはいいんだ。

「黒崎議員はお若いからご存じないかもしれないが、忖度数え歌は、二十年以上歌い継がれてきた、村のかけがえのない――」

石田の意を汲んで飼い犬の間宮が吠えはじめたが、石田は片手をひらひらさせてその言葉を振り払った。

「誰がつくるんだ」

声に怒った様子はない。『忖度数え歌』の悪い噂は承知していて、早く過去のものにしたいのかもしれない。あるいは音大に通っている孫娘に「ダサい」と言われたか。

「石田さんのお孫さんはどうだい」

「いやいやいや、それはさすがに。いちおう聞いてみますが――」そっちか。

「コネはいかんよ、コネは」米本が意味ありげにそう言って、手帳をめくりはじめた。

「そういえば、私が校長時代に、優秀な音楽教師がおったな。あの人は名前は確か——

えーと……」

名前を思い出せないような妙な人脈につきあわされる前に、私は急いで言った。

「プロに頼もうと思います」

「プロ？」

石田と米本以外の三人が身を乗り出してきた。

米本が手帳を閉じていまいましそうに言った。「金がかかるんじゃないの？　数え歌の時みたいに」

「格安の金額で交渉します」

石田が言う。「またダイリテンじゃないだろうね」

「いえ、いま人気のミュージシャンに」

「音楽家だろ」米本に訂正されてしまった。そこはだめなのか。

その日のうちに、私はその男に連絡を取った。

このままでは何も変わらないこの村にしかける爆弾になるかもしれない人間だ。

ＬＩＮＥでは『来週ならスケジュールが空くかもしれない』と答えてきたから、直接電話した。

「もしもし私。どうせ暇なんだろ」

その男――A‐dutch56は、デスクトップミュージックのコンポーザー。つまりパソコンひとつで曲をつくっているミュージシャンだ。評判はいい。ごく一部のコアな人間に。最近はそこそこ名前が知られるようになってきたと聞いているが、あくまでも、そこそこ、だ。

「いや、忙しい。楽曲提供の依頼もあるしさ」

信じられない。A‐dutch56の歌詞もちゃんと聴いて依頼しているのだろうか。

「こっちも仕事の依頼なんだ。ご当地ソングみたいなもの」

「クロのご当地ってどこだっけ」

私が答えると、呆れ声が返ってきた。

「村……そんな行政単位がまだ存在するのか」

「一度、会って話したいんだ。住所はあいかわらず？」

「パソコンさえあれば、そこがステージ。国境のない仕事だ。地球のどこかとだけ言っておこう」

「じゃあ、そのどこかから電車に乗って会いに来て」

やっぱり暇のようだった。四時間後には忖度村にやってきた。

街道沿いにあるファミレスの番地は隣町で、村人たちが立ち寄ることは少なく、村の濃すぎる人間関係と秘密諜報機関並みの監視網から逃れるにはうってつけの場所だった。

Ａ‐ｄｕｔｃｈ56は先に来ていて、隣町の地ビールを飲んでいた。

「クロが議員だなんて、地球の終焉は近いな」

「あんたの曲は聞いてるよ、あんたは変わんないね」

私は大学時代にバンドのボーカルをやっていた。Ａ‐ｄｕｔｃｈ56はギターでリーダー。アマチュアだったがやるのはもっぱらオリジナル曲で、彼がすべての曲をつくり、詞も書いていた。ジャンルは当時すでに『懐メロ』と陰口を叩かれていたハードコア・パンク。

曲への評価は高かったが、プロにはなれなかった。Ａ‐ｄｕｔｃｈ56の過激な歌詞と、パフォーマンスが、音楽レーベルを怯えさせ、二の足を踏ませたからだ。「プロもインディーズも関係ねえ。俺たちが音楽で世の中に革命を起こす。常識をぶっ壊す」なんていうＡ‐ｄｕｔｃｈ56の言葉をメンバーは本気で信じていた。

結局、卒業とともに私も他のメンバーもいっこうに革命が起きない社会に取り込まれていったが、Ａ‐ｄｕｔｃｈ56だけは違っていた。いくつものバンドをつくり、そのたびに自分でぶち壊し、いまも一匹狼で音楽を続けている。

私は忖度村の委員会のことと、一か月後に迫った村祭りのことを説明した。

「みんなの目を覚まさせたいんだ」「現状をぶっ壊して欲しい」

Ａ‐ｄｕｔｃｈ56は、馬鹿みたいにでかいピアスを弄びながら呟いた。

「楽しそうなお遊びだな」

胸まであった髪はだいぶ短くなっているが、タトゥーがまた増えている。首筋に天使が飛んでいた。私よりひとつ年上だから、もう四十になっているはずだが、あいかわらず馬鹿だ。でも、こういう男は嫌いじゃない。彼氏にしたいとは思わないが、忖度ばかりしている連中の中で日々を過ごしている身には、愛おしい生態の珍獣だ。

「作詞もか」

「うん、まかせる」

「いいのか、好きにやっちゃうぞ」

「放送しないから、放送禁止にはならないよ。あ、でも、子どもたちにも聞かせるから、卑猥な用語はやめて。それと、この仕事のあいだだけでいいから、警察沙汰になるようなことは謹んでね。クスリとか、やってないよね」

「薬？　いま中毒になってんのは、果汁グミ温州みかんだけだよ」そう言って、私の顔にいまどきどこで売っているのか、両切りピースの煙を吹きつけてきた。「クロよ。世間に魂を売ったか」

「売りまくり。でも、もう安売りはしたくないから、こうして頼みに来たんだ。お願いします、吾朗《ごろう》ちゃん」

吾朗は、Ａ－ｄｕｔｃｈ56の本名だ。安達《あだち》吾朗。性格はひねくれているが、才能はいまどきの流行り歌をつくっている連中より上だと私は思っている。

ビールを飲み干し、両切りピースを灰皿にねじ込んで、Ａ－ｄｕｔｃｈ56、安達吾朗は言った。

「んじゃ、いっちょ、世の中をぶっ壊しましょうか」

私の顔の前に拳を突き出してくるから、私も拳を合わせた。

さあ、いくぜ。

忖度をぶっ壊せ。

6

それはいきなり現れた。

会議室のドアの向こうに見え隠れしているのは、人の形に似た異形の者であった。

「お待たせいたしました。本日の特別ゲストをお呼びします。ドルルルルル」

今日も委員会に顔を出した髙梨が、白いサマースーツ姿でドラムロールの口まねをした直後だ。

中へ入って来ようとしているのだが、頭がつかえてしまっている。身の丈は二メートルを超える。その四分の一が頭だ。

頭を斜めにかしげさせて、ようやく中に入ってくると、「ひっ」さわ井の女将が悲鳴をあげた。

入ってきたのは、尊鐸上人の着ぐるみだった。

四頭身なら四頭身らしく可愛らしい顔立ちにすればいいものを、こいつはやけにリアル。制作に入る前に、入ってからも、髙梨はけんめいに愛らしいキャラクターの方向に持っていこうとしたようだが、寺に残る即身仏のような貧相な木像をもとに原画を描いた南雲画伯が、手を加えることをいっさい許さなかったそうだ。

「他に肖像はないの？」と私は髙梨に泣きつかれたが、ない。博物館のただ一点の肖像画も誰の作かすら不明。そもそも尊鐸上人は、実在の人物ではないという説が有力なのだ。

おぼつかない足取りで会議室を歩き、ホワイトボードの前に立った忖度村の新キャラクター『尊鐸上人様』は、ぎこちなくお辞儀をする。愛嬌を振りまいているつもりらしいが、怖い。

なにしろ仏像と写楽の役者絵を足して二で割ったというか、妖怪ぬらりひょんをせいいっぱい善人顔にしたかのようというか。ホラー映画か地球外生物が登場するSF映画の中にしか存在しないような風貌だ。

「いったい、なんだこれは、滅茶苦茶ではないか」

さすがの円空和尚も呆れた様子で、手にした念珠を振りまわしている。もっと言ってやって、南雲画伯に。

「衿が左右逆だ」

え、そこ。

「は？　でも、ちゃんと右前になっておりますが」

高梨が肩をすくめる。確かに。左前だと死に装束になってしまう。

「上人が着ていらっしゃるのは、褊衫《へんざん》、左前で着る法衣だ」

「しかし、生地はミシン縫製済みでして。普通の衣装と違って修正するとなると一からつくり直すことになりますんで、このままでいくというのは――」

高梨は必死だ。思った通り、会社をつくったのはいいが、仕事はなく、クリエイターも一人も集まっていないらしい。

「だめに決まっとろう」

「ひえぇ～」

祭りまであと二週間。間に合うのか。間に合ったところで、これが出現することが、いいことなのか？

尊鐸上人がのそのそと歩きまわり、近づくたびにさわ井の女将が悲鳴をあげて逃げまわる。シュールな場の雰囲気を和らげようとするふうに、山下が声をあげた。

「そういえば、募集しておりました忖度村の標語、最優秀作が決まりました」

お役所仕事にしては、やけに早いな。

「これに決定です」

山下が勝訴を伝えるように、一枚のプリントを広げる。大きな明朝体でこんな文字が並んでいた。

『そんたくの　心広がれ　この村に』

選考委員長だった米本が満足そうに頷いているが、七五調って、いまどき古すぎないか。

「他にはなかったんですか」

松浦が訝しげに尋ねる。確かに出来もいいとは言えない。

「お名前は？　図書カードを贈らねば」と聞いているところを見ると、間宮も選考にはかかわっていないようだ。山下が書類を読み上げる。

「名前はわからない。匿名希望なんだ。職業、風流人。七十七歳。とあるだけだ」

聞いていた全員の肩ががくりと下がった。こういう時こそ文句を言ってもらいたい石田は、南雲と尊鐸上人との記念写真を撮っている最中で、聞いちゃあいなかった。

何か言いたそうに唇をもごもごしていた米本が、我慢しきれなくなったように口を開いた。

「ああ、図書券はいらんよ」

これでいいのか？

7

「これでいいんですか」

空になった四杯目のハイボールのジョッキをテーブルに叩きつけて、私は言った。

二杯目のグラスビールで顔を赤くしている松浦が肩をすくめる。

「なにが?」

「なにがって、いま現在のぜーんぶですよ」

松浦と酒を飲むのは初めてだ。一緒に飲んで楽しい人間とも思えないが、飲まずにはいられない。腹に溜《た》まったどろどろ汚れを吐き出さなくちゃやってられない。

「忖度をイメージアップ、なんて言いながら、情けない忖度ばっかり。忖度、ますます馬鹿にされますよ」

役人が政治家を忖度する。政治家が政治家を忖度する。それを報じるはずのマスコミだって、スポンサーやアイドルを抱える芸能事務所には忖度をする。忖度が要らない叩きやすいとこだけ、さんざん叩く。そんなに悪いことしてないのに。誰も彼もがそれに乗っかる。いい加減、そういうの、やめにしていいんじゃない? 怒る相手を間違えてない?

忖度村は酒場が少ないうえに、どこも閉まるのが早い。コロナが5類になっても、村が深夜営業を認めていないのだ。村長が酒も煙草もやらない堅物の益子氏になったからだと言われている。ヘビースモーカーだった石田村長が二年前に辞めたとたんに、それまで喫煙に甘かった村の公共施設は一斉に全面禁煙になった。

松浦はあたりめをくわえた口の端で言う。

「忖度は、相手の気持ちを考えること、なんて、しょせんきれいごとだからな。本当はソンタクじゃなくて、損得《ソントク》だ。考えてるのは、人の気持ちじゃなくて、自分の損得、自分の保身だ」

「松浦さんは違うんですか」

「……いや、同じだよ。目的のためには損得や保身を考えないと。小異を捨てて大同につくことも必要だ」

「目的って？　村会議員なんかさっさと辞めて、国会議員になること？」

「少しは俺にも忖度してよ。そんなストレートに言わなくても。まずは県会議員だな。世の中を変えてみたい。議員になるからには誰だってそう思うでしょ」

どうだろう。私の場合、たいした志《こころざし》があって議員になったわけじゃない。政治信条があるわけでもない。宮内さんの前の選挙の時、バイトで選挙カーのウグイス嬢をして、気に入られて、ときどきボランティアで活動を手伝うようになっただけ。

その政党にも思い入れはなく、あるとしたら他の政党より女性が多い、それはいいことじゃないか、というぐらい。私に思いがあるとしたら、「世の中に革命を起こす」という呪縛のような言葉だけだ。

前回の選挙前、政党が二議席を狙って候補を立てようとした時、私でどうかと宮内さんが言い出したのだ。村に戻って六年勤めていた農機具販売会社の事務職を辞め、新しい仕事を探している最中でもあった。忖度村の村会議員の給与は三十万。毎日眺めていた求人募集の広告の金額よりも好条件だったのが決め手だ。党員にはならず、とりあえず無所属の推薦候補なら、と話を受けた。

そんな人間に言う資格はないかもしれない。でも、そんな人間でも、村のこと、住民のことを決める場所の内情を知ってしまうと、思う。

このままでいいの、って。

「俺、ビッグになりたいのはさ、村なんかじゃなくて、世界や地球のことを自分で決めてみたいの。でも、頭ん中じゃ、世界の未来のことなんかより、自分と家族の明日のことばっか考えちゃうんだよね。なんでだろ」

「なんででしょうね」そんな人間が政治家になっちゃいけないんじゃないの、なんて言えない。私も同じようなものだからだ。

酒に弱い松浦はだいぶ酔ってきた。そろそろ閉店だ。私のほうが飲んで食べているからワリカンでは悪いかな。でも先輩だからいいか、と計算をめぐらしていたら、店員の女性が料理の皿を運んできた。

「あれ、頼んでないですけど」

「サービスだそうです」

厨房を振り返ったら、大将が私と松浦に会釈してきた。狭い村だ。松浦と私が村会議員であることはみんなが知っている。大将は、刺身五点盛りで、村の深夜営業自粛の件を推し量ってくれって言いたいのだ。

「こういうの困ります」

私は刺身五点盛りの皿をテーブルの端に押し戻したが、松浦は箸を伸ばして中トロを口に放りこんでしまった。

「いいんですか」

「いいんじゃない。人は人を利用して生きているわけだから、利用し、利用され、うまいこと忖度し合えばいいんじゃないの」

なんかわけのわからない酔っぱらいのたわごとにしか聞こえなかったが、気づいた時には、私もホタテを箸でつまんでいた。

8

忖度祭りの前夜祭がもうすぐ始まるというのに、Ａ－ｄｕｔｃｈ56の曲はまだ届かない。確かに本番は明日だが、約束の期限はとっくにすぎていた。

幸いなのは、委員たちが「新しいテーマソング」にまったく興味を失っていることだ。というか忘れているようだった。ついさっき桔梗の柄の浴衣をいなせに着くずしたさわ井の女将に声をかけられた。「ねえ、流一太郎さんは、いつ登場するんだい」

結局、祭りの新機軸らしきものは『ベテラン演歌歌手を呼んでいた意外に多額な予算で、大道芸人フェスティバルを開く』『コスプレ参加大歓迎』ぐらいしか打ち出せていない松浦も、それどころじゃないようだった。

前夜祭にはイベントがあるから本番以上に人が集まる。メインステージ――というか盆踊りのためのやぐらの周囲には、もう浴衣姿の人々が集まりはじめていた。スパイダーマンやスパイファミリーのアーニャもいる。やぐらの向こうから悲鳴が聞こえた。どんなコスプレより奇っ怪な尊鐸上人の着ぐるみが姿を現したに違いない。

A-dutch56から連絡があったのは、前夜祭開始五分前。LINEでだ。

『音源は渡した。実行委員って人に。直接USBで』

は？　なぜ私に渡さない。私にも聞かせられないほど、ヤバイ曲なのか？

電話をかけたが、出ない。

LINEを返しても既読がつかなかった。

まかせるといったのは、確かに私だが、急に不安になってきた。A-dutch56のLINEの言葉が爆破予告に思えてきた。とんでもない曲だったら、保守的なこの村は大騒ぎだ。忖度は結局、損得。自分の保身。松浦の言葉が身に沁みる。

「では、忖度祭り、前夜祭、いよいよスタートでーす」

やぐらの上で着流し姿で声を張り上げているのは、高梨だ。頭には電飾付きのカチューシャ。高梨はなぜか委員たちに——とくに女将に——気に入られて、三楽亭金太のかわりに祭りの司会を務めることになった。

「まず最初の曲は、これ。いまSNSで話題の大人気アーティスト、A-dutch56《アーダッチゴーロック》が忖度村のためにつくったオリジナル曲、忖度祭りの新しいテーマです」

私の足はやぐらに向けて小走りしていた。音響システムはやぐらの下だ。確認しなくては。情けないが、村と私の安全のために。とりあえず音楽を止めないと。

小走りはいつのまにか全力疾走になる。

間に合わない。

やぐらまであと五十メートルのところで、曲が流れてきた。

イントロはドラムソロ、じゃなく和太鼓のソロだ。

どどんがどん

どどんがどん

意外にも盆踊りのための曲特有のメロディ。

初めて聴くはずなのに、これまでにもどこかで聴いたことがあるような、既聴感というのだろうか、音のデジャブ現象が襲ってくる旋律だ。

なるほど、オーソドックスな曲に見せかけて、いきなり激しいメロディをぶつけてくるんだろう。私たちのバンド『ヘルポリス』でも何度か使った手法だ。もうどうなってもいいや。私は足を止めて大きく息を吐く。

歌詞が流れてきた。

〽忖度　そんたく

あなたもそんたく

わたしもそんたく
日本全国　そんたく　そんたく
え？　なにこれ？
〽はあ〜　そんたく音頭で
そぉれそれそれ　ちょちょんのぱ

祭りのスタッフが音源を間違った？

いや、こんなに「そんたく」を連呼する都合のいい曲が、一般社会にあるわけがない。第一、多少加工しているが、歌声は確かにバンドのサブボーカルでもあった安達吾朗の声だ。

あいつめ。

USBを手渡ししたということは、A－dutch56は、この会場のどこかにいるってことだ。どんな曲であれ、反応が気になるはずだろうから、近くにいるはず――

周囲をぐるりと見渡した。

いた。尊鐸上人の写真を撮っていた。

私はゆっくり近づいて、スマホの前に立つ。

Ａ‐ｄｕｔｃｈ56こと安達吾朗は、二、三歩後ずさりをして、くるりと背中を向けた。

私はその背中に言葉の五寸釘を打ち込む。

「どこへいく」

「……あ、いや」

〽日本全国　そんたく　そんたく
はあ〜　そんたく音頭で
そんたく音頭が大音量で流れてゆく、宵の空を指さした。

「これはなに」

「ご依頼のテーマソング」

「これが、世の中をぶっ壊す曲？」

「あのさ、聞いてくれ、クロ、あのあと俺に、ＣＭソングの依頼が来てさ」

「それがなに？」

「いままでの俺の曲って、一般向けじゃないのが多いから、ディスコグラフィーに、大衆受けっぽいやつがないとまずいかなあって。クライアント的に。健康飲料のＣＭだから」

「ディスコグラフィーだとぉ」

「もうすぐ子どもが生まれるんだ。クライアントもこの曲を聴いてる。オーソドックスな曲も書けることをアピールしないと――」

今日のA-dutch56はピアスをしていない。首のタトゥーもスカーフで隠していた。

「世の中に革命を起こすって、言ってたのは誰さ」バンドはやめちゃったけど、その言葉を信じてマイナーな出版社のライターをしていたんだよ。

「ロッカーは、世間と折り合いをつけることも大事だからね。わりといい曲だろ?」

「んなわけ――」

いや、こういう音頭系のメロディには魔力がある。

ダサいと思っても、体は反応してしまう。

私の体はむずむずし、手は勝手に拍子を打ち、ちょちょんのぱ、と見えない窓ガラスに貼り付けたように両のてのひらを開いてしまう。

恐ろしや、DNA。

「おーい、黒崎、委員会のみなさんが呼んでる。大好評だよ、忖度音頭」

この暑いのにダブルのスーツを着て、ネクタイをきちんと締めている変な男が近づいてきたと思ったら、松浦だった。片手には『松浦講平』と大書きされたうちわを握っている。

「ちょっとご挨拶しておこうよ」

そう言って空いている手で私の腕を取る。いや、待って。A－dutch56が逃げちゃう。

〽あなたもそんたく
わたしもそんたく

そんたく音頭に合わせて、みんなが踊っている。

ぐるぐる輪になって踊っている。

ぐるぐるぐるぐる。永遠みたいに。

いいの？　いいのか、それで。

千鳥格子の和服のコスプレをした女の子たちが尊鐸上人に群がって、スマホを向けている。

「きも～」「かわいい～」

やめろ、やめなさい。あいつらを調子に乗らすだけ。

〽日本全国　そんたく　そんたく
はあ～　そんたく音頭で
そぉれそれそれ　ちょちょんのぱ

ああ、足が勝手にステップを踏む。
ちょちょんのぱ、で手を打ってしまう。
やめて。
Ａ－ｄｕｔｃｈ56の天才的な曲づくりがなせる業《わざ》か。
それとも私の中の日本人のＤＮＡが騒いでしまうのか。

〽あなたもそんたく
わたしもそんたく
日本全国　そんたく　そんたく
そぉれそれそれ
ちょちょんのぱ

夏のカレー

原田ひ香

葬儀から帰ってくると、家の前に女が立っていた。

彼女はドアを見つめるように鼻先をくっつけて立っていたので、顔は見えなかったが、その背格好や服装に見覚えがあった。

冴子《さえこ》だ。

「久しぶりだなあ」

後ろから声をかけると彼女はくるりと振り返って、にやっと笑った。やっぱり、玉村《たまむら》冴子だった。

「しーやん！」

冴子にしか呼ばれないあだ名だった。それを聞くのは十年ぶりくらいか。竹中静夫《たけなかしずお》だから、しーやん。

肩くらいまでのセミロングの茶色い髪に紺の小花柄のワンピースを着ている。おれと同い年だから六十にはなってるはずだ。その歳で花柄はないんじゃないかと思われそうだが、冴子にはよく似合っていた。

「どこ行ってたの？」

この服を見ればわかるだろ、と内心思いながら「葬式」と短く答える。

「しーやん、今、何しているの？」

矢継ぎ早に聞いてくる。それも昔と変わらない。家の中に入ると、冴子が「ね、お塩まかなくていいの？」と言った。

「え？」

「お葬式から帰ってきて、塩まかないの？」

おれはしげしげと彼女の顔を見た。昔と変わらず、鼻の頭にそばかすが浮いている。歳を取るとシミに変わるというが、冴子のはまだそばかすに見えた。そして、「いい」と短く答えて首を振った。

「なんで？」

「もう、家に入っちゃったし」

「やーねー。しーやんて昔からいい加減だよね」

喪服の上着を脱いでハンガーにかけたり、手を洗ったりしている間、冴子はうちの家の居間の真ん中あたりに所在なげに立っていた。

「しーやん、奥さんは？」

「三年前に死んだ。知らなかったか？」

「うん。いや……聞いたかもしれない」

たぶん、嘘だ。冴子はおれをいい加減だと言うが、自分だってかなりのものなのだ。聞いたそばから忘れてしまう。

「おれの奥さんがいるかどうかわからなかったのに、家に来たの？　いたらどうしてたんだよ」

冴子は肩をすくめて、笑った。

まあ、昔からそういうところがある女だった。

知り合ったのはきっかり二十《はたち》だ。

地元の成人式の日、終わったあと、高校時代の友達と二次会をした。そこに同級生の彼女としてやってきたのが、振り袖姿の冴子だった。

二次会と言っても、結構、大きな会場で開催されていて、ほとんど同窓会という感じだった。おれには当時、彼女がおらず、一人で参加していたが、彼女や彼氏を連れてきたやつらも数人いた。

当然、そういう時は自分の彼女や彼氏の面倒はみるべきだと思うが、冴子の彼氏はサッカー部の部長やクラス委員なんかもやってた人気者で、平気で彼女を置いてきぼりにして自分は他のクラスメートたちの中心になって騒いでいた。

冴子はぽつんとグラスを持って部屋の片隅にいた。

「大丈夫？」

自然に話しかけていた。

もしかしたら、つっけんどんに返されるかもしれない、と危惧していたが、彼女は自然に笑った。

「はい」

「こういうところで一人になって、不安じゃない？」

「まあ、慣れてるので」

苦笑していた。

「雄馬《ゆうま》、人気者だものね」

その恋人は長谷川《はせがわ》雄馬と言った。名前からして、人気者で男らしい。

「ねえ、雄馬とはどこで知り合ったの？」

「大学のサークルで」

「同じ大学？」

「いえ。私は女子大で。雄馬君は隣の大学で合同サークルなんです」

「なるほどねー」

別に人の彼女の面倒をみてやらなければならない義理なんてない。下手すると、変な誤解をされる恐れもある。もちろん、下心なんかなかった……と思う。

自分はお人好しだなあ、と思いつつなんとなく話していた。

振り袖姿が、まるで数年前の京都修学旅行で見た舞妓さんみたいだった。鮮やかな赤にも白にもピンクにも見える色の着物で、生地がぽってりしていたからかもしれない。他の女の子が着ている、ぺらぺらとした振り袖とは一線を画していた。それは総絞りという高価なものだったからだということを知ったのは、のちに、日本舞踊が趣味の女と付き合ったためだ。

彼女の父親は銀座のあたりにビルを持っていて、当時はとても羽振りがよく、一人娘の彼女をとにかくかわいがっていた、らしい。

話しているうちに、共通の友人がいることもわかった。

とはいえ、その日はそこまでだ。だって、向こうは学年一の人気者の彼女だったわけだから。

「じゃあ、しーやん、今、一人暮らしなの？」

花柄のワンピースのすそをもてあそびながら、冴子は言う。

「うん」

「彼女とかいないの？」

「いない」

「今、何してるの？」

また、最初の質問に戻った。

「去年、会社を定年になってから、人の紹介で違う会社で働いてる」

「再就職というやつだ」

「そう」

「しーやんが定年なんてねえ」

すると、冴子はこちらの顔をじーっと見つめた。

「本当だ。やっぱり老けたねえ」

「同い年じゃねえか」

「お互い、六十だもんねえ」

だけど、冴子はまだほっそりしているし、花柄のワンピースも似合うし、ばばあには見えない。ちゃぶ台の前に座ると、冴子もその向かいに座った。

「お茶でも飲むか」

「私、やるわ」

冴子はよっこいしょ、とちゃぶ台に手をついて立ち上がり、キッチンというより台所の言葉が似合うところに立つ。

「お茶っ葉は……」

「あ、だいたいわかる」

冴子は楽しげに話しながら、お茶を淹れてくれた。昔から、こういうことはこまめにやる女だった。料理もうまい。

しーやん、抹茶入り玄米茶なんだ、私もこれ好き、気が合うね、というか、昔から食べ物とかの好みは合ってたよね、このやかん使っていい？　しーやん、電気ケトル買えばいいのに、あれ、便利だよ、一瞬でお湯が沸くもん、高くないよ、二千円ぐらいで買えるのもあるよ、お茶碗はどこ？　あ、マグカップ派か……ねえ、しーやん、お腹へってない？

冴子の小鳥がさえずるような声を聞きながらおれはぼんやりする。

「もしかして、静夫さん？」

二回目に会ったのは六本木のディスコだった。

いわゆるダンスパーティというやつだ。

おれは会社員になっていた。ぱっとしない東京の大学でもそこそこの会社に入れた時代だったのだ。おれは在京の鉄道会社に就職した。入ってみたら、東大出以外は人間ではないというような社風で、いきなり、駅員としての講習を受けさせられ、数年間、地方の駅員勤務、切符切りをさせられた。と言っても、今の若い人にはわからないだろう。毎日、毎日、先輩に怒鳴られ、高飛車な客に怒鳴られ、社内には組合があってぎすぎすし、もう、やめようかなと思い詰めていたところで、本社勤務の辞令が下りた。

不思議なことに、本社の広報課に配属になった。もちろん、入社の時にプレスを希望部署には入れていたけど、行けるとはまったく思っていなかった。

本社とはいえ、派手な社風ではなかったが、あの頃は日本全体が妙に浮かれていた時代だった。そんな中、付き合いのある記者やマスコミの連中からもらったパーティ券だった。

「やっぱり、竹中静夫さんじゃん。元気？」

振り返ると、とさかのように前髪を立てて、身体に張り付くようなボディコンのスーツを着た冴子がいた。

「あ、冴子……さん？　雄馬の彼女の」

「もう別れたけどね」

彼女が笑うと青みピンクという当時大流行していたディオールの口紅色をした唇が、にゅーっと大きく広がった。正直、振り袖の方が似合うなあと思った。丸顔の冴子にはとさか前髪も、ボディコンも似合わない。

だけど、今風の女には見えた。

「別れたんだ」

「ねえ、ここ、うるさいから、外に出ない？」

耳元でそう怒鳴られて（怒鳴らないと聞こえないような音量だった）、どきっとした。

「友達と来てるんじゃないの？」

「そうだけど、ちょっと飽きちゃった」

彼女はぺろっと舌を出した。

こんな華やかなことは社会人になって初めてだった。

冴子は、友達の方に手を振って「もう帰るよ」と口をぱくぱくさせて伝えていた。だけど、その友達が、激しいライトの下で踊っている男女のどこの誰なのか、おれにはわからなかった。

「さあ、できました。冷蔵庫の中のもの、使ったよ」

歳だけはばばあの冴子が作ってくれたのは、小さめのジャガイモと人参がごろごろ入った、黄みがかったカレーだった。たぶん、ご飯は炊飯器の中で保温してあったものだろう。

彼女が台所でとんとんしている間、なんだか、カレーみたいな匂いしてるなあとは思っていたのだ。

「あっという間に作ったなあ」

「冷蔵庫の奥に、カレー粉があったから」

「そんなのあったのか？」

「奥さんが三年前に買ったんじゃない？」

「大丈夫かなあ」

それは賞味期限は大丈夫か、という意味だったけど、冴子は違う意味に捉えたようだった。

「大丈夫だよ！」

背中をどんと叩かれた。

「味見したけどちゃんとおいしいよ」

冴子の料理にはぜんぜん不安を覚えてはいなかった。彼女が持ってきたスプーンで一口すくって頰張る。

「あ、ほんとだ。おいしい」

カレーにはジャガイモ、人参、玉ねぎ、そしてよくわからない野菜がさいの目に切られて入っており……それだけではない、何か、細切れの肉が入っていた。

「冷蔵庫に肉なんかあった？」

「なかった。だから、棚にあったコンビーフ使ったよ」

「あ、あれ、使っちゃったのか……」

お歳暮に取引先からもらった国産のコンビーフだ。いつか、晩酌の時にでもつまみにしようかと思って楽しみに取って置いたものだ。

「悪かった？」

冴子が笑う。

「いや、ぜんぜん」

冴子の料理の方が嬉《うれ》しい。

「これ、どうやって作ったの？　なんか懐かしい味がする」

「冷蔵庫の中の野菜を一センチ角に切ってね、適当に炒めて、小麦粉とカレー粉を同量入れて炒めて、水を入れて煮て、最後にコンビーフを入れて」

「それだけ？」

「それだけ」

「カレーって、カレールーなしでも簡単に作れるんだな」

冴子は自分も口をもぐもぐ動かしながら言った。

「これは昔、おばあちゃんに教えてもらったカレーだよ」

あ、思い出した。

前も、冴子にカレーを作ってもらったのを。

「これは昔、おばあちゃんに教えてもらったカレーだよ」

あの頃、自分は会社の寮に住んでいた。寮と言っても、普通のワンルームマンション一棟を会社が借り上げて若い社員に貸し出しているタイプの寮だ。住人は同じ会社の人間だったが、あまり交流はなく、気楽だった。

六本木のディスコで再会した冴子とはすぐにお互いの家を行き来する仲になった。

彼女はその頃、代々木上原にある、親が税金対策のために買ったマンションに住んでいた。おれの部屋に毛の生えたような、キッチンだけは別の小さな物件だ。

彼女は確か、霞が関のあたりにある不動産会社で事務兼営業補佐をやっていた。それもまた、親父さんのコネで入った会社だ。給料は二十万くらいだったんじゃないだろうか。だけど家賃がかからないからすべてお小遣いにし、予定のない週末は都内の実家に帰って母親が作ったご飯を食べて、お惣菜をもらって帰る。そんな親がかりの生活でも、いつもお金がないと嘆いていた。毎月、四、五万もするボディコンのスーツやらワンピースやらを買っていたんだから当然だ。

良くも悪くも、彼女は親の力を借りまくって生きていた。今ならそんなの本当の自立じゃない、甘ったれだとか言われそうだが、当時はそんな女の子は東京にいっぱいいた。むしろ、親に言われた通りの仕事をし、実家にも顔を出す、「いいお嬢さん」と思われていたかもしれない。

「おいしい」

「そう？　しーやんの冷蔵庫、なんにもないんだもん、これくらいしかできなかった」

「カレー粉は？」

「途中で買ってきた」

「冴子はカレールー使わないの？」

「使うけど、時々、こういうの、食べたくなるんだよね」

「……今夜、泊まってく？」

できるだけさりげなく尋ねたつもりだったけど、冴子の手はピタリと止まった。

数ヶ月、お互いの家を行き来していたけど、実を言うと、おれたちはまだ「してなかった」。

その日も冴子は体に張り付くような、明るいピンクのボディコンのワンピースを着て、トサカではない、ワンレングスの長い髪を背中に垂らしていた。おれの家にいる時は前髪を立たせない。

そんなヌードに見えるような服を着ていても、冴子の貞操は固く、キスと胸を触ることだけは許してくれても、その下はダメだった。

「明日、休みでしょ。『ツイン・ピークス』のビデオ、全巻借りてきたんだよ。一緒に観ようよ」

少し前に放送されて、大流行した海外ドラマの名前を挙げた。冴子もおれもまだ観ていなかったのだ。すぐに拒否されても仕方ないと思っていた。というか、断られる前提で話していた。ところがその日は違った。

「……あれ、全部で何時間あったっけ？」

冴子はすぐには否定せず、質問してきたのだ。あまりの驚きに、それだけでおれの胸は突然、早鐘を打ち始めた。

「三十回分ある」

「え。三十時間ってこと？」

「いや、一話、四十分か五十分ぐらいだからもう少し短いと思うけど」

「だけど、ほとんど、一時間じゃん」

「うん……」

冴子はカレーを食べ始めた。

「ちょっと観たいかも」

カレーをもぐもぐしながら言った。

「本当に？」

「……皆、すごくおもしろいって言うから……」

「だよね」

「明日は、実家に行くつもりだったんだけど……」

「うん」

「ママに行けないって連絡するわ」

おれらはその夜、初めて結ばれた。冴子は初めてだった。

いや、たぶん、初めてだったと思う。

「……あたし、結婚する人としかしないんだよ」

ローラ・パーマーの「世界一美しい死体」が出てきたところくらいから、夢中になってしまって、本当の目的を忘れそうになったくらい、ドラマはおもしろかったけど、六回分を観て、さすがに疲れてきたところで自然にキスが始まり、下の方に手を伸ばしたところでそう言われた。

「うん、わかってる」

おれは頭の中が真っ白になりながら答えた。

「もちろん、そのつもりだから」

「結婚するってこと？　本当に？」

「うん」

冴子はおれがそれまで付き合った中で一番美人で、一番お嬢さんで、一番お金持ちで、一番性格もかわいくて……一見、派手に見えるけど、本当はとても貞淑な一面を持っていて、料理もできた。正直、かなり参っていた。彼女とセックスできるなら、おれはその時、悪魔に人生を売り渡すくらいしたかもしれない。だったら、結婚くらい、どうということもない。

「嬉しい」

冴子が微笑《ほほえ》んだ。たぶん、そのあともその前も、あんなにかわいかった顔を見たことはない。

「だけど、許してくれるかなあ、冴子のお父さんとかお母さん」

「許してくれるよ。だって、しーやん、一流鉄道会社の社員じゃん」

「一流じゃないよ」

「東京に電車走ってるじゃん。しーやんの会社の電車見るたびに、あたし、嬉しくなる」

「給料安いよ」

「そんなに気にしない」

だろうな、とおれは内心思った。彼女の親はたぶん、結婚と同時にマンションを買ってくれるだろう。そのくらいの打算はおれにもあった。

「親に会ってくれる？」

「もちろん」

だけど、その日が来ることは決してないことを、その時のおれたちがわかるはずもなかった。


「この家、しーやんの家？」

冴子は築五十年以上の古い木造家屋を見回した。

「他人の家に住んでどうする」

「そういう意味じゃなくて、持ち家かってこと」

「うん、買ったんだよ」

「いつ？」

「十年ぐらい前かなあ」

答えながら思い出した。そうだ、この家を買ったのは冴子と最後に会ったすぐあとだった。

「すごいじゃん」

「安い家だよ」

一階に二間と台所、トイレ、風呂があり、二階に二間と小さなベランダがある。ほぼ同じ造りの家が五軒、並んで建っている。

十年前でも五百万くらいだった。今は二、三百万くらいかもしれない。でも亡くなった妻、良子《りょうこ》と一緒に一生懸命、探して買った、思い出深い家だ。池袋まで四十分くらいで行けるし、近くにスーパーもコンビニもあるし、住みやすい場所だった。四十半ば過ぎて一緒になったおれたちにはふさわしい家のような気がした。

冴子がテレビをつけると、高校野球をやっていた。

「高校球児って、不思議な存在だよね」

「そう？」

「ずっと、かっこよくて憧れのお兄さんで……でも気がつくと、同じ高校生になっていて、すぐに年下になって……今じゃねえ、孫より年下かも」

「冴子、孫いるんだっけ」

「いるわけないじゃん。子供もいないのに。しーやんは？」

「死んだ妻の連れ子はいるけどな」

「今でも会うの？」

「いや、葬式と一周忌以来、会ってない」

「あれ？　三回忌は？」

「……向こうから連絡来なかった」

向こうにはその子供たちの父親……良子の前の旦那もいて、きっと彼らにはそっちの家族の方が大切なんだろうと察することにした。だから、こちらからはあえて、連絡しなかった。葬式も一周忌も気まずい雰囲気だったし。

十年も住んだのに、良子とおれは本当の家族とは認められなかったのかもしれない。

カレーを食べて、高校野球を観ているうちに眠ってしまった。

目が覚めると、日が落ちていて、小さな猫の額ほどの庭から虫の声がしていた。

とんとんとんとん、とまた台所で音がしている。おれの身体にはタオルケットがかかっていた。

久しぶりに思い出した。人と一緒に住んでいる感覚を。

「……しーやん、起きたの？」

「う」

もしかしたら、目が覚めた時、冴子は消えているんじゃないかと思っていたけど、ちゃんといた。

「あのさあ、ちょっとスーパーに行ってきてくれない？」

冴子はおずおずと言った。彼女は昔から、一見、派手そうに見えても、男に家事を頼むようなことはできない女だった。若作りでも、そういうところは六十の年齢相応だ。

「スーパー？」

「うん。夕飯の材料で買ってきてほしいものがあるのよ」

「いいよ」

よっこいしょ、と起きた。最近はこういう声をかけないと起き上がれない。

食卓の上に、すでにメモがのっていた。牛肉薄切り、茄子、竹の子、しめじ……結構長いリストだ。

テレビはすでに、夕方のニュースをやっていた。

「しーやんが材料、買ってきてくれたら、すぐできるから」

了解了解、といいながら、ポロシャツとスラックスに着替え、エコバッグを持って家を出た。

家に戻ると、炒めた玉ねぎのいい匂いがした。

「おまたせ。買ってきたよ」

エコバッグを渡すと、冴子はそれをのぞき込んだ。

「茄子、牛肉、鶏肉……うん、全部そろってるね」

「なんか手伝うことある？」

「ないよ。だって、しーやん、料理できないじゃん」

おれは食卓に座って、また、テレビをつけた。関東の身近なニュース番組をやっている。

「……今、一人暮らしなんでしょ。ご飯どうしてるの？」

「コンビニで買ってきたり……まあ、おれも味噌汁ぐらいはできるから」

「えー。しーやんが？　料理、できるようになったの？」

冴子は玉ねぎを炒めていた手を止めて、こちらを見た。本当に驚いているらしい。

「まあ、そのくらいはね」

本当はもう少しできる。味噌汁を作って、炊飯器でご飯を炊いて、ちょっとした炒めものを作るくらいは。

冴子と最後に会ってから、十年ぐらい経っているのだ。

良子も働いていたし、交代に作らないわけにはいかなかった。そして、死の直前に彼女は、一人になってしまうおれを心配して、さらに料理を教えた。

その時、ふっと気がついた。

あの頃、具合の悪い身体を押して、おれに必死に料理を教えたのは……おれが何度も何度も「そんなのいいよ。なんとかなるって。それに味噌汁とご飯ならできるし」と断っても、最後は怒るようにして教えたのは……他の女……特に冴子を家に入れたくなかったからじゃないか。

手が急に冷たくなった。

食卓の上にのっていた夕刊を手に取った。小刻みに震えている。

そうだったのか、良子。あの病身で、そんなことを考えていたのか。

でも今の、今日の冴子なら、良子も許してくれそうな気がする。

「……しーやんの奥さん、いろいろ料理してたんだね。圧力鍋もある。これ、使っちゃおう」

のんびりした冴子の声が聞こえてきて……気持ちが少し収まった。

「これでやると、すぐできるからね」

「あ、そう?」

おれは目をつぶる。

感情が思い出が……いろいろなことが波のように襲ってきて、くらっとめまいがした。これはいけない、と目をつぶった。どのくらい時間が経っただろう。

「はい、しーやん、できました」

おれはゆっくりと顔を上げて、冴子を見た。

「あ、ありがとう」

「どうしたの? しーやん、寝てたの?」

「いや、テレビを観ていた」

冴子が目の前に置いてくれた皿は……濃い茶色のカレーライスだった。スプーンも手渡してくれる。

「おいしそうだな」

あまり食欲はなかったが、そう言った。冴子も同じものを用意して、おれの前に座った。

「さあ」

彼女は微笑んだ。

「うん?」

「さあどうぞ。食べて」

おれは小さくため息をついて、スプーンを茶色のところに突っ込み、白飯と一緒に口に入れた。

「ものすごくおいしい……お店みたい」

お世辞でなくそう言った。

とろりとした奥深い味、辛さの奥の旨み、甘み。ちょっとした洋食屋やホテルのレストランで出されてもおかしくない味だ。時短のためか、薄切りの牛肉が使われている。だけど、煮込まれてないためか、肉そのものの旨みがちゃんと残っている。

なん匙《さじ》か食べ進めるうちに、おれは思い出した。そして、スプーンが自然に手から落ち、頭を抱えた。


消えた。

『ツイン・ピークス』を観た夜から何度か冴子と寝て、彼女は時々、結婚式の話（打ち掛けにするかウエディングドレスにするか、教会か神社か、というようなたあいもない話だ）をするようになって、来月は親と食事しようね、ということまで約束して……おれももうある程度覚悟を決めて、彼女と結婚するつもりだったのに……消えた。

冴子が消えてしまった。

正確には、冴子とその両親、一家全員がいなくなったのだった。

当時、携帯電話は金持ちやその手の商売をしている人が持つもので、一般的ではなかった。冴子に連絡する時は夜や休日なら彼女のマンションの固定電話、平日昼間なら会社に電話をかけていた。

自宅の電話がまずつながらなくなった。彼女の番号は覚えていたのでそらでダイヤルをプッシュできたが、「おかけになった電話番号は……」と女性の声で言われた。

あれ、間違えたかな？　と番号を確認してかけ直した。が、やっぱりつながらなかった。何かの間違いだろうと思ったし、電話料金を振り込み忘れたとか、口座にお金がなくて引き落とされなかったとか（いつも服や靴にばかりお金を使ってしまう冴子にはめずらしくなかった）そんなことだろうと思ったのだ。

翌日、会社に電話をかけた。

「玉村冴子さんですか……あー、やめました」

「え？」

言われたことの衝撃より、次の瞬間に電話ががちゃんと切れたことの方が驚いた。

前にも言った通り、冴子は親父さんの友達が経営する不動産会社に勤めていた。親父さんもまた、不動産会社を経営していて、その後輩というか、その子分というか、親父さんの会社で修業し、一から鍛え上げられた人が作った会社だ。のれん分けのような、親父支社のような感じだったらしい。

生き馬の目を抜くような業界で、自分のやり方は人に教えないような輩が多いのに、冴子の親父さんは面倒見がよく、慕われていた。親父さんには頭が上がらないよ……それが口癖の社長の下でぬくぬくと仕事をしていた冴子。そんな状況でも偉ぶることもないから、会社でも皆と仲がいい、まるで家族のような会社だ、とよく言っていた。冴子じゃない人が電話に出た時も、おれの名前を知っているのか、「今、出かけてますよ。社長のお使いで銀座の和光に行ってます」と言われたり、くすくす笑われたりしていた。それがあんなふうにがちゃんと切られるなんて……だいたい、あの会社はしつけが厳しいから、たとえ、相手がセールスだったとしてもそこまでそっけない対応はしないはずだ。

おれはもう一度電話をかけた。

「……すみません。玉村冴子……」

「だから、いません。やめました」

また、切られそうになる前に言った。

「すみません！　冴子の彼氏の竹中静夫です！　家の電話もつながらないし、どうしても連絡が取れなくて。冴子、どこに行ったんですか」

するとしばらく相手は黙ったあと、まわりに気を遣うような小声で「……私はよく知りませんが、お父様の会社が倒産したみたいです……」と言った。そして、おれがまた尋ねる前に、がちゃんと切れた。

倒産？　いったい、どういうことなんだろう。頭の中がぐるぐると回った。

もちろん、自宅のマンションまで行ったけど、鍵は固く閉じられたままだった。ポストに手紙を入れておいたけど、もちろん、返事はなかった。

冴子の実家は松濤《しょうとう》の一角にある一軒家だった。一度だけ、渋谷にタクシーで向かう時、「うち、ここだよ」と親指で示されたことがある。そう大きくはなかったが、レンガの高い塀に囲まれ、一階は車庫になっている要塞のような家だ。

記憶を頼りにその場所にも行ってみたけど、表札は外されていたし、門はさらに固く閉じられていて、何度チャイムを鳴らしても、誰も出てこなかった。

まだ社会人数年目の自分にはそれ以上、できることはなかった。

本当に冴子は……正確には、冴子の一家は、消えてしまった。

彼女が消えて一年ほど経った日の深夜、突然、電話がかかってきた。おれはすでに寝ていて、真夜中の電話に飛び起きた。

「もしもし？」

「……あたし……冴子」

急に頭がはっきりした。

「冴子！　今、どこ！」

「……今から、行く」

「え？」

「なんで、あんな時に?」

「今から行くから」

「本当?」

「うん……何か作ろうか、食べたいものある?」

なんであんなこと、冴子は訊いたんだろうか。あんな時に。おれの部屋に来る時はいつもそういう会話をしていたから、自然に出たのかもしれない。

「……カレー」

それもまた、なんでそんなことを言ったのか、わからない。前もよく、この部屋でカレーを作ってくれたからかもしれない。

それから三十分後、ドアのチャイムが鳴って、開けると冴子が立っていた。

彼女の見た目はがらりと変わっていた。

いや、何が変わっていた、というのは、男のおれにはうまく説明できない。

ボディコン、長髪というのは同じなのだ。だけど、それは前より微妙に丈が短く、微妙に胸が開いていて、微妙に生地が薄く安っぽかった。髪はストレートだったのが茶色く染めてソバージュにしていた。これまでそれだけは父親が嫌がるから、と塗っていなかった爪も赤く塗っていた。そして、口紅が青みピンクから赤くなっていた。

たぶん、それ以外にもどこか違うところがあるのだろう。だけど、おれが言葉で説明できるのはそれくらいだ。

ただ、顔……表情がこれまでとはがらりと違っていた。きれいに整った顔立ちながら、子供っぽいところもあって、でも勝ち気で、芯のところに上品さがある……あの顔が……なんだか、唇の端がゆがんでいた。

一言で言うと、場末の女、安っぽい女に見えた。

「冴子……」

おれは立ち尽くした。そのおれを押しのけるようにして、彼女は部屋の中に入った。

「あ……」

「誰にも見られたくないから」

冴子はそのままキッチンに立つと、すぐにカレーを作り始めた。エプロンも着けずに……。

おれはただ、その後ろ姿を見るしかなかった。カレーなんていいよ、口元までその言葉が出掛かっていたけど、なぜだか言えなかった。言ってしまったら……今、ここに冴子を存在させている何かが、すべて消えてしまいそうな気がした。カレーを煮込み始めてやっと彼女はおれの前に座った。

「……どうしてたの？」

やっぱり、それしか訊けなかった。

「……パパの会社が倒産して」

「知ってる」

バブルがはじけそうになる少し前、気配を察してほんの少し値下がりし始めた物件に親父さんは手を出してしまったのだった。

「一つ、不渡りが出たら、銀行がすべて資金を回収し始めて……」

貸金業法がない時代だ。借金の回収に、違法な方法やヤクザの取り立てを平気で使っていた。

「お父さんやお母さんは？」

「一緒に逃げられないから、お父さんとはすぐに別れた。お母さんとも半年前くらいに。そのあと、連絡は取ってない」

冴子の口からぽつぽつ語られる話は信じられないようなものばかりだった。

「二人とも、今、生きてるかどうか」

今、何してるの、とは最後まで訊けなかった。怖かった。

カレーが煮上がった。食欲はまるでなかったが、おれは無理やり食べた。食べないと申し訳ない気がしたからだ。

この状況で作ったのに、カレーの味は濃く、奥深かった。辛さの奥にちゃんと甘みがあって、薄切り牛肉の旨みが残っていた。

「ママがね」

「え？」

「今、働いているところのママがね、ビーフカレーが上手で、店の看板料理なの。作り方を教えてもらったんだ」

「そうか……」

「あ、今、働いてるところじゃないか」

冴子は自嘲《じちょう》気味にふっと笑った。それがその日の最初で最後の笑顔だった。

「さっきまで働いていたところ、か」

「え？」

「店の厨房で洗い物をしてたら、店にあやしい男が来てるってママが教えてくれたから、そのままバッグだけつかんで裏口から逃げてきた。事情は話してあったから」

「ええ？　大丈夫なの？　冴子」

「ママが一万円握らせてくれたから、大丈夫」

いや、そういう意味じゃないんだが。

「これからきゅ……いや、言わない方がいいね。万が一、誰かに訊かれたら困るでしょ。別の都市に行くつもり。途中で東京を通ったから、あなたに会いたくなって」

おれは心の中で、冴子、おれと結婚しよう、苗字を変えたら逃げられるかもしれない、いや、おれがお前を守るから、と言ってた。

だけど、最後まで声に出しては言えなかった。

カレーを食べ終わると、おれは彼女を抱きしめ、キスをした。もちろん、カレーの味と匂いのするキスだった。

明け方、冴子は出て行った。

あたしのことは忘れて、というのが最後の言葉だった。

おれができたのは、その時家にあった金をすべて彼女に渡すことだけだった。


「この人、最近、人気あるよねえ」

気がついたら、冴子がテレビで若手芸人を観ながらケタケタ笑っていた。NHKから民放のバラエティーにチャンネルを替えたらしい。

大丈夫か、と訊きそうになって口をつぐんだ。

あれはもう、三十年以上、前の話だ。

冴子がどこかに行ってしまって六年後、おれは会社の後輩の、三歳年下の女の子、尚《なお》美《み》と結婚し、家族用の会社の社宅に住んだ。彼女はしばらく同じ会社で働いたあと退職し、近所のスーパーでパートしながら主婦をした。どうせ働くなら、そのままでいいようなものだが、当時はまだ、結婚したら退職という雰囲気が残っている時代だった。

穏やかで静かな結婚生活だった。正直、尚美はそうかわいいとかいわれる人ではなかった。ちょっと鼻が低すぎ、唇は大きすぎた。でも、いい子だった。

おれは営業の部署に移り、日本中を出張でまわることになった。

そして、また、再会したのだ。冴子と。博多で。

「しーやん、この家、いいねえ」

夕飯を食べ終わった頃から、庭側のガラス戸を開けるといい風が入ってきた。

おれと冴子は寝っ転がりながら、今度はプロ野球を観た。

最近はNHKでも民放でも野球をやらなくなったが、おれはひいきのベイスターズの試合だけは全部観られる動画サービスを契約していて、毎晩、楽しんでいる。

これだけが今、唯一の贅沢かもしれない。

風下にいるのに、冴子の匂いはまるでしなかった。昔は濃すぎるくらい、香水をつけていたり、香りの強いシャンプーを使っていたのに、今はしないのか。それとも別の理由があるのか。

「古いし、庭も小さいけど」

「それはよけいだろ」

「……ねえ、お布団、いくつあるの？　あたしの分、ある？」

もう、そんな質問にドキドキするような歳ではなくなってる。泊まっていく気、らしい。

「ちゃんとある」

「それ、奥さんのお布団じゃないよね」

「違う」

良子が生きていた頃は、義母が泊まりに来たり、娘や息子たちが来たりしていたから、布団だけはある。たいして整理はしてないが、季節ごとに干すくらいはしてる。

気がつくと、冴子は寝てしまっていたので、タオルケットをかけてやった。隣の部屋とテレビのある居間に別々に布団を敷いた。

「……しーやん？」

おれの気配に気づいたのか、冴子がつぶやいた。

「ごめん、起こしたか。布団敷いたから、寝たら？」

「……違う」

「何が」

「しーやん、あたしたち、なんで結婚しなかったんだろうね？」

暗闇に冴子の声が放たれた。

しーやん、あたしたち、なんで結婚しなかったんだろうね？

「しーやん？」

肩を叩かれて振り返ると、そこに着飾った冴子がいた。

博多のラウンジ……ホテルとかのラウンジではなく、女のいるラウンジだ。取引先の社長に「とっておきの店がある」と言われて連れて行かれた店だった。

八年ぶりに会った冴子は……復活していた。そう、復活としか言えないような姿だった。もしかしたら、最初に会った二十の時より、次に会って付き合った二十六の時より、最後に会った二十七の時より……ずっときれいになっていたかもしれない。場末の女感は消えて、妖艶でお金持ちで、でも素性のわからない女。

「あれはこれ」

連れて行ってくれた社長が指で頬をなぞった。

「の女だっていう噂もあります」

ヤクザ関係の女、ということだろうか。

「本当に？」

「なんでも彼女が東京で借金こさえて博多に逃げてきた時に、これが話をつけたとか、全部ちゃらにさせた、とか。そういう話です」

「え、じゃあ、やばい店なんじゃないの？」

思わず言った。冴子の店なら大丈夫だということはわかっていたが、今、彼女がやばい男と一緒にいる、それも自分には絶対できなかったことをした男と……という話を聞いていい気はしなかった。

「いや、大丈夫です。元これ、ということで今は経済ヤクザです」

「どっちにしろ、やばいじゃないの」

おれがトイレに行って、そこから出てくると、冴子が熱いおしぼりを持って立っていた。

「今夜、どこに泊まっているの？」

おれが出張で使うビジネスホテルの名前と部屋番号を言うと、冴子は小さくうなずいた。夜中の二時に、ホテルのドアが小さくノックされ、開くと冴子がするりと入ってきた。

「……よく入れたな。ここビジネスホテルなのに」

「ここのホテルの別の部屋を取った。で、ここに来た」

「……そうか」

冴子は何も言わず、おれに抱きついてきた。

結婚してるのも、今何してるのも何もなく、おれたちはベッドになだれ込んだ。ことが終わったあと、冴子は尋ねた。

「……博多には、どのくらいくるの？」

「月一くらいかな」

「その時は連絡して」

「……ちょっと聞いたんだけど」

「何？」

「冴子の旦那、ヤクザだって……」

彼女は低く笑った。

「違うよ。不動産屋」

「元ヤクザでもなくて？」

「違う、違う。ヤクザっぽく見えるけど、ずっとかたぎの人」

「そうか」

「あの人のおかげで、あたし、自由になれた。親も呼び寄せられたの。父も母も病院で死ぬことができた。感謝してるの」

「よかった」

それは芯から出た言葉だった。

「八十だけどね」

「え？」

「夫。八十のおじいちゃんだけど。でも、優しいんだ」

「結婚してるの？」

「籍は入れてない。おじいちゃんの息子とか孫とかが反対して、財産がどうとか、こうとか……まあ、どっちでもいいんだけどね」

そんな話だけして、おれのことは聞かずに、冴子は身支度をして出て行った。

あの町で、いや、あの数年の間に、おれたちは何回寝ただろう。どれだけのキスを交わしただろう。最初は月一回の情事だったけど、それだけでは飽き足らず、おれは何かと理由をつけては福岡出張を組み、そのうち、冴子も東京に来るようになった。会うのはほとんどホテルの部屋で、一度会うと、お互い精根が尽きるまで、何度も何度も、した。

「離婚して欲しい」

そういうことを彼女が言い出すまで、時間はかからなかった。

どういうルートで手に入れたのか、彼女は尚美の写真を手に入れ、パート先に顔を見に行った。

「……あんなブスとしーやんが結婚してるって耐えられない」

あの頃、たぶん、おれも冴子も頭が狂っていたんだと思う。

「離婚して。そして、あたしと結婚して」

「……考えとくよ」

だけど、なかなか離婚をしないおれにいらだって、冴子は離れていった。


翌朝、目が覚めると、またカレーの匂いがした。

「おはよ、しーやん。いや、もう、お昼か」

冴子が食卓に並べていたのは、どんぶり……カレーうどんだった。壁の時計を見ると、もう十一時半になっていた。

「昨日の残りのカレーで作ったのよ。ちょっとカレーが残った鍋に、めんつゆを洗うように入れてさ、片栗粉でとろみをつけるとちょうどカレーうどんのつゆにいいの」

そこには見慣れないものがのっていた。

「これ……お揚げ？」

「そう！」

甘く煮てある大きなお揚げがカレーうどんの上にどてっと横たわっていた。

「食べてみて。カレーうどんに合って、おいしいよ」

おそるおそる、まずカレーうどんを食べる。確かにおいしい。だしとカレーが合わさった、甘めのカレーだ。さらに、きつねをちぎって、カレーうどんとともに口に入れる。

「おいしい！」

思わず叫んでしまった。甘くて柔らかいお揚げが、カレーによく合う。

「この組み合わせ、初めて食べたけど、おいしいね」

「でしょ。カレーうどんにお揚げのせるの、好物なんだ。パパちゃんに教えてもらったの」

思わず、手が止まった。

パパちゃん、というのは冴子の、事実婚の夫。博多のじいさんのことだ。

「パパちゃん、昔、関西で働いてたことがあって、このお揚げのせカレーうどんが大好物だった」

「そうか……」

おれはまた箸を取った。冴子にとってはどうということのない、思い出なのかもしれない。

「ねえ、なんで、あの時、結婚してくれなかったの？　どうして離婚してくれなかったおれはまた、箸が止まった。

「あなた、竹中静夫さんって言うんですってね」

あの小さな老人と会った日のことは忘れられない。

彼は会社の方に電話をかけてきた。

「……楠茂雄《くすのきしげお》といいます……」

かさついた老人の声が耳に響いた。存じ上げません、と切りそうになった。

「家内がお世話になっているそうで……あなた、会社では今」

彼は正確に自分の部署と役職名、座っている机があるビルの階を言った。それから、自宅の住所、尚美の勤めているスーパーの名前……なんだか、ぞっとした。きっとすべてを知られているのだと思った。

彼が指定した帝国ホテルの喫茶店で、会社が終わってから待ち合わせをした。

「こちらは騒ぎ立てるつもりはありません」

彼は薄い灰色の麻のスーツを着て、杖を持っていた。脇に屈強で、黒いスーツにサングラスをかけた男が一人、ついていた。楠が耳元でささやくと、彼は隣のテーブルに移った。

「冴子は若いし、まあ、娘のようなものです。正式な夫婦なわけでもない」

もしも、楠に何か言われたら、返そうと思っていた言葉を言われ、何も言えなくなってしまった。

「ただ、こちらもあの子を自由にするためには、かなりの金も使ったし、人脈も使いました。いわゆる、貸しというものを。金では解決できない、人間の関係、それが貸しを作るということです。それをいろいろやりました。簡単にできることではなかったんです。若い妻が浮気をしているのを、このまま手をこまねいて見ているわけにもいきません」

「……すみません」思わず、頭を下げた。

老人はコーヒーをすすり、ため息をついた。

「さて。こちらとしてはあなたが手を引いてくだされば、特に何もしません。冴子にも奥様にも」

なんだか、すべてにおいて現実離れした話で、おれのような一介のサラリーマンが太刀打ちできることではなかった。そして……おれにとって、その時の妻もまだ、大切な相手ではあった。冴子に対するような燃え上がる恋愛感情のようなものはなくても、でも、傷つけたくはなかった。

「わかってくれますね」

「……冴子とは……別れたらいいんですか」

「いいえ。そうじゃありません」

老人は首を振った。おれは驚いて彼を見つめた。

「冴子の方が自然にあなたに飽きるまで付き合ってください。あれは結構、古風な女です。あなたが奥さんとのらりくらりと別れないということがわかれば、自然に愛想を尽かすはずです。私と会ったことは絶対に悟られないこと。わかりましたか」

「……はい」

「もしも、こちらのせいで冴子があなたと別れなければならなくなったと思われたりしたら……」

「したら？」

彼は微笑んだ。

「あなたからすべてを奪う」

まるで映画の中のような言葉だったが、嘘のようには思えなかった。おれが頭を下げている間に、彼は頑強なおつきを従えて帰って行った。

居間の薄型テレビでは高校野球がまた始まっていた。

それを観ながら、もういいだろうと思って、おれはすべてを話した。昔、楠のじじいが言ったこと、すべてを。彼が死んで、もう二十年以上は経っているはずだ。

「関係ない」

冴子は全部を聞いたあとも、ただ、首を振っただけだった。

「関係ない？　どういうこと？」

「あのおじいちゃんが何を言っても関係ない。あなたは結局、奥さんを選んだということでしょう」

「え？」

「本当に、あたしのことの方が好きなら、すべてを捨てて、結婚してくれたはずよ」

まるで少女のようなことを言う、とおれは思った。でも、冴子の言うこともわかるのだ。

一時の感情のことだけを言うなら、確かにあの時期、ベッドの上での瞬間、おれは冴子を愛していただろう。だけど、やっぱり、尚美のことは大切にしていた。毎日の食事、毎日のおしゃべり、毎日の微笑み、毎日テレビを観たりしながら話したたわいもないこと、パートをしながら、自分の身の回りを整えてくれたこと、朝になれば朝食ができていて、靴が磨かれていること。

そんなことをすべて、おれは愛していた。否定はできなかった。

おれは冴子にうまく言葉を返せなくて黙った。すると、冴子は急に声を張り上げて泣き出した。

「あたしはあなたが逃げて欲しいと言ってくれたら、何もかも捨てて逃げたのに！　いつも一番愛していたのに！　なんだってしたのに！」

そして、おれの背中を叩いた。泣きながら叩いた。おれは抵抗しなかった。

だって、尚美ともあのあと、数年で別れたのだ。

彼女の方の浮気だった。高校の同級生と同窓会で出会って、一緒になった。それを打ち明けられた時、彼女も泣きながら言った。

だって、あなただって浮気してたでしょ、私を愛してくれてなかったでしょ、いつも別の女のことを考えているじゃない、と。

おれはどこまでも中途半端な人間だった。

「そうは言うけど、次に会った時、冴子は別れてくれなかったじゃないか」

隣の家に聞こえるのではないかと、ちょっと心配するほど、冴子は叫んで泣いて泣いて、そして、疲れたのか眠ってしまった。おれはちゃぶ台の脇に寝っ転がっている冴子に、タオルケットをまたかけた。


四十代半ばに、おれと冴子はまた出会った。楠のじじいはもう死んでおり、冴子は東京に戻ってきていた。

あれはやっぱり、こんなふうに暑い、ある夏の日……おれは当時、大阪支社に課長として転勤していて、部署の有志で行われた温泉旅行会で城崎温泉に行った。

夜九時から花火が上がるから見に行ったらいかがですか、五分くらいのものですが、と宿の女将《おかみ》に勧められて、それなら外湯に入って、そのあとにでも見ようと部下の高坂《こうさか》を誘った。街の真ん中を川が通り、そこにかけられた橋が一番眺めがいいとも教えてもらった。

「課長はもう結婚しないんですかあ？」

おれと同じように東京からの転勤組である高坂は、外湯の露天風呂で遠慮のない口を利いた。彼はこちらに来てまだ数ヶ月で、周囲になじめていなかったから、おれはいつも気を配っていた。花火に誘ったのも、ともすると一人になってしまう彼を気遣ってのことだったが、こういうことを平気で言ってしまうところが、現地採用のプロパー職員たちに少し煙たがられているのだった。

ただ、自分自身はそう気にならない。むしろ、はっきり聞いてくれる方が気が楽だった。

「……別に、諦めてなんかないさ」

実は、当時、大学卒業後、関西で働いている同級生に、良子を紹介されたばかりだった。まだ、一、二回、二人で会っただけだったけど、彼女の穏やかな笑顔や聞き上手に徹してくれるところを気に入っていた。

「そうですかあ、意外だなあ。自分は結婚なんかは考えてないから」

「そうなの？　高坂は見た目もかっこいいし、若いし、初めから決めつけなくても」

「いや、そうじゃなくて、相手がいないとかじゃなくて、結婚とか面倒くさいんですよ。でも、親とか、友達とかうるさくて」

おれは湯の中で苦笑いした。

そんな話をしたあと、橋の上から彼と並んで花火を見ていたら、「うわあ、きれい」とはしゃぐ声がした。ふっと見たら、数人先に冴子がいた。隣に、楠とは違う、同年代の恰幅のよい男を連れていた。

どきり、とした。

「ちょっと、先に宿に帰るよ」

おれはとっさに高坂にささやいた。

「え？　どうしてですか？　まだ始まったばっかりだし、五分で終わりますよ」

「いや、ちょっと湯あたりなのかな、めまいがして」

しかし、あまりにも慌てていたからか、冴子に会ったショックからか、きびすを返して歩き始めたところで、本当にめまいが起きた。

「課長！　課長！　大丈夫ですか！」

おまえ、そんなに騒ぐな、叫ぶな、冴子に気がつかれるだろう……そう思いながら、高坂に腕をつかまれてなんとか立ち上がった。

「課長、大丈夫ですか……」

「大丈夫」

やっとそう言った時、自分のすぐ近くに冴子が立っているのに気がついた。

「しー……竹中さん、久しぶり」

「……久しぶりだね」

高坂が、必死に笑顔を作るおれと、冴子を交互に見ていた。

冴子の後ろに男がそっと寄り添った。彼女は振り返って「この人、竹中さん……高校時代の友達の友達」と説明した。

「今、どちらにお勤め?」

冴子が気取った声で尋ねた。

「大阪支社にいて」

おれが簡単に説明すると、なぜか高坂が「竹中さんは営業二課長です！　自分は課長の下で働いています」と引き取った。

話しているうちに、花火は終わっていた。

そのまま、橋の上で別れた。花火が終わると、おれのめまいも治っていた。

「きれいな人ですねえ」

高坂がつぶやいたことをはっきり憶えている。

城崎温泉で再会したあと、冴子は会社に電話をよこし、おれたちは大阪で会った。

彼女はホテルのラウンジを待ち合わせ場所に指定してきた。夏用の白いスーツを着てしっかりと化粧した彼女は、これから立候補を予定している女性議員の卵みたいに見えた。

「あの人、この間、一緒にいた人、すごいエリートなんだよね」

挨拶もそこそこに彼女は言った。

「東大出てて、ゼネコンの部長なの。駅前の大きなビルとか作ってるの」

「そうか。よかったな」

「あたしのことが好きで、結婚して欲しいってすぐに言われたんだ」

「よかったじゃないか」

すると、冴子は顔をふんっというように横に向けて、吐き出すように言った。

「だから、しーやんには邪魔して欲しくないの。あたしは幸せになるんだから」

思わず、笑ってしまった。

「邪魔なんてしてないじゃないか……よかったな、冴子。幸せになれよ」

「四十過ぎた女が、結婚してくれる相手を見つけるのだって大変なんだから……彼は二十代の女の子とだって結婚できるのに、あたしを選んでくれたんだから……」

「わかるよ、だから、幸せに……」

冴子はおれの言葉が終わらぬうちに、両手で顔を覆って泣き始めた。

「言われなくたって、あたしは幸せになるんだから……しーやんのことなんて放っておいて、幸せになるんだから……」

彼女は声を殺して泣き続け、おれはどうしていいのかわからなかった。

あの頃の冴子の決意は固く、いくら誘っても絶対におれと寝たりはしなかった。でも、なぜか、時々大阪に来てはおれを呼びだした。そして、同じようにホテルのラウンジに来ては、彼とどこに行ったか、どれだけ彼がエリートで、大きな仕事をしていて、頼りがいあるか、どんな場所で挙式をする計画を立てているか、そんなことを話し、最後には泣いた。

おれはずっとそれに付き合った。それがおれの、冴子に対する贖罪《しょくざい》だと思ったから。それは半年ほど続いただろうか。ベッドの中でのことなども克明に話してくれるようになって、さすがにおれも付き合いきれなくなった。

「……冴子、よくわかったよ。いい人じゃないか。早く結婚しちゃえよ。な。幸せになれ」

彼女は上目遣いに尋ねた。

「……しーやんは今、付き合ってる人、いるの？」

その時、初めて訊かれた。

「まあ、いるというか……会ってる人はいるよ」

おれは良子のことを説明した。

「なんでそういう人がいるのに、あたしと会うの？」

「冴子が呼び出すからだろう」

「呼んだって、来なければいいのに」

「そうだな。じゃあ、もうやめよう。冴子、本当に幸せになれよ」

冴子はまた、泣いた。

「どうして、しーやんは言ってくれないの？　あたしに」

「なんて」

「そんな男なんてやめて、おれのところに来いよって」

おれは大きくため息をついた。

「……言えないよ。だって、そう言ったからと言って、冴子は別れてくれるのか？」

冴子は涙でいっぱいの瞳で、おれをじっと見ていた。しばらくして、首を横に振った。

「だろう？　だったら、しょうがないじゃないか」

おれは冴子の頭をテーブル越しに引き寄せ、つむじのあたりにキスをした。

「冴子、本当に幸せになれよ」

そして、席を立った。


夕飯の時間になっても冴子が起きないので、おれは冷蔵庫をのぞいた。冴子に頼まれて買ってきた食材で最後に残っていたのは、鶏肉、竹の子、茄子、しめじ……そして、タイカレーの素。

そのパックの裏を見ながら、タイカレーを作った。

鍋から、エスニック料理のいい匂いがしてくると、冴子が起き出してきた。

「……しーやん、料理、できるんだね」

「まあ、このくらいなら。冴子、顔洗ってこいよ。ご飯にしよう」

「うん」

子供のように素直に、彼女は洗面所で顔を洗ってきた。

炊いたご飯に、タイカレーをかけて食べた。

「おいしい。しーやん、本当に、料理できるようになったんだ」

「何度言うんだよ。こんなの、味噌汁と手間は変わらないじゃないか」

おれは笑った。

「だって、昔はできなかったじゃん」

「まあねえ」

だからおれは説明した。良子と結婚して、料理を習ったあれこれを。

「……あたし、見逃しちゃったんだね」

「何を？」

「しーやんの人生。しーやんがだんだんおじさんになったり、出世したり、料理を習ったり、歳をとって、おじいちゃんになって……そういうのを。全部」

おれは黙って、スプーンを使った。

「ね、あたしたちがあの時、結婚してたら、どうなってたかな？」

あの時っていつだろう。おれは尋ねる勇気もない。

冴子は手を止めた。

「一緒にいたかったよ。人生をずっと一緒に歩きたかったよ。平凡でもいい、そういうしーやんを全部……タイカレー、どこで食べたのか、憶えてる？」

「もちろん。これを初めて食べたの、冴子とだったから」

大阪のタイ料理屋だ。一度だけ、ホテルのラウンジで会ったあと、冴子がお腹が空いたと言ったから、駅ビルのタイ料理屋で食事をしたのだ。

「しーやん、おいしい、おいしいって言って。あたし、こんなの簡単にできるんだよって」

「そうだっけ」

「あたしと結婚したら作ってあげたのに」

カレーを平らげたおれは、皿を持ってキッチンに立った。おかわりのカレーを皿に盛りながら言った。

自分の万感を込めて。

「そうだね、結婚したかった。冴子と結婚したかった。冴子が人生で、一番結婚したい相手だったよ」

恋、片思い、両思い、愛、婚約、浮気、略奪愛、裏切り、不倫、……おおよそ、恋愛に関することはすべてやった間柄だ。

結婚以外は。

そう、おれたちは一度も結婚しなかった。付き合った長さも、一緒にいた長さも、愛し合った長さも回数も、そして、たぶんその深さも、セックスの回数も、一生で一番、誰よりも多い相手だったけど、結婚だけはしなかったし、できなかった。おれ自身は二回も結婚したのに。たぶん、冴子は籍を入れてないのも数えたら三回。

「結婚、しようか」

振り返ると、もう誰もいなかった。

ただ、がらんとした台所に食卓があり、冴子がさっきまで食べていたタイカレー、半分だけ残ったそれがのっていた。

「冴子」

おれの声はむなしく、家の中に響いた。

そうか、冴子、それが聞きたかったか。

冴子の葬式から帰って来て、戸口に彼女が立っているのを見た時はびっくりした。でも、最後にもう一度会いたいと思っていたから、嬉しかった。

冴子は一人、ワンルームのマンションで死んでいたそうだ。少し前に別れたばかりだという、事実婚の男が葬式を取り仕切っていた。彼女の「お葬式に呼んで欲しいリスト」に、携帯番号があったと言われた。死因は聞かなかった。

おれは食卓に座った。

「冴子」

もう一度、声に出してみても、もう、彼女はいない。

おれはこれから、ずっと一人で生きていかなくてはいけないのか。

冴子なしの世界で。

そうだね、どこかで思ってたよ。いつか、きっと、一度くらいは一緒になる日がくるんじゃないかって。

だけど、ありがとう。

最後に出てきてくれて、ありがとう。

おれはまたスプーンを取ると、タイカレーを口に入れた。それは辛く、甘く、どこか奇抜で、おれと冴子の人生そのもののような味がした。

ガラケーレクイエム

宮島未奈

死んだと思ったガラケーが生きていた。

久しぶりに帰ってきた実家で衝撃の事実を知らされたわたしは、ダイニングテーブルに並んで座る両親を前に唖然《あぜん》とした。

「いやー、解約したつもりだったんだけど忘れてたみたい」

母は何がおかしいのかゲラゲラ笑っている。

「だからWeb明細にしちゃダメなんだ。有料でも紙の明細をもらったほうがよっぽど安くついたじゃないか」

父は味噌汁片手にブツブツ文句を言っている。

「ってことは、八年間、使いもしないガラケー代を払ってたってこと?」

わたしは思わずスマホを取り出し、電卓を立ち上げた。食事中にスマホを触るなって怒られそうだけど、今は緊急事態だ。ガラケー代が一ヵ月二千円として、2000×12×8=19万2千円。八年前からドルコスト平均法で積み立てていたらどれぐらいの含み益になっただろう。儲かったのはdocomoだけだ。

「前から『あなたのお持ちの携帯電話がまもなく使えなくなります』って手紙が来てたんだけど、全員に送ってるものだと思っていたのよ。まさか本当に契約してたなんて、ねぇ」

　八年前、わたしは大学に入学すると同時にガラケーからスマホに替えた。たしかそのとき新規で契約したら安くなるキャンペーンをやっていたので、番号ごと変えちゃえ！ということになり、スマホを新規契約してガラケーは解約した……はずだった。

「一応明日香《あすか》に言っておこうと思ったの。もう解約してもいいよね？」

「いや、ちょっと待って」

　生きているとわかったら、一応見てみたいものではないか。わたしは夕食を済ませると、二階の自室に上がった。

　スマホに替えるのと時期を同じくして、わたしは大学進学のため上京した。そのまま東京で暮らしていたのに、勉強机も本棚もほぼ八年前のままで、タイムスリップしたみたいな気分になる。

　勉強机の一番上の引き出しを開けると、二つ折りのガラケーが二台入っていた。オレンジのほうは中学に入ったときに初めて持った、一代目のガラケー。ライトピンクのほうは高校に入学したときに買ってもらった、二代目のガラケー。ジャラジャラつけていたはずのストラップはすでに外されている。

　二代目のほうを手にとってみる。軽くて、手のひらにしっくり収まる。今さらだけど、スマホは大きすぎるなって思う。

　開いて電源ボタンを長押ししたけれど、何も反応しない。八年も放置していたのだから、電池なんてとっくに切れている。下に降りて充電器はないかと尋ねると、百円ショップで買ったような黄緑色のプラスチックかごを差し出された。

「多分その中に入ってるよ」

かごには黒いケーブルがうねうねと収められている。その中からdocomoと書かれた充電器を探し出し、ガラケーの側面に差し込んだ。

コンセントに差したら一瞬の間をおいて、ガラケー本体のランプが灯った。ケーブルを通ってガラケーの中に血液が行き渡るかのようだ。昔もこんなふうに充電器をつなげたままメールチェックしたなと思いながら電源を入れる。スマホと比べるとずいぶん小さな画面にdocomoのロゴが表示され、仲のいい同級生と撮った写真が待ち受け画面に現れた。スマホで撮った写真と比べると明らかに画素数が少ないけれど、各人の顔は判別できる。わたしと桃香《ももか》とりんちゃんとみっちー。地元の夏まつりのときで、みんな浴衣を着ている。

写真と重なる形で日時と時計が表示されるはずなのに、データが残っていないのか、数字になるべき箇所がハイフンで表示されていた。

わたしは一番にワンセグを開いていた。NHKぐらいしかまともに映らなかったけれど、わたしにとってはそれこそが重要だった。高校二年のときに『あまちゃん』にハマって、毎日昼休みに見ていたのだ。種市《たねいち》先輩にキャーキャー言っていたのが懐かしい。機種が古すぎるようで、ワンセグの画面には「起動できません」と表示された。

八年も経っていればそんなものかもしれない。最初に持ったiPhoneだって、iOSの更新が打ち切られて使えなくなったアプリがいくつもある。

メールボックスを開いてみる。最後に届いたメールは八年前の二〇一五年三月のものだった。

そういえば、電波が悪いところにいた後、センター問い合わせでメールが届いていないかチェックするのが定番だった。届いていないことがほとんどだが、電波がつながらない間に好きな人からのメールが来てたらどうしようなんて思っていたものだ。

懐かしくなってセンター問い合わせをしてみたら、新規メールが一件届いた。

今さらわたしの昔のアドレスにあててメールを送ってくる人なんかいないだろうし、どうせ迷惑メールだろう。なんの期待もせずにメールを開くと、そこには「滝沢《たきざわ》葉月《はづき》」とかつての同級生の名前が表示されている。送信日時は二〇二一年二月五日。本文は〝お久しぶりです。明日香ちゃんに渡したいものがあります。よかったら連絡ください〟だった。

「え、それって普通にタッキーに連絡すればよくない？」

「そんな勇気ないから桃香に相談したの」

翌日、わたしは桃香の実家に突撃した。桃香は高校卒業後二年働いたのちに結婚し、すでに二人の子どもをもうけ、現在は三人目を妊娠中だ。近くのアパートに住んでいるが、昼間はほぼ実家で過ごしているらしい。

リビングの一角はキッズコーナーと化しており、四歳と二歳の子どもがキャッキャ言いながらアンパンマンのブロックを積み上げていた。

「さすがのあたしもタッキーの近況は知らないなぁ」

桃香はゴシップクイーンの異名を持つゴシップ好きで、小学校の頃から誰が誰を好きだとか嫌いだとかいう人間関係の調査に余念がなかった。隙を見せればあっという間に好きな人を暴かれてしまうので、思春期に差し掛かった頃には桃香と距離を置く同級生も少なくなかった。

それでも桃香はライフワークとばかりに情報収集に努めており、今でもＳＮＳやクチコミ等で同級生の近況を集めているらしい。

「だいたい、明日香ってタッキーと仲良かった？」

「全然」

わたしと桃香と滝沢は小中学校の同級生だ。高校はわたしと滝沢が同じ県立の進学校で、桃香は別の商業高校だった。

滝沢といえば、とにかく地味だったイメージだ。欠席していても、いないことに気付かないような女子。十二年同じ学校だったのに、とりたてて思い出がない。小学校の頃はそこそこ接点があった気がするが、中学高校と進むうちにほとんど話さなくなった。なぜメールアドレスを交換していたのかも記憶にない。渡したいものがあると言われても、まったく心当たりがなかった。

「それにしても懐かしいね〜、この待ち受け」

桃香がわたしのガラケーを手にとってボタンを押す。

「そうそう、この押し心地、スマホにはないよね」

桃香の子どもたちが寄ってきて「なにそれー」と興味を示す。

「スマホになる前の携帯電話だよ」

「ふーん」

子どもたちは一瞬で興味を失ったようで、タブレットで子ども向けの動画を見はじめた。

「だいたい、二年前のメールが届くことなんてあるの」

言われてみればそのとおりだ。

「サーバーに残ってたのかな」

「呪いのメールじゃん」

桃香がケラケラ笑う。

「タッキーへメール打ってみようよ。どうせ解約しちゃうんでしょ？」

もちろんそれが一番いいのはわかっている。だれかに背中を押してほしくて、桃香の家にやってきたのだ。

「そうだね」

わたしは滝沢のメールに返信を打ちはじめた。フリック入力に慣れているので連打するのが面倒だったが、指が操作を覚えている。

「久しぶりにガラケーの電源を入れたらタッキーのメールが届いているのに気付きました、これでどうかな」

「別にガラケーのこととか書かなくてよくない？」

桃香が画面を覗《のぞ》き込んで言う。

「たぶん、LINE知らないからメールしてきたんでしょ。明日香のスマホに届いてると思ってるよ」

「でも、それだと二年も放置してた理由がなくない？」

「まぁそうだけど……」

こんな調子でああでもないこうでもないと議論を戦わせていたが、そこまで力を入れる必要はないと気付き、

〝久しぶり～！　渡したいものってなにかな？〟

と、ごくシンプルな文面に着地した。

「送るよ？」

送信ボタンを押すと「Sending…」と書かれた画面に切り替わり、まもなく「送信完了しました」と表示された。

「返事来るかな」

わたしはほっと一息ついて、ガラケーを二つ折りにした。さっきまで気が重かったのに、滝沢からの返信が楽しみになっている。

「あたしもちょっとワクワクしてきたよ」

桃香が言った次の瞬間、サブディスプレイが光りだした。

「ウソでしょ？」

この一瞬で返信が来たのだろうか。慌てて画面を開いてみると、そこには英文のメールが表示されていた。

「そうだそうだ、こんなのあったね」

桃香が大笑いしている。メールアドレスが見当たりませんというエラーメールだ。メールアドレスを変えたとき、縁を切りたい相手には新しいメールアドレスを教えなかったことを思い出す。主な連絡手段がＬＩＮＥになっているせいで、エラーメールの存在をすっかり忘れていた。

「この三十分、完全に無駄だったね……」

わたしはがっかりした。

「せっかくだしタッキーの家に行ってみようか」

「ええっ？」

心情的な壁があるだけで、滝沢の実家を訪ねることはたやすい。田舎の公立小学校だったから、だれがどこに住んでいるのかだいたい知っている。滝沢の家はわたしと桃香が住んでいる地区から小学校を隔てて向こう側だが、距離にして一キロもないだろう。

「ウォーキングにもなるし、ちょうどいいよ。お母さん、ちょっと出かけてくるから、子どもたち見ててね」

「はーい」

別室にいた桃香の母が顔を出す。

「明日香ちゃん、大変だったねぇ。ゆっくり休んでね」

桃香から母に対する「余計なこと言うんじゃないよ」という空気をびしびし感じたが、ゴシップクイーンの母だもの、当然知ってるだろうと思っていた。

わたしたちは玄関を出て、滝沢の家に向かって歩き出す。

「明日香がうちに来るなんて、びっくりしたよ」

「まぁ、そうだろうね」

「あのとき、まさかネットで明日香の顔を見ることになるとは思わなかった」

わたしの勤めていた会社の不正が明るみに出て炎上したのが半年前のこと。それが引き金となって社長の不倫LINEまで流出し、テレビのワイドショーや週刊誌に取り上げられ、会社のイメージが一気に悪くなった。

わたしは不正にも不倫にも一切関係ないのに、ホームページの社員紹介に実名と顔写真入りで載っていたせいで、ネットでちょっとした有名人になってしまった。

騒ぎは一ヵ月もすれば落ち着いたものの、いろいろなことが嫌になってしまって、会社をやめてきのう実家に出戻ってきたのだった。

もちろん両親は会社が炎上したことを知っている。会社をやめて実家に身を寄せる話をしたときには「いつでも帰っておいで」と言ってくれた。その言葉に甘えて、東京のマンションを三月末の契約満了をもって引き払うことができた。

一方、両親はわたしがネットで「メモ帳眼鏡ネキ」と呼ばれていることまでは知らない。明らかな中傷でなくても、知らない人に個人情報を掘り起こされるのはたまらないストレスだった。社員紹介には四人の社員が載っていて、わたし以外の三人もいじられていたわけだが、それで「まぁいいか」とはならない。

幸いSNSでは実名を名乗っていなかったために特定されなかったが、大学時代に所属していたサークルとか、高校時代に作文コンクールで入賞したこととか、わたしの人生の断片が不特定多数にさらされていた。

「なんかね、リアルでわたしのこと知ってる人に会いたくなって。タッキーのことはちょうどいい口実だったの」

桃香はごく近所に住んでいて、わたしの母親とも親しい。母親を経由して「桃ちゃんの上の子があいさつしてくれて〜」など近況を聞かされていたので会いやすかった。

「思ったより元気そうで安心したよ」

「元気なさそうだったほうがゴシップ的にはおいしかったでしょ？」

「今でもそんなひねくれてるんだ。ウケる」

この感じ、懐かしいなと思う。桃香とは小二で同じクラスになって親しくなり、高学年になるにつれ疎遠になり、中三でまたそこそこ仲良くなった。ガラケーから番号を引き継がずにスマホに替えたときにも、桃香にはちゃんとＬＩＮＥの連絡先を伝えて交流を続けていた。

桃香からは時折「〇〇ちゃんが結婚した」とか「中学の窓ガラスが割られた」といったホットな地元情報がもたらされていたが、半年前からは連絡が来なくなっていた。

「わたしは桃香に失望したよ。ゴシップクイーンなら、わたしに根掘り葉掘り聞いてほしかった」

「いや、あたしも明日香の炎上騒ぎを見てちょっと反省したのよ。こんなやつらと同じようなことをしてきたんだなって」

きっとわたしの個人情報を見つけてネットに書き込んだ人たちはわたしのことなんて覚えていない。最初のうちはエゴサをしていたけれど、そんなことをしても傷口をえぐるだけだと気付いて見ないようにした。

「ほんと、明日香はたまたまその会社にいただけなのに、ひどいよね」

桃香は本心から怒ってくれているようで、目の奥が熱くなる感覚があった。会社の同僚から「大変だったね」と言われても、安全圏から見下されている感じが癪《しゃく》だった。社長や経営陣よりも、矢面《やおもて》に立っていない同期に対する腹立ちのほうが強かった。

「生きて帰ってきてくれてよかったよ」

正直、投げやりな気分になって死んじゃおうかなって思ったことは何度かある。だけどこうして両親や桃香に迎えてもらって、やっぱり生きててよかったって思えた。

「昔ここにうるさい犬がいたよね」

しんみりしたくなくて、話を変える。

「いたいた！　懐かしい」

この道はわたしと桃香が通っていた通学路だ。小学校と中学校は隣同士だから、九年間歩いた。石田《いしだ》さんちのうるさい犬は名物で、子どもが登下校している間ずっと吠えつづけていた。わたしが地元を離れているうちに他界したのだろう。

「このへん全部田んぼだったのに、アパートになっちゃったんだ」

小学校を通り過ぎ、広い通りから一本脇道を入ったところに住宅地がある。

「あったあった」

滝沢の家はこのあたりによくあるタイプの一戸建てだ。表札には「滝沢」と出ていて、郵便受けから中身がはみ出ることもなく、少なくとも家族の誰かが住んでいることがうかがえる。

桃香がためらいなくインターフォンを押すのを見て、さすがだと思う。ドキドキしながら呼び出し音を聞いていたが、応答のないまま鳴り止《や》んでしまった。

「いないっぽいね」

ちょっと安心している自分もいる。出てきたのが本人にしても家族にしても、今さら事情を説明するのは気まずい。

「この話はもう終わりでいいよ」

「えぇっ？　タッキーが何を渡したかったか、気にならない？」

まったく気にならないわけではないけれど、これ以上労力を割いて知りたいものでもない。どうしても渡したいものだったら、何度もメールしたり、それこそわたしの両親に接触したりといったアプローチをとるだろう。

だいたい、わたしがガラケーを解約していたら届かなかったメールだ。あっちだってメールアドレスを変更した通知をよこしていないし、お互い様ではないか。

「まずはタッキーの近況を探ってみよう」

桃香がスマホの検索窓に「滝沢葉月」と入力するのを見て、胸が痛くなる。わたしのこともそうやって調べたんだろうって想像できてしまった。「メモ帳眼鏡ネキ」ことわたしについての個人情報や勝手な憶測を見て、桃香は何を思ったんだろう。わたしはもうこれから先、一生エゴサーチしないと誓っている。

そんなわたしの思いをよそに、桃香は「タッキー、新聞記事になってる！」と驚きの声を上げる。

「駅のほうでカフェ兼子ども食堂的なことをやってるみたい。去年の記事で、滝沢葉月さん（25）って、間違いないよね」

桃香が見せた画面には三角巾にエプロンのスタッフが並んでおり、その真ん中に立っているのはたしかに滝沢だった。その隣には六十歳ぐらいの男性が立っている。

「これ、タッキーのお父さんじゃない？」

桃香に合わせてタッキーと呼んでみたけれど、昔は葉月ちゃんと呼んでいたような気もする。だいたい、話した記憶もおぼろげだ。

「たしかにそんな気がする！　だからみんな家にいないのかな」

わたしはなんとはなしに滝沢の家の二階を見上げる。窓のカーテンが閉まっていて、中の様子はわからない。

「そのカフェ、せっかくだし行ってみようよ」

あまり気は進まないが、たまたま行った風を装うことはできる。もしも近況を聞かれたとしても、ちょっと実家に帰ってきたと言えば不自然ではないだろう。

「うん、行ってみようか」

滝沢のカフェ「はなみずき」までは桃香の運転する車で向かった。わたしは大学時代に一応運転免許を取ったけれど、一度も運転したことがない。このまま東京で暮らすなら、取らなくてもよかったんじゃないかと思っていた。でももしこちらでの暮らしが長引くなら、運転の練習もしないといけないかもしれない。

後部座席にはチャイルドシートが二台取り付けられている。

「三人目が生まれたらもう一台チャイルドシート買わないとなんなくて困っちゃう」

学生時代はあんまり真面目じゃなかった桃香でも、ちゃんとチャイルドシートを付ける側の人間であることに安堵《あんど》する。

「将来明日香が子ども産んだら買い取ってよね」

「そんな日は来るのかな……」

「来るよ！　あの神田《かんだ》さんもね、この前スーパーで旦那さんらしき人とベビーカー押してたの。ぶっちゃけ、結婚するような感じじゃなかったよね」

「たしかにちょっと意外」

神田さんは無口で男子とも女子ともほとんど話さないタイプの女子だった。何らかの病気でしゃべらないのかと、腫れ物に触るような扱いをされていたものだ。そんな神田さんも誰かと結婚するなんて、時の流れを感じる。

「あ、ここだ」

当たり前のように駐車場が完備されている。こぢんまりしたカフェで、主婦グループと、少し年のいった夫婦がテーブルについていた。

「いらっしゃいませ」

さっき画面で見た、三角巾にエプロンを着けた滝沢だった。わたしたちを見て、「あっ」と気付いた声を出す。

「久しぶり！　明日香が東京からこっちに帰ってきてるから、タッキーのカフェに行ってみようってことになって連れてきたの。元気だった？」

「う、うん」

桃香の勢いに押され気味の滝沢だが、嫌がっているわけではなさそうだ。

「こちらの席へどうぞ」

滝沢はあくまで店員の態度で、わたしたちを窓際の席に案内してくれた。キッチンの方に目をやると、女性店員と、ニュース記事で見た父親らしき男性がいる。

「新聞で見て、前から来ようと思ってたの。タッキーが代表なんでしょ？」

「代表っていっても大したことないの。父が定年退職してカフェをはじめたいっていうから、わたしは付き合っただけ」

会話している二人をよそにメニューに目を落とす。コーヒーやジュースといったドリンク類に加え、オムライスやナポリタンなど食事メニューもある。お値段は東京のカフェと比べるとだいぶ安い。

桃香はオレンジジュース、わたしはカフェオレを注文した。

「メールのこと聞くんじゃなかったの」

桃香が小声でわたしを責めるように言う。

「いや、なんかタッキーと桃香で盛り上がってたから……」

もしも滝沢がそのことを気にしているんだったら、わたしを見てすぐ切り出してもおかしくない。彼女にとってもすでに過去のことになっているのだろう。わたしたちが話しているうちにも別の客が来て、滝沢は注文を取ったり料理を運んだり忙しそうだ。

その様子を見ていたら、たしかに滝沢と同級生だったことが思い出された。話した記憶もあいまいだったけれど、同じ班で調理実習をしたこととか、一緒の組で五十メートル走をしたこととか、思い出が蘇ってくる。

別の女性店員が運んできたカフェオレは何の変哲もない味だった。といっても、コーヒーにさほどこだわりがあるわけではないからよくわからない。

桃香も滝沢を見て触発されたのか、昔の話をはじめる。

「そういえば修学旅行のとき、りんちゃんが松岡《まつおか》くんに告られたでしょ？　実は福田《ふくだ》くんもりんちゃんのこと好きだったんだけど、松岡くんに譲ったみたいよ。ホテルの廊下にあったセブンティーンアイスの自販機のところに隠れて見てたらしくて……」

十年以上前のことをまるできのうのことのように話すから、わたしが東京で暮らしていたのは全部夢で、わたしはまだこの地を出ない十代のような気がしてくる。

そんな話に「ふーん」「ほーん」と適当な相槌で付き合ううちに、地元に住んで平穏に日常生活を送っている桃香がうらやましく思えてきた。

最寄りの大学はFラン大だし、県庁所在地にある国立大は山奥で片道二時間かかる。だから多少勉強ができる層は、新幹線で一時間半の東京に出る。それでうまくいかなくなって戻ってきてしまったわたしとしては、実家の近くでのんびり暮らしていたら今頃どうなっていただろうなんて詮無《せんな》きことを思う。

そういえば滝沢はどこの大学に行ったんだろう。わたしたちが通っていた高校は生徒のほとんどが四年制大学に進学するから、たぶんどこかの大学には行ったと思うんだけど。

桃香の話は知り合いの近況に移る。小六のときの担任が定年退職して公民館に勤めているとかまったく興味がないんだけど、相槌を打ちながら聞く。こうして桃香の話を聞いているうちは、何かをしている気持ちになれる。滝沢がカフェをやっていることも、ほかの誰かに伝達されるのだろう。

小一時間喋りきると気が済んだのか、桃香が「そろそろ行こっか」と立ち上がる。レジにやってきた滝沢に、桃香が伝票を手渡した。

「ありがとうございます〜」

わたしたちはそれぞれ頼んだ飲み物の代金を支払った。

「そうそう、明日香からタッキーに聞きたいことがあったの」

わたしは別に聞かなくてもいいような気がしていたが、桃香がわたしに目で合図をするので素直に従った。

「少し前に、『渡したいものがある』ってメールくれてたよね？　バタバタしてて返事できなくて……」

滝沢は首を傾げて、

「そんなことあったかな？」

と答えた。とぼけている様子でもないし、本当に忘れているようだ。

「それなら大丈夫。またね」

桃香はなにか言いたそうだったけれど、追及しても意味がない気がして店を出た。

「ふつう二年前のこと忘れるかな？」

車に乗り込むなり、桃香が言い出す。

「他の人は桃香みたいに過去のこと覚えてないんだよ」

わたしだって、会社が炎上してからいろいろありすぎて、思い出せないことがたくさんある。炎上前の平穏無事だったころ、わたしはどんな気持ちで会社に行っていただろうか。経営陣が不正さえしなければわたしはそのまま東京で暮らしていて、こんなふうに桃香や滝沢と再会することはなかった。

桃香はわたしを車で実家の前まで送ってくれた。

「まぁ、あたしは当分ヒマだしいつでも遊びに来てよ」

桃香の親切が身にしみた。きっとわたしが実家に戻ってきたことも言いふらされるのだろうが、むしろ桃香を通してわたしの事情を知ってもらったほうが楽な気もした。

「ありがとう」

わたしが言うと、桃香は「じゃあねー」と走り去っていった。

翌日、わたしは自転車を漕《こ》いで最寄りのハローワークに出向いた。これから求職活動をして、それでも二ヵ月就労できなかったら手当がもらえるとかなんとか、四十代後半ぐらいの女性職員から説明を受ける。わたしが前に勤めていた社名を見ると「あぁ」という顔をして、この田舎でも訳あり企業であることは把握されているらしかった。

パソコンで求人票を見てみますということになり、適当な条件を入れてみる。事務職でも「必要とする資格・免許」の欄にことごとく自動車免許の記載があって、ペーパードライバーではいかんともしがたい雰囲気だ。

マウスで画面をスクロールさせていると、太ももに載せていた鞄《かばん》が震える気配があった。スマホを手に取るが、振動は止まない。震えているのは鞄に入れたままにしていたガラケーのほうだった。サブディスプレイに滝沢葉月と表示されている。

慌ててメインディスプレイを開いて、いつもの癖で画面をタップしてもつながらなくて、応答ボタンを押す。

「もしもし」

「もしもし？　明日香ちゃん？　急にごめんね。いま大丈夫？」

隣のパソコンを操作しているおばさんからにらまれる気配があったので、わたしは荷物を持ってその場を離れた。

「うん、大丈夫」

「きのう、明日香ちゃんにメールしたこと忘れたふりしたけど、忘れてなかったの。できたら会って話したいんだけど、いつが都合いいとかある？」

わたしはまっさらなスケジュール帳を思い浮かべる。この先の予定なんてひとつもなくて、だけど取り繕ったほうがいいのかなんて考えはじめている。でもまぁ早いほうがいいだろう。

「もしタッキーがよければ、今日の夜とかでも大丈夫だけど」

「ほんとに？　明日香ちゃんちに行ってもいい？　玄関でいいし」

わたしが滝沢の家を知っているのと同様、滝沢もわたしの家を知っていてもおかしくはない。でもなんとなく怖いというか、ドキッとする感覚があった。

「うん、いいよ」

「じゃあ七時頃行かせてもらうね。それじゃまたあとで」

電話はそこで切れた。


母はわたしに気を遣ってわざと明るくしているのかと思ったけれど、どうもそうではないらしい。わたしが帰ってきたのがうれしいらしく、あれこれ世話を焼いてくれる。

「いつもお父さんと二人だったからご飯作るのも張り合いがなくてねー。明日香がいてくれるとちゃんと作ろうって気分になるからよかった」

実家に帰って一日半で、すでに東京には帰りたくない気分になりつつある。だからといってまだ地元に根を下ろす決心はついていなくて、ハローワークで印刷してきた市役所の臨時的任用職員の求人票をながめている。

夕食を終え、七時を少し過ぎたところで滝沢がやってきた。

「自転車、車の隣に停めさせてもらったけど大丈夫？」

「うん。せっかくだし上がっていけば？」

車じゃなくて自転車に乗ってきたことになんとなくほっとする。滝沢は素直に「おじゃましまーす」と靴を脱いだ。

実家の部屋は自分の部屋でありながらそうでないような感覚で、片付いていなくて恥ずかしいという気持ちもない。

「この部屋、高校時代のまんま残ってて」

「わたしのうちもそうだよ。一緒だね」

不思議と波長が合っていて、昔からこんなふうに部屋に招いていたかのように感じる。実際には一度も来ていないはずなのに。

「それで、渡したいものって？」

わたしたちはきのうから開きっぱなしにしているローテーブルを挟んで座る。

「あ、そんなたいそうなものじゃないから、期待しないでね？　ほんと、恥ずかしくて……。桃香ちゃんの前では言いづらかったの」

滝沢はそう言って、トートバッグから文庫本ぐらいの大きさのディズニーランドの袋を取り出した。わたしが十代の頃に見た気がする、懐かしいデザインだ。

「これ、ずっと渡せなかったお土産」

滝沢は照れくさそうな笑みを浮かべている。わたしはどうリアクションしていいのかわからなくて、固まってしまった。

「たぶん明日香ちゃん覚えてないと思うんだけど、中学の英語の授業でI'm going toを使って近くの席の子と予定を話すっていうのがあって、今度ディズニーランド行くって言ったことがあったの。そのとき明日香ちゃんが『いいなー！』って言ってくれて、それじゃお土産も買わなきゃって思って買ったんだけど、いざ渡そうと思ったらタイミングがなくて……。特別に仲いいわけじゃなかったし、わたしみたいな女子からお土産もらってもうれしくないかなって思って、とにかく、渡せなかったの」

わたしは笑って「そうなんだぁ」と言うしかなかった。渡してくれたらよかったのにって思うけど、今さらそう言ったところで中学時代の滝沢がわたしにお土産を渡すことはできない。

「それがどうして二年前にメールくれたの？」

「あぁ、それはわたしが実家に戻ってきたから。大学を出て就職したのはいいけど、一年ぐらいでやめちゃったんだよね。それで家に帰ってきて、机を開けたらこれがまだ入ってたの。だから今なら渡せるかもって思って、ダメ元でメールしたんだ。たぶん明日香ちゃんは東京とかにいるんだろうって思ってて、仮に連絡がついたとしても会えるなんて思ってなかったから、きのうメールのこと言われてびっくりしたよ」

滝沢もわたしと同様に実家に戻ってきた組だとわかったら、急に親近感が湧いてきた。

「親がガラケーの契約をやめるのを忘れてて……。久しぶりに電源入れてセンター問い合わせしたら、タッキーからメールが届いたの」

「ええっ？」

わたしはライトピンクのガラケーを滝沢に見せる。滝沢は少し驚いた顔をした後、にやっと笑った。

「そうだ、このお土産見てみてよ」

ディズニーランドの袋を開けると、ミニーマウスのストラップが出てきてわたしも笑う。輪っかになった細い紐に、Minnie Mouseと印刷された布テープと、ミニーちゃんのマスコットがついている。お土産といえば携帯ストラップという時代がたしかにあった。

わたしはそのストラップをガラケーの上部に開いた穴に付けてみる。まるで当時からそうやって使っていたかのようにしっくりきた。

「なんだか解約するのが惜しくなってきた」

「うーん、でももうじき使えなくなるんじゃなかった？」

滝沢の言うことはもっともだが、きのう取り戻したガラケーの命がストラップによってさらに輝いた気がした。

「そうだ、タッキー、アドレス変えたでしょ？　きのうメールしたのに届かなかったんだから」

「あっ、ごめんごめん。格安スマホに替えて、メアドも変わったの。今からメールするね」

滝沢はスマホを出して操作する。届いたメールには〝滝沢葉月です。メアド変えました。登録よろしくお願いします(^^)〟と書かれていて、わたしたちは声を出して笑う。

〝登録しました！　久しぶりだね！　元気してる？〟

目の前にいる滝沢に、わざわざメールで返答する。

〝元気だよー！　定年退職したお父さんがはじめたカフェで一緒に働いてまーす〟

すっかり気が緩《ゆる》んだわたしは、〝実はわたしも仕事辞めて戻ってきました。タッキーのカフェで働かせてもらおうかな？〟と打っていた。きのうは面倒に感じていたメール入力も、すらすらできるようになっている。

送信ボタンを押すと、スマホを見る滝沢の表情が一瞬曇った。心臓が掃除機で吸われたみたいにきゅっとなる。お土産を渡せなかった昔の滝沢は、わたしにこんな顔をされたくなかったんだって、いまわかった。

〝ごめんね、今は募集してないんだ〟

〝そうなんだ！　また今度行かせてもらうね！〟

わたしはガラケーを閉じた。滝沢もスマホから顔を上げ、「そろそろ帰ろうかな」と穏やかに言う。

「うん。わざわざ来てくれてありがとね」

わたしたちは外に出た。滝沢は自転車の鍵を外してサドルにまたがる。

「またね～」

滝沢はわたしに手を振り、自転車を漕いで去っていった。

「ガラケー、もう解約していいよ」

家の中に戻ったわたしは母に伝えた。これまでのあれこれを捨ててガラケーに切り替えてもいいんじゃないかってちょっと思ったけれど、やっぱり不便だ。YouTube は見たいし、メルカリで買い物したいし、QR決済も使っている。だけどガラケーが生きていたおかげで、滝沢と再会できた。それでもう十分な気がした。

「そう？　それなら明日ドコモショップに行ってくるわ」

「よろしく」

わたしはその晩、ベッドに寝転がってガラケーの履歴を探った。受信メールはどれも他愛のない内容で、高校の卒業式前後のセンチメンタルな気持ちが詰まっている。卒業式で撮った写真は小さい画面に収まっていて、なんだか窮屈そうだ。みんなが手に持っているストラップ付きのガラケーは捨てられたり机の中に閉じ込められたり、もう生きてはいないんだろう。そしてこのガラケーも、まもなく息を引き取る。

ガラケーを畳み、滝沢からもらったミニーマウスのストラップを見つめる。ディズニーにはあんまり興味がなかったけれど、こうしてまじまじ見るとやっぱりかわいい。最期にこんなおめかしができてよかったねって言いたくなる。明日はハローワークに行って、求人に応募してみよう。

わたしはガラケーを枕元に置き、電気を消して目を閉じた。

煙景の彼方

武石勝義

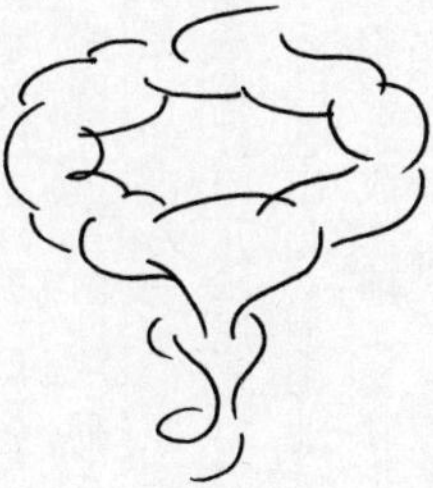

1

古ぼけたカーテンがぴったりと閉め切られて、白い煙が薄暗い空間に棚引く。

ぼんやりと虚空を眺めながら、唇に挟んだ煙草を吹かす。半ば開いた歯と歯の間から吐き出される煙のおかげで、私はまだ自分が呼吸していることを自覚できた。

焦点の合わない瞳が辛うじて捉えるのは、室内に漂う白煙の動き。

手にした煙草の先から天井に向かって細く長く伸びる煙が、照明のない天井にぶつかって、白い靄が少しずつ蓄積されていく。無意識に口元に運んでいた煙草のフィルターを咥《くわ》えて、ひと息吸う。少しの間を置いてから吐き出した煙の塊は、やがて毛糸の玉のようにゆっくりと解《ほつ》れながら、だがそれ以上の形を成す前に輪郭を失って薄闇に溶けていく。

何遍となく繰り返された光景に、私の表情筋はもはや微動だにしない。残りわずかとなった吸い差しを灰皿に押しつけて、新たな一本を口にする。今の私はほとんど機械的に煙草を吸い続けるだけの存在だ。

瞼《まぶた》を開くのも躊躇《ためら》われるほど白煙が立ち込める中で、私は待ち続ける。

宙に揺蕩《たゆた》う煙が輪を象《かたど》る瞬間を渇望している。

「煙の輪の中に、海が見えたんだ」

泣きじゃくる私に向かって、祖父はそう言った。

祖父はあまり冗談を言うタイプではなかった。それがいつものように煙草を吹かしていたと思ったら、不意に突拍子もないことを言い出したので、幼心にも戸惑った私は涙目のまま祖父の顔を見返したと思う。母の姿が見えずにぐずつく私を、祖父なりに宥《なだ》めようとしてのことだったかもしれない。

＊

当時両親は離婚したばかりで、母に引き取られた私は母方の実家に越してきたところだった。父と別れ、入学したての小学校でようやくできた友達とも引き離されて転校先で浮き上がっていた私は、すっかり家に引き籠もりがちだった。といって働きに出た母も日中は家におらず、日がな一日めそめそしていた。

孫が泣き暮らしていることに祖父母はさぞ心を痛めたことだろう。祖母はしょっちゅうおはぎを用意してくれた。祖母が手ずから拵《こしら》えたおはぎは私の好物だった。縁側で煙草を吸う祖父と並んで黙々とおはぎを頬張っていたことを覚えている。

祖父は結構なヘビースモーカーで、食事と歯磨きと寝るとき以外はほとんど煙草を手にしていた。お陰で小さく笑うときに覗《のぞ》く歯がヤニで黄ばんでいたが、黙って一緒にいてくれる祖父の傍は居心地が良かった。祖父は煙草を吸いながら、たまに唇をすぼめて頬を人差し指でとん、とん、と軽く叩いた。すると口から煙の輪がひとつ、ふたつと飛び出した。風がないときなど煙の輪は意外なほど大きく広がって、やがてゆっくりと揺き消えていく。冗談を言う代わりに見せる、祖父の得意技だった。

その輪の中に、海が見えたという。いったい何を言い出すのかと目で問うと、祖父はぽつりぽつりと語った。

「俺もな。昔ひとりで街に働きに出た頃は心細くて、生まれ育った海が見てえって泣いたりしたもんだ。そんときに煙草の煙で輪を作ったら、中に海が見えたんだよ。あれには随分と癒やされた」

子供ながらに、私は半信半疑だったと思う。だがそんな私に構わず、祖父は「母ちゃんに会いたいか」と尋ねた。ならば私の答えは「うん」以外にありえない。

「じゃあ、見てろ」

そう言って祖父はひょっとこみたいな顔で、ほうっと煙草の煙を吐き出した。白煙は小さな輪を象って宙を漂う。未だ涙が溢れる目で追ううちに、輪は徐々に大きくなっていく。「輪の中をよく見てみろ」と、祖父に言われるままに目を凝らすと——そこに浮かんで見えたのは間違いなく母の姿であった。

煙の輪の中で、母はスーパーの制服を着込んで忙しなく動き回っていた。

「ママ！」

思わず声を上げ、反射的に手を伸ばす。だが煙の輪は既に、子供の手では届かないところまで浮かび上がってしまっていた。やがて周囲の景色に紛れて掻き消えた頃に、祖父がまたぽつりと言った。

「母ちゃんはお前のために、頑張って働いてんだな」

驚きと嬉《うれ》しさのあまり、涙はもうすっかり引っ込んでいた。ただ、もう一度お願いとせがんでも、祖父はゆっくりと首を振った。

「お前が泣き止《や》んだら、もうしまいだ」

そう言って祖父は小さく笑った。口元から黄ばんだ歯が覗く、どこか含みのある表情だったように思う。

祖父が煙の輪の中に映像を見せたのはその一回きりだった。その後も何度か頼んでみたものの、輪の中に覗くのは丸く切り取られた景色の一部だけで、以前のような映像が映ることはなかった。そのうちに私も転校先に徐々に馴染《なじ》んで、友人たちと一緒に遊び回るようになり、やがて映像のことも忘れていった。

私が中三のとき、二年ほど前から入退院を繰り返していた祖母が亡くなった。私はもちろん悲しんだが、それ以上に祖父の落ち込み具合が気になった。祖父母は孫の目から見ても仲が良かったから、伴侶《はんりょ》を亡くした祖父の落胆ぶりはとても見ていられなかった。祖父は縁側で煙草を吸うときも目に見えてぼんやりして、時折あの煙の輪を作っては「見えねえなあ」とがくりと項垂《うなだ》れた。

祖母が亡くなった次の年、祖父が行方不明になった。久しぶりに祖母とよく散歩した近所の川沿いを歩いてくると言っていたので、少しは元気を取り戻したかと安心した日のことだった。夜になっても帰ってこない祖父を探して、私と母は必死に川辺を駆けずり回った。だが見つからず、ついに警察に捜索を依頼したが、一晩かけても行方はわからないまま。数日後、下流の川岸で祖父が被っていたと思われる野球帽が見つかったと連絡があった。

近所の人はきっと川に流されてしまったのだろうと噂し、警察でもそのように処理された。祖母のところに行きたかったのかねえと母が呟《つぶや》いても、私には何も言えなかった。

それからしばらく、私の生活から煙草の煙が失せた。

2

私の生活に再び煙草が入り込んだのは、ちょうど二十歳の誕生日を迎えた夜のことだ。

その頃の私は東京の大学に進学して二年目に差し掛かっていた。今思えば初めての東京、初めての独り暮らしということで高揚しすぎていたのだろう、私の大学生活一年目は見事に空転した。楽しそうというだけで飛び込んだアウトドアサークルは高すぎるテンションに振り落とされて脱落し、高尚な雰囲気に憧れて顔を出した社会学の勉強会は怪しげなセミナーの勧誘の場と察した時点で踏みとどまり、お洒落《しゃれ》なイメージに惹《ひ》かれて働き出した洋風居酒屋は客も店員も無法なブラック職場で、自律神経をやられる前に逃げ出した。やはり学生の本分らしく勉学に励もうと思い直した頃には講義ごとに人間関係ができ上がっていて、もはや隅の席で一人黙々と受講し続けられるだけのメンタリティも保てなかった。

お陰でキャンパスからはすっかり足が遠のき、せめて奨学金を返済すべく単発の日雇いバイトに明け暮れた。せっかく迎えた二十歳の誕生日も祝ってくれるような友人はなく、昼過ぎから夜半まで倉庫作業のバイトで消化してしまった。辛うじて日を越す前に退勤した私は、アパートの自室にひとり寂しく帰る道すがら、途中で立ち寄ったコンビニで弁当と、ついでに缶ビールと煙草を購入した。そのままコンビニを後にしかけて、そういえばライターを持っていないことに気づいて慌てて戻って買い足した。

自分で自分を祝うためにケーキを買うのはさすがに惨《みじ》めだった。といって何もないまま今日を終えるのも悔しかった。せめて堂々とアルコールとニコチンを摂取して、自分なりに二十歳を迎えた記念としておきたかった。

帰宅して携帯電話を取り出すと、画面上にメールが届いているという知らせが表示されていた。母だ。開かずとも、誕生祝いの言葉だろうことは察せられた。すぐに返事を返すことがなんだか情けなく思われて、私は開きっぱなしの携帯電話をそのままベッドの上に放り投げた。

フローリングの床に座り込んでコンビニ袋の中から煙草とライターを取り出す。包装を外そうとしたら、途中でちぎれて蓋《ふた》を開けるにもひと苦労した。ようやく中から白い煙草を一本摘まみ取り、フィルターを唇に挟む。慣れない手つきでライターの火を点けたら、思いのほか大きな炎が出現した。驚いてライターを落とし、弾みで口から煙草もぽとりと落ちる。火が燃え移らなかったことにほっとしながら、そんな自分がどこまでいっても格好がつかないと自嘲《じちょう》した。

ライターと煙草を拾い上げて、今度は火量を調整してから点火する。ちょうど良い大きさの炎が現れて、私はおずおずと煙草の先を炎にあてがった。

吸いながらでないと火がつきにくいということを知らなかった私は、なかなか赤くならない煙草の端に苛々しながら、それでもようやく立ち上り始めた白い煙を見て少しにやりとした。そこで勢いをつけて大きく吸い込んで、次の瞬間には当たり前にむせ返った。初めて喉の奥に入れた煙は息を詰まらせて苦しいばかりで、涙が滲《にじ》む。げほげほと派手に咳き込みながら、手にした煙草は落とさずに済んだ。なんとか吸いきってやろうと思って、そういえば灰皿など無いことに気がつく。仕方なく百均で買った皿を引っ張り出して代用した。

二本目、三本目と吸ううちに、なんとなくコツを摑《つか》んできた。煙草を吸うコツなんて摑んでいったい何になるんだと、また自嘲した。どうしようもないなと声に出すことなく呟きながら、ふと亡き祖父の横顔が思い浮かんだ。記憶にある祖父の顔は、縁側で祖母お手製のおはぎを頰張る私の隣で、穏やかな表情で煙草を吹かしていた。

そういえば祖父も、ひとりで働き出した頃は寂しさを紛らわそうと煙草を吸ったと言っていた――いや、違う。煙の輪だ。

煙草で煙の輪を作って、その中に懐かしい景色を見出したと語ったこと。それどころか祖父がかつて煙の輪の中に母の姿を映し出してくれたことを、私は思い出した。あのときの私はどんなに驚き、喜び、そして慰められたことか。今となってはきっと寂しさが見せた、幼少期の思い込みに違いないだろうと思う。だが、だとしてもその思い出が私にとって大切なことに変わりない。

気がつくと私は無意識に唇をすぼめて、自分でも煙の輪を作ってみようと試みていた。まず煙を吸い込んでから、祖父の仕草を思い返しつつ頰をとんとんと軽く叩く。その調子に合わせて息を吐き出してみたが、宙に浮かんだ煙は歪《ゆが》んだ塊になって室内を漂うだけだった。もとより最初のチャレンジで達成できるとは思っていない。私はその後も煙の輪を作ることに挑んだ。何度も煙を吐き出しては失敗するという動作を繰り返しているうちに、祖父の思い出がまた蘇る。

「泣き止んだらしまいだ」と、祖父は言っていた。あれはてっきり、私が泣き止んだのだからこれ以上は不要だという意味かと思っていた。だが本当にそうなのだろうか。祖父の表情はもう少し思わせぶりだったような気がする。それがなんなのか、荒んだ心持ちでは頭が回らなかった。狭い室内でひとり煙草を吸い続ける自分を振り返って、私は三度目の自嘲を浮かべた。

疲れた手つきで残り四本となった煙草のうちの一本を取り出す。私はなおも煙の輪を作ろうとしていた。ほとんど意地であった。ひょっとこのような顔つきで一心不乱に煙を吐き出し続ける、そんな自分のなんと間抜けなことか。ふと目尻から涙が伝った。涙腺が弛《ゆる》んで、ちょうど良い具合に力が抜けたのかもしれない。そこで吐き出された煙は小さくも綺麗な輪を象っていた。思わずおっという声が出た。輪はゆらゆらと室内を漂いつつ、徐々に広がっていく。やったぜじいちゃんと呟いた私の目は、いつしか大きく見開かれていたことだろう。

輪の中に、祖父の笑顔があった。

黄ばんだ歯を覗かせて目を細める祖父が、私の記憶にある通り優しい笑顔をこちらに向けていた。

3

ぼんやりとした煙が成す輪郭の中で、祖父の笑顔は思いのほかくっきりとして見えた。祖父は右手に吸いかけの煙草を挟みながら、呆気にとられる私に向かって何か告げようとでもするように唇を動かす。思わず呼び掛けようとする寸前で、煙の輪はふわりと雲散して、同時に祖父の顔も霧消した。

煙の輪が消えてからもしばらく何度も目をしばたたかせていた。それから親指と人差し指で瞼の上から眼球を痛くなるほど揉《も》み込んで、改めて狭い室内をぐるりと見回した。どこにも祖父と錯覚するようなものはなかった。

いったい今見たものは本当に在りし日の祖父だったのか。だが自分が祖父の顔を見間違えるとも思えなかった。だとしたら煙の輪の中に母の姿を見た、かつての祖父との思い出もまた思い込みではなかったのか。

確かめなければならないという使命感に駆られて、私はさらに煙の輪を作ることに熱中した。しかし繰り返すうちに輪を作り出す技術は上達しても、その中に再び映像が映し出されることはなかった。冷静に考えれば私の脳が都合良く見せた幻覚だと考えるべきだろう。だがかつて祖父が私に見せた煙の輪の記憶が、わずかな可能性を手放させてくれなかった。結局残りの煙草も吸い尽くし、空の箱を床上に放り投げても興奮冷めやらぬまま、私の二十歳の夜は更けていった。

その後の私はと言えば、たまに足を運んだキャンパスの喫煙所でもくもくと煙に巻かれているうちに、喫煙所の常連組と顔見知りになった。年々喫煙者には世知辛くなるこの世の中で、にもかかわらず煙草を手放さないという人々にはどこか共通点があるらしい。常連組は私を含めてむさ苦しい男たちばかりだったが、かえって気楽に言葉を交わすことができた。

私は再び大学に通うようになった。講義を受けるよりは喫煙所の友人たちとつるんでいる時間の方が長かったが、それでも以前に比べればはるかに健全だったと思う。もっとも彼らと共に過ごすのは喫煙所以外といえば、それぞれの部屋か大学近辺の安居酒屋か、要するに今でも喫煙が許されるスペースばかりであった。まるで昭和の大学生のようだと思って、そんな生活を送っている自分がおかしかった。おかしかったが、充実していた。

生まれて初めての恋人ができたのもこの頃だった。彼女は喫煙所仲間たちと入り浸っていた安居酒屋でアルバイトとして働いていた。

店に出入りするうちに顔馴染みとなった彼女と、偶然にキャンパスでばったり鉢合わせて、学部は違えど同じ大学の同じ学年であると知った。ちょうど昼時だったこともあって彼女から当たり前のようにランチに誘われた私は、おそらく急速に顔を赤くしたり青くしたりしていたと思う。異性とふたりきりのランチなど未経験だったから挙動不審になるのも無理はなかったのだが、そんな私の態度が彼女の目には面白く映ったのだろう。ランチの席でたまたま公開されたばかりの映画を一緒に見に行く約束を交わし、映画を見に行った帰りには次はどこに遊びに行こうかと話し合った。半年後には友人たちの間でも公認の仲となっていた。

友人に恵まれ恋人もできて、私は少々浮かれすぎた。奨学金を返すためにと詰め込んでいたバイトは、彼らと共に過ごす時間に取って代わられていった。一方で誰と遊び回るにしても出費は嵩《かさ》んだ。特に恋人と過ごすと思いのほか支出するということを、私はこの歳になってようやく実感した。当時は金がかかる女だなあなどとこっそり愚痴ったりしたが、省みれば単に私が色々と見栄を張ろうとした結果に過ぎない。いずれにせよ財布はどんどん軽くなっていった。

その頃には就職活動も始まり、バイトを入れることもままならなくなりつつあった。

もやしご飯と塩胡椒で味つけしたパスタが定番メニューと化した。たまの飲み会では酒よりもつまみを食い漁《あさ》って、友人たちにどん引きされた。

そんな懐事情でも煙草はやめられなかった。むしろやめられなかったから苦しかったともいえる。食事よりも煙草を優先させる始末だったから、とっくにニコチン中毒になっている自覚はあった。彼女もさすがに呆れ果てていたが、腹が減っても煙草を吸えば飢えも誤魔化せると嘯《うそぶ》いた。

一度だけ、いよいよ米の一粒もなくなったことがあったのだが、にもかかわらず煙草だけは手元にあった。彼女に向かって吐いた強がりを反芻《はんすう》しながら、私はゆっくりと煙草を吸った。時間をかけてできるだけ空腹を紛らわそうという試みは所詮《しょせん》まやかしに過ぎず、頭の中に思い浮かぶのは食い物のことばかりであった。そういえば祖母が作ってくれたおはぎは美味かったなあ。餅米をこし餡で包んだだけなのに、甘さといい食べ応えといい、幼かった私には十分すぎるご馳走だった。友人宅で振る舞われるおやつはチヨコやらスナックばかりで、いつも物足りなさを感じたものだ。半ば祖父母に育てられたようなものだから、菓子の好みが渋いと言われても仕方がない。

思い出すほどに腹が減った。どうしてこんなにひもじいのかという情けなさで、目が潤んだ。紫煙に塗れる中で涙が零《こぼ》れ出しそうな気がしたそのとき——脳裏を過ぎるものがあった。

二十歳になった夜に祖父の笑顔を映し出した、煙の輪。あのとき私は情けなさのあまり涙しながら煙の輪を作った。祖父が母の姿を煙の輪の中に浮かび上がらせたのは、泣きじゃくる私を宥めるためだった。今また、私は煙草を吸いながら涙を流そうとしている。ここで煙の輪を作れば、中に映るものがあるのではないかという、それは予想というよりも淡い期待だった。そこに映るのはきっと幻だろうが、だとしても私は子供の頃に食べたおはぎを目にしたいと思った。

つと頬を涙が伝った瞬間に合わせて、煙草をすうっと吸い込む。煙を肺まで入れず口《こう》腔《くう》内に溜《た》め込んで、ふっと力を抜く。唇をすぼめて人差し指で軽く頬を叩くと、口から煙の塊が飛び出した。

塊は室内にぽかりと浮かんだかと思うと、ゆるゆると輪の形に広がっていく。やがて拳《こぶし》ひとつ通るほどの大きさになった輪の中を覗き込んで、私は思わずごくりと喉を鳴らした。間違いない。そこに映るのは紛れもなく、祖母が作ってくれたあのおはぎだった。ふわりと揺れる輪の中に浮かぶ、黒とも紫ともつかないこし餡の色合いが、どうしようもなく食欲を刺激する。じゅるりと垂れそうな涎《よだれ》を飲み込みながら、私は煙の輪に向かって手を伸ばしていた。

指先に餡の柔らかな手触りが伝わった。少し強く握れば変形しそうな心許ない感触があった。私は無心でおはぎを摑み、そのまま煙の輪の中から引き出した。手のひらの中に収まったおはぎを見て歓喜する私は、おそらくこの世のものとは思えぬ笑みを浮かべていただろう。躊躇わずに口にしたそのおはぎの美味いこと！　こし餡の甘みと餅米の程よい歯ごたえとが口の中に広まって、これほど至福を感じたことはない。あっという間に平らげてしまった私は、とてつもない満足感に浸る。と同時に、さらに食いたいという欲求が頭をもたげた。どれ、もうひとつ煙の輪を作って……いやいや、それだけでは足りないのだ。涙が必要なんだ。といってほいほい泣けるわけではないから、こうなったらなけなしの財産で目薬でも買ってくるか——

何を馬鹿なことをと自分自身に呆れ返ったところで、私はようやく冷静さを取り戻した。興奮が冷めるにつれ、顔から血の気が引いていく。

私は今、どこからおはぎを取り出したのだ。

煙の輪の中に映った映像は、私の脳が見せる幻ではなかったのか。しかし先ほど口にしたおはぎの手触りは、味は、食感は、何よりいっときでも満たされた食欲は、どう考えても本物だ。おそるおそる指先を見返せば、微かにこし餡の残りかすがこびりついている。

だが二十歳の夜に見出した祖父も、おはぎを作ってくれた祖母も、既に他界しているではないか。

いったい煙の輪の中に映るのはなんだというのか。

4

それ以来、私は煙の輪を作ることを控えるようになった。禁忌を犯しているような背徳感があった。何より輪が映し出すものに迂闊《うかつ》に触れようとする自分が怖くなったのだ。映像に向かって手を伸ばさなければ良い話だったが、私にそんな自制心があるとも思えなかった。いっそ禁煙するほどの意志の強さも持ち合わせていない。煙で輪を作らないようにすることが、私には最適だった。

もしかすると祖父も同じ背徳を味わったのかもしれない。私が祖父の作った煙の輪の中に映像を見たのは、幼い頃のあの一回きりなのだ。それとも時折こっそりとでも輪の中に景色や人物を映して慰められたりしていたのだろうか。

輪を作らないようにしたからといって、日々の生活に支障はなかった。そもそも煙草の煙を輪にすることが日常というわけではなかったので、私の決意は誰にも悟られなかった。ひもじい思いを抱えながらもなんとか就職活動を乗り切り、大学卒業に必要な単位も留年すれすれで取得して、私は晴れて社会人となった。

働き始めると、必然的に喫煙の機会は激減した。入社した先はウェブ系の広告代理店というやつだが、オフィスのある賃貸ビルには喫煙所が用意されていなかった。外回りの営業ならまだ一服する余裕もあったかもしれないが、配属されたのは社内でデザインチェックや校正を主とする部署だった。朝から晩までデスクに張り付きっぱなしだったから、喫煙所があったとしても簡単に足を運ぶことなどできなかったろう。私は慣れない仕事にへとへとになりながら日中を過ごし、夜半遅くに帰宅した頃には疲労困憊《こんぱい》だった。だからといって禁煙できるかというとそういうわけでもなく、寝起きの一本と寝る前に二、三本を吸うことは忘れなかったが、本数がはるかに減ったのは間違いなかった。お互い忙しくなった彼女とはそのまま自然消滅しそうな勢いだった。学生時代は三日と顔を見ない日はなかったのに、社会人になるとその間隔が一週間となり、やがて十日、半月と延びていった。そんな状況のまま半年ほど過ぎて後、一ヶ月ぶりに会った彼女はやけに真剣な顔をしていた。

きっと別れを切り出されるのだろうと覚悟した。それでも仕方ないと思っていた。自然消滅を嫌った彼女なりにけじめをつけるつもりなのだろう。私はそういう肝心なところはしっかりしている彼女のことを変わらず好いていたので、仕事に追われて会う時間も捻《ひね》り出せない自分が不甲斐なかった。

だから彼女が同棲しようと提案してきたときには正直言って驚いた。実のところ、彼女もまたこのままでは自然消滅してしまうだろうと考えていたし、そんな風に別れてしまうことを恐れていたのだという。私と違ったのは、同じ部屋に暮らせば忙しい中でも毎日顔を合わせられると考えたところだ。

彼女の表情は同棲を切り出すことへの緊張のためだった。そういうことは私の方から言い出すべきだったと反省したが、彼女は後々からかう程度で許してくれた。ただ一緒に暮らす部屋で、喫煙スペースは換気扇の下とベランダに限定された。彼女自身は煙草を吸わないから当然のことだった。禁煙を言い渡されないだけマシだろう。その後二年ほど共に暮らした私たちは、ようやく仕事にも慣れて余裕が出てきた三年目に結婚した。

今度は私から結婚しようと言い出せて、我ながら安堵《あんど》した。

結婚して間もなく、それまでの部屋を出てもう少し広いマンションの一室を借りた。将来的に家族が増えることを見越したのだが、翌々年には女の子が生まれた。娘はとんでもなく可愛かった。可愛いのだが、にもかかわらず煙草はやめられなかった。ついに換気扇下からも追放されて、煙草を片手にこそこそとベランダに出る私を、母となった彼女が呆れた目で見ている。私は後ろめたさを抱えつつ、マンションの敷地内に広がる中庭を見るともなしに眺めながら煙草の先に火を灯した。隙あらば値上がりする煙草はいつの間にか吸い始めた頃の倍近くの価格となって、学生時代に愛用していたマルボロからキャメルに乗り換えるという涙ぐましい努力を尽くしていたが、そもそも禁煙した方が健康的にも経済的にも良いに決まっていた。そんなことはわかっているんだと嘯きつつ、ふうっと吐き出した煙がふわりと流れて行く先をなんとはなしに目で追う。

結局のところ煙草をやめるつもりは毛頭なかったのだが、煙の輪は作らなくなって久しかった。娘に作ってみせたら面白がってくれるだろうなどと考えなくはなかったが、妻からは子供の前での喫煙を固く禁じられていたので、その目論見が果たされることはないだろう。それに子供が輪の中に手を伸ばしたりしたら堪《たま》ったものではない。

煙の輪から取り出したおはぎを口にしてしまったという体験は、今となっては恐怖に近い記憶として刻まれている。あれから体調を崩したり精神に異常を来したりということはなかったから、あれはやはり本物のおはぎだったのだろう。だとしてももう一度輪の中のおはぎを食べようという気にはならなかった。

　きっともう煙の輪を作ることはないだろう。そのときの私はそう考えていた。

5

　娘は二歳になるかならない頃から、摑まり立ちせずとも歩けるようになった。気儘《きまま》に動き回る娘は可愛らしい。一方でふと目を離した隙に何をしでかすかわからない。誰に似たのか活発な娘は気がつくと視界から姿を消すということがしょっちゅうで、私も妻もひやりとしたことが一度や二度ではなかった。

　週末のある日、少々体調を崩した妻に代わって出掛けた買い物から帰宅すると、ドアに鍵が掛かっていなかった。出掛けるときには妻と娘が見送ってくれたのだが、あの後鍵を掛け忘れたのだろうか。ただいまと言いながらリビングを覗くと、焦燥した妻の顔が振り返った。

　娘を見なかったかという妻の言葉の意味が、最初はわからなかった。一緒にいるはずじゃないのかと訊き返すと、彼女の顔はますます青くなった。私が買い物に出掛けてから、妻はソファで少し横になっていたのだという。時間にすればほんの十分にも満たないはずだったが、気がつくと娘がいなくなってしまったというのだ。

　大丈夫だよ、きっと風呂場にでも隠れてるんだ。妻を宥めるつもりのその台詞《せりふ》は、実のところ私自身に言い聞かせる以外のなにものでもなかった。私の言葉を聞いて、妻が弾かれたように浴室に駆け出す。その後ろについて私も一緒に覗き込んだが、洗面所はもちろん蓋をあけたバスタブにも娘の姿はない。廊下の向かいにあるトイレのドアを開けたが、そこにも娘はいなかった。納戸の中や、念のため鍵が掛かった窓の外のベランダも探すが、どこにもいない。

十分足らず目を離した隙に二歳児が姿を消すなんてことがあるか。娘はまだ、外に出るにもドアの鍵を開けることもできないはず——いや、鍵は掛かっていなかった！　この部屋はマンションの二階だけど、エレベーターがついている。ドアさえ開いていたならば娘の足でも外に出掛けることは可能だ。だが私が買い物帰りにマンション前の駐車場を横切った際、娘を見かけた記憶はない。見逃したのか、それともうマンションの敷地を出てしまっていたのか——

私たちは競うように家を飛び出して、二人して娘の名を叫んだ。妻はマンションの各階を駆けずり回り、私は外に出て敷地内から道路の向こうまで見て回った。だがいくら大声で呼んでも娘の姿は見当たらない。返事もない。徒労感と焦燥感を抱えたまま敷地の入口まで戻ると、マンションから出てきた妻もひとりきりだった。妻はいよいよ顔を蒼白《そうはく》にして、ついに地べたに座り込んだ。私も焦りを隠せぬまま花壇の植え込みに腰を下ろす。

祖父が行方不明になったときの記憶が脳裏を過ぎった。あのときは母と二人で陽が暮れた川辺を探し回り、結局警察に捜索を依頼したのは夜半になってからだった。同じ過ちを繰り返すわけにはいかない、今から警察に駆け込むか――

考え込むときの常で、私は無意識に胸ポケットに手を伸ばし、煙草を咥えていた。そんな私を、妻が泣き出しそうな顔で見咎《みとが》める。非難めいた視線を感じた私は、口にした煙草を慌てて仕舞い込もうとして――彼女の目尻から零れ落ちた一筋の涙を見て閃《ひらめ》いた。そうだ、煙の輪だ。ここで輪を作れば、その中に娘の姿を見出せるに違いない。

私は再び煙草を口に咥えて、もどかしい手つきでライターで火を点けた。こんなときに何を、と詰《なじ》る妻の怒声を聞き流す。煙の輪は久しく作っていない。うまくできるだろうか。だが幸いここは建物に囲まれて風もない。逸《はや》る心を鎮めつつ、私はすうっと煙を吸い込むと一拍置いてから吐き出した。

ぽかりと小さな輪の形をした白煙が宙に浮かんだ。この非常時に遊んでいるのかと我慢ならなくなったのだろう、立ち上がる妻を左手で制する。私の真剣な表情に気圧されて、妻がそこで動きを止めてくれたから、煙の輪は掻き消されることなくゆっくりと、だが着実に大きく成長していった。

そして輪の中に、よちよちと歩く娘の姿が映し出された。

一緒に輪を覗き込んでいた妻が息を呑む。娘は裸足のまま、背景から察するにおそらくマンションから一区画先の小径をひとりで歩いていた。なんというお転婆だと呆れている余裕はない。あの道は大通りの混雑を避けて走る車が少なくないのだ。すぐに駆けつけなければと腰を上げかけた矢先、娘の背後から迫る車のシルエットが見えた。

妻が叫び声を上げる中、私は無我夢中で輪の中に両手を突き出していた。覚束ない足取りの娘の胴をしっかりと摑んだ。そのまま持ち上げて、力任せに引っ張り出した。不意に抱え上げられてきょとんとしているのは、間違いなく五体満足な私たちの娘だ。

霧散しつつある輪の中では、明らかに法定速度を超過したワゴン車が走り去っていく様子が見えた。

娘は私の腕の中で落ち着かなげにもぞもぞとしている。小さな足の裏は真っ黒に汚れていたが、そんなことは構わなかった。どうして私に抱きかかえられているのか不思議なのだろう。娘はきょろきょろと周囲を見回しながら、やがて妻と目が合う。私から娘を受け取った妻が、ついに堪えきれずに泣き出した。

何度も何度も娘に呼び掛ける妻は、しばらく娘を放そうとしなかった。私もまた安堵しつつ、足元に落としていた煙草の吸い差しを拾い上げて、携帯灰皿に放り込んだ。

6

そんなことがあったからといっても何かが激変するということはなかった。妻が少々娘に過保護気味になったり、私の喫煙については以前よりも大目に見るようになったりはしたが、いずれも些細《ささい》なことでしかない。そんなささやかな変化に比べれば、娘の日々の成長の方がよほど豊かだった。三歳になった娘はよく喋るようになり、それと同時に娘なりの自己主張もなかなか賑やかになった。時折聞き分けのないことを言い出して、大抵は妻から叱責《しっせき》されるも癇癪《かんしゃく》を起こす――なんてこともこの頃からだ。

前日から家族三人で近所の川縁《かわべり》に花見に出掛けようと約束していたその日は、朝からあいにくの雨模様だった。だが花見をいたく楽しみにしていた娘は、外出は諦めようという私たちの説得を聞き入れず、ついにぐずりだしてしまった。

何を言っても泣き止まない娘に私も妻もほとほと困り果てたが、ふと妻が私に煙の輪を見せてやれと促した。屋内だし子供の前だし、喫煙しても良いのかと確認したが、娘の癇癪を宥める方が妻にしてみれば大事だったのだろう。お許しを得た私はおもむろに胸ポケットから煙草を一本取り出して火を点けると、娘の前でぽかりと煙を吐き出して見せた。

突然目の前に浮かんだ煙の塊に、娘が泣き腫らした目を向ける。すると見る間に煙は輪の形になって広がっていくから、先ほどまでの泣き顔はどこへやら、娘はぽかんと口を開けて煙の行方を目で追い始めた。

やがて娘の顔よりも大きく広がった煙の輪の中に、川岸に連なる満開の桜並木が浮かぶ。娘の目がまん丸になったのは言うまでもない。

お花だ！　凄い、今の何、どうしたの、と驚きはしゃぐ娘に、私も満更でもない。だがすっかり涙を引っ込めた娘が、きらきらした目で私の顔を覗き込みながらもう一回やってみせてと頼み込んでも、私は少し困りながら笑い返すしかなかった。ごめんな、こいつはお前が泣き止んだらしまいなんだと告げても、娘はもう一回、もう一回と私の首に抱きつきながらせがみ続けた。

それからは娘の癇癪がなかなか収まらないとなると、彼女を宥めるのはもっぱら私の役目となった。娘はどんなに泣きじゃくっていても、私が煙草の煙で輪を作ってみせれば、そこに浮かぶ景色に目を輝かせて機嫌を直した。思わず伸ばされる小さな手だけは、毎度やんわりと押し止めなければならなかった。

多分あの頃が、私の人生で最も幸せな時期だった。

半年後、深夜まで残業に追われていた私は、夜中の一時を過ぎてようやく帰りのタクシーに乗り込んだ。やがて高速を降りたタクシーがマンションに近づくに連れて、耳障りなサイレンの音が聞こえることに気がついた。こんな夜中に火事とは大変だと呟くうちに音は大きくなっていく。やがて着いた自宅マンションの前は、数台の消防車と野次馬でごった返していた。

野次馬を掻き分けながら進み出ると、途中で消防隊員に止められた。隊員の肩越しに私の目に入ったのは、妻と娘が眠るはずの我が家がごうごうと燃えさかる炎に包み込まれている様であった。

あとで聞いた話によると、火元は私たちの部屋の真下だという。どうやら住人の寝煙草が原因らしい。火は出火元と周りの三部屋を黒焦げにして、五名の死者を出す大惨事となった。

その五名の中に、私の妻と娘も含まれていた。

それから先の自分がどうしたのか、あまり実感を伴った記憶がない。病院で妻と娘の遺体と対面し、葬儀の喪主を務め、警察消防の捜査にも立ち会ったりした覚えはあるものの、いずれも自身の体験というにはまるで現実感に乏しかった。一夜にして家族どころか思い出となる品も住む家も失った私は、当座の宿としてどことも知れぬビジネスホテルに転がり込んでいた。予約する際に選んだのは、喫煙可の部屋だった。

カーテンを閉め切り、日の差さない室内でベッドの上に蹲《うずくま》る私の目に入るのは、サイドテーブル上のライターと数箱の煙草と、吸い殻で埋まった灰皿だけ。食欲は一向に湧かなかった。会社にも行かず、煙草と水だけを口にしながら何日も過ごした。

妻と娘を殺した煙草を、私はなおも吸い続けていた。こんなことになっても煙草を手放すことができない、骨の髄までニコチンに侵された己が浅ましかった。

＊

薄暗がりの中で自嘲しようとして、頰の筋肉がひどく引き攣《つ》るのを感じた。きっと妻と娘を喪《うしな》った日から、私はずっと表情を無くしていたのだということにようやく気づく。強張《こわば》った顔面で辛うじて動くのは、煙草を吸うために動かす唇の周りのわずかな筋肉だけであった。

こんなことじゃ、なかなか輪ができないのも当たり前だ。

今の私にとっては、煙草の煙で輪を成すことが一縷《いちる》の望みだった。空っぽの部屋で無心に煙草を吸い続けたのは、ひとえに煙の輪の中に妻と娘の姿を見出したいがためだった。なのに室内に浮かぶのは歪《いびつ》な煙の塊ばかりで、ひとつとして輪になるものがなかった。とても広いとはいえない部屋はすっかり白煙に満たされている。いっそガス室並みに空気が白濁することを望んだ。そこまで充満すれば、煙が目に染みて涙が促されるに違いなかった。

あの日から笑うことはもちろん怒ることも、そして泣くことすら忘れていた。涙の一滴もまだ流した覚えが無い。灰皿にうずたかく積もる吸い殻の山の中に吸い差しを押しつけると、私はおもむろに両手で両の頬を、まなじりを、額から頭皮までありとあらゆる皮膚を揉みしだいた。顔面を無造作にまさぐる指先の感触が、薄皮を隔てた向こうの出来事のように思えた。

行方不明になった祖父の心境が、今は十分すぎるほど理解できた。祖父は先に逝った祖母にもう一度会いたくて、何度も煙の輪を作っていた。だが祖母は輪の中に一向に現れなかった。祖母の姿を再び見るには涙が欠けていることが、祖父にはわかっていたはずだ。祖父は涙を流すために、祖母との思い出をたどって川辺に向かったのだろう。

そして祖父は散歩の途中、ぷかりと吹かした煙の輪の向こうの祖母に会えたのだと思う。祖母に再会して、祖父はどうしただろう?

「俺も、もう一度、会いたい」

絞り出すようにして口に出した途端、堰《せき》を切ったように眼球の奥から涙が溢れ出した。乱暴なマッサージにも効果はあったのだろう。私は涙と鼻水で顔中をぐしゃぐしゃにして、込み上げる嗚咽《おえつ》の連続に身体中を震わせながら、初めて大泣きに泣いた。ほとんど四つん這いのような格好で、胸の奥から全てを吐き出してしまうほどに泣いた。床の上に零れ落ちた涙と涎と鼻水の中で、吼《ほ》えるように泣いた。

いったいどれだけ泣き続けたのか。嗚咽が収まっても、目尻から伝う涙は止まらないことに安堵していた。涙は欠かせないのだ。そう自分に言い聞かせながら、私はおそらく最後の一本となる煙草に火を点けた。

ひと息煙を吸い込んでから軽く力を抜き、ひょっとこのように口をすぼめながら息を吐く。慎重に吐き出された煙の塊は、宙に浮かぶと同時に解《ほど》けるように輪の形に広がり始めた。

ゆっくりと成長する煙の輪は、いっぱいに溜め込まれた白煙たちとも混じって、簡単に消える気配がない。風ひとつ吹かない閉め切られた室内で、輪はこれまでに見たこともないほどの大きさに広がっていく。その中に浮かぶ光景に釘付けになって、私は涙を流しながら微笑《ほほえ》んでいた。

満開の桜が並ぶ川縁を、手を取りながら歩いている妻と娘の背中が見えた。私が呼び掛けると、妻と娘の笑顔が揃って振り向いた。二人はこっちにおいでというように、私にむかってそれぞれ手を差し伸べている。私は輪の中に向かって両手を入れて、二人の手を固く握り返す。

煙の輪は、徐々にぼやけて輪郭を失おうとしていた。私はそのまま右足を持ち上げると、輪を乗り越えるようにして中へと飛び込んだ。

解説

千街晶之

日本文藝家協会・編の年間アンソロジーの最新刊『夏のカレー　現代の短篇小説ベストコレクション２０２４』をお届けする。二〇二三年の一月から十二月までに、ウェブ雑誌を含む小説誌や出版社のＰＲ誌などに掲載された短篇小説から、優れた作品を選出したものである。

二〇二三年は、新型コロナウイルス感染症が五類に指定されたため社会は表面的には元の状態を取り戻したように見えたが、コロナ禍自体が消えたわけではない。国内では政権与党の不正が次々と明らかになり、海外ではロシアのウクライナ侵攻が始まって一年を超えた一方、ハマスからの攻撃へのイスラエルの過剰な報復にアメリカが肩入れし、民主主義国家も権威主義国家もエゴと不公平をそれまで以上に剝き出しにするようになった。

まことに不安な揺らぎに満ちた世相だが、無論、小説はそうした世相を反映するとは限らない。特に短篇小説は、枚数が少なく、描ける事柄も登場人物の数も限定されるため、身近な世界を描くことが多い。このアンソロジーの編纂委員として、一年間に発表される短篇小説の殆どに目を通しているけれども、大部分は身近な領域の物語である（本書はテーマ別のアンソロジーではないのだが、結果的に収録作は、家族のありようや、元同級生との関係を描いたものが多くなった）。

しかし、善悪の基準がわからない、正しい価値観がわからない、人間の本質がわからない、どう生きればいいかわからない――そんな混沌の世において、小説は、ささやかながらもそのヒントを読者に授ける。たとえ枚数は少なくとも、そこには作家たちの大胆な空想と、魂を削るような思索が籠められている。それは、読者である私たちの空想や思索を刺激し、新たな価値観に目覚めさせるかも知れない。読書とはそんなスリリングな体験であることが、本書収録の十一篇からも窺える筈だ。

江國香織「下北沢の昼下り」（初出「小説新潮」一月号）

語り手の「私」は、七十二歳の母や高校一年生の娘とともに下北沢のヴェトナム料理店を訪れている。「私」の妻は三度目の家出中だ。母と娘は年齢が大きく離れているが、まるで親友同士のように仲がいい。

読んでいるうちに、どうやら「私」は相当な浮気性で、しかもそれにあまり罪悪感を覚えていないらしいことが判明する。周囲の女性たちからは意志がないと評される男性の内面を、ある昼下りの家族のスケッチを通して描き出した試みである。

三浦しをん「夢見る家族」（初出「小説すばる」一月号）

両親と兄と暮らす少年・ネジ。彼の家庭には、よそとは違う習慣があった。朝、夢の内容を母親に話さなければならないのだ。母親が期待するような夢を語る兄と、そうではないネジの扱いに差が生まれてゆく。

最初は少し変わった家族らしいぐらいの印象で読んでいると、次第にこの一家の異常さが浮上してくる。だが、普通とは、異常とは何を基準にして決めるものなのか。そして夢と現実の境界とは——読者の中にそんな不穏な問いを残してこの作品は閉幕する。

乙一「AI Detective　探偵をインストールしました」（初出「STORY BOX」六月号）

ＡＩ探偵の「僕」は、妹を殺した犯人を捕まえたいという依頼を受ける。といっても、容疑者自体は既に浮上しているけれども、証拠が不十分なのだという。ＡＩ探偵が推理によって導き出した結論とは？

今や、ミステリの世界でもＡＩ探偵が登場する作品は珍しくなくなったけれども、ＡＩの一人称で展開する作例は稀有と言える。いかにも著者らしい切れ味鋭いどんでん返しも読みどころだが、人間を模倣しつつ人間ではないＡＩの思考回路の描写にただならぬ説得力を持たせた点も見事である。

澤西祐典「貝殻人間」（初出「小説新潮」八月号）

海から貝殻とともに上陸し、生きている人間と瓜二つで、本人の生活を乗っ取ってしまうという「貝殻人間」。彼らに人生を奪われた八人の男女が夜の海辺に集まり、それぞれの境遇を語り合う。

八人の中には、貝殻人間に人生を奪われたことを嘆く者もいれば、逆にそれまでの人生を捨てられてすっきりした気分の者もいる。同じ不条理な目に遭っても、人間とはそれぞれ異なる思考や感情を紡ぐ存在だということが、奇抜な発想の中で語られる幻想小説だ。

山田詠美「ジョン&ジェーン」（初出「小説幻冬」八月号）

何度も死にたいと訴えるジョンを、バスタブに沈めて溺死させたジェーン。良家の生まれながら歌舞伎町のトー横で過ごすようになった彼女と、ホストだったジョン。二人はどのように出会い、この結末に至ったのか。

歌舞伎町で生きる男女の刹那的な生き方に、『野菊の墓』などの文芸趣味を絡ませた作品。破滅的な結末が冒頭で明かされているだけに、そこに至るまでの決して暗いばかりではない経緯が哀しい。ジョンとジェーンというネーミングも効いている。

小川哲「猪田って誰？」（初出「STORY BOX」九月号）

「猪田の告別式、どうする？」というＬＩＮＥが届いたが、「俺」は猪田が誰なのかを思い出せない。かつての同級生たちに連絡を取り、情報を集めてゆくが、それでも猪田のことがさっぱりわからないのは何故なのか。

昔の体験や知人の名前などが思い出せないという経験は、ある程度歳をとれば誰にでもある筈だ。そんな時に自分の記憶力に対して感じる不安を、この小説はまざまざと思い起こさせる。コミカルさと、読者を宙吊りにするような恐ろしさを同時に漂わせる語り口は比類がない。

中島京子「シスターフッドと鼠坂」（初出「オール讀物」九・十月号）

夏休みで富山に帰省中、「わたし」は母の珠緒の出生に隠されていた事情を聞いた。珠緒の実の母は祖母の澄江ではなく、東京に住む志桜里という女性だった。澄江と志桜里は学生時代からの親友なのだという。

シスターフッドという言葉はあまり肉親のあいだでは使われない印象があるが、「わたし」が一見平凡な珠緒の非凡さを見抜き、珠緒が苦手な実母の志桜里をあるきっかけで好きになるなど、肉親間の同志的感情を細やかに描いた点に本作の美点がある。

荻原浩「ああ美しき忖度の村」（初出「オール讀物」九・十月号）

二十年前に今の村名になった忖度村。だが、忖度という言葉に悪い印象がついてしまったため、「忖度村イメージ向上委員会」が結成された。ところがメンバーが村の有力者の意向を窺うため、会議は一向に進まない。主人公の若手村議会議員・黒崎美鈴は、忖度が蔓延る村の空気に抗おうとするが、その結果は……。コミカルなタッチで日本社会のありようを諷刺した快作であり、こういう短篇を書かせれば絶品である著者の本領発揮作となっている。

原田ひ香「夏のカレー」（初出「小説新潮」九月号「冴子」を改題）

葬儀から帰宅すると、冴子が家の前で待っていた。二十歳で初めて出会い、その後、人生の節目で何度も再会と別れを繰り返した冴子。彼女との結婚を望んだこともあったのだが、叶わぬまま互いに六十歳になっていた。

互いに愛し合いながら、ボタンの掛け違いのように結婚には至らなかった男女の人生を、しみじみとした哀感とともに綴った傑作である。意表を衝く結末によって、それまで見ていたつもりの光景が別のニュアンスで読者の前に浮上する技巧も絶品だ。

宮島未奈「ガラケーレクイエム」（初出「小説現代」十月号）

解約したつもりで忘れていたガラケーに、元同級生・葉月からの「渡したいものがあります」という二年前のメッセージが届いた。それほど親しかったわけでもない葉月が、

「わたし」に何を渡したかったのか。

皆がスマートフォンを使うようになった今、ガラケーはもはやレトロ感を漂わせる存在だ。そんなガラケーのイメージに、かつての同級生との再会にまつわる感傷とを重ね合わせた点が巧みで、短篇小説のお手本のような完成度を示している。

武石勝義「煙景の彼方」（初出「小説新潮」十二月号）

小学生の頃、「私」は祖父が煙草の煙で作った輪の中に、その場にいない母の姿を浮かび上がらせるのを見た。成人した「私」は、かつての祖父のように、煙の輪に見たい光景を浮かび上がらせようとしたが……。

煙の輪の中に見たいものを見る能力というのは、恩寵なのか呪いなのか。人生は不可逆であるからこそ、禁忌を犯してでも戻りたいと願う地点がある。奇想天外な短篇も得意とする著者だが、本作は幻想的な設定ながら、しみじみとした味わいが特色だ。

世界は悪意や絶望に満ちており、同時に善意や希望も溢れている。短篇小説は、そんな矛盾だらけの世界を、ある切り口から捉えようとする営為だとも言える。この国の作家たちが、そんな世界からいかなる切り口を見出したか――その優れたサンプルである本書を、是非手に取っていただきたい。

（文芸評論家）

本書の無断複写は著作権法上での例外を除き禁じられています。
また、私的使用以外のいかなる電子的複製行為も一切認められておりません。

文春文庫

夏《なつ》のカレー

現代《げんだい》の短篇小説《たんぺんしょうせつ》 ベストコレクション2024

定価はカバーに表示してあります

2024年9月10日　第1刷
2024年9月25日　第2刷

編　者　日本文藝家協会《にほんぶんげいかきょうかい》
発行者　大沼貴之
発行所　株式会社 文藝春秋

東京都千代田区紀尾井町3-23　〒102-8008
TEL 03・3265・1211㈹
文藝春秋ホームページ　https://www.bunshun.co.jp

落丁、乱丁本は、お手数ですが小社製作部宛お送り下さい。送料小社負担でお取替致します。

印刷・TOPPANクロレ　製本・加藤製本　Printed in Japan
ISBN978-4-16-792277-1